## DONGSUH MYSTERY BOOKS 155

SLEEPING MURDER
# 잠자는 살인
애거서 크리스티/박순녀 옮김

동서문화사

옮긴이 박순녀(朴順女)

원산여자사범·서울사대 영문과 졸업. 조선일보 신춘문예 〈케이스워카〉 이어 《아이 러브 유》《로렐라이의 기억》《어떤 파리》 등 많은 작품을 발표 현대문학상 수상. 옮긴책 《하늘을 나는 메리 포핀스》, 크리스티 《마지막으로 죽음이 오다》, 가드너 《비로드의 손톱》 등이 있다.

DONGSUH MYSTERY BOOKS 155

잠자는 살인

애거서 크리스티/박순녀 옮김
초판 발행/1977년 12월 1일
중판 발행/2004년 5월 1일
발행인 고정일/발행처 동서문화사
창업 1956. 12. 12. 등록 16-345(윤)
서울강남구신사동540-22 ☎546-0331~6 (FAX) 545-0331
www.epascal.co.kr

\*

이 책의 출판권은 동서문화사(동판)가 소유합니다.
의장권 제호권 편집권은 저작권 법에 의해 보호를 받는 출판물이므로
무단전재와 무단복제를 금합니다.

편찬·필름·제작 일체 「동판」 자본으로 이루어짐에 따라
출판권 소유권자 「동판」에서 제조출판판매 세무일체를 전담합니다.
사업자등록번호 211-90-02201
ISBN 89-497-0251-7 04800
ISBN 89-497-0081-6 (세트)

## 잠자는 살인
차례

집······ 11
벽지······ 20
여자의 얼굴을 가려라······ 33
헬렌?······ 42
회상 속 살인······ 49
발견의 실습······ 64
닥터 케네디······ 76
켈빈 핼리데이의 망상······ 89
X······ 97
어떤 환자의 기록······ 108
헬렌의 남자들······ 117
릴리 킴블······ 135
월터 페인······ 139
이디스 패짓······ 147
주소······ 161
품안의 자식······ 165
리처드 어스킨······ 175
덩굴풀······ 197
킴블 씨, 말하다······ 204
소녀 헬렌······ 208
J.J. 애플릭······ 219
릴리, 약속을 지키다······ 236
그들 중 누가?······ 251
원숭이 앞발······ 270
뒷이야기······ 286

페이소스 넘치는 지혜의 여신, 제인 마플······ 300

나오는 사람들

자일스 리드　사업가

그웬더　자일스의 아내

켈빈 핼리데이　그웬더의 아버지

헬렌　켈빈의 두 번째 아내

제임스 케네디　헬렌의 오빠. 의사

재키 애플릭　관광 회사 경영자

월터 페인　변호사

리처드 어스킨　소령

이디스 패짓　세인트 캐서린의 전 요리사

릴리 킴블　세인트 캐서린의 전 하녀

짐　릴리의 남편

라스트　롱퍼드 경찰서 경감

플라이머　런던 경찰국 경감

미스 마플　탐정일을 좋아하는 독신 노부인

# A House
# 집

그웬더 리드는 부두 위에 서서 살짝 몸을 떨었다. 조선소와 세관 건물, 눈에 보이는 온 영국이 조용히 위아래로 흔들리고 있었다.

그녀가 마음을 정한 것은 그 순간이었다. 이 결심 때문에 뒷날 그토록 중대한 사건이 일어나게 된다.

그녀는 기선연락 열차로 런던에 갈 예정이었던 것은 그만둬야겠다고 결심했다.

대체 어째서 런던에 가야만 하는가? 아무도 그녀를 기다리지 않고, 그녀가 오리라 기대하고 있는 사람도 없다.

그녀는 방금 위아래로 흔들리며 삐걱거리는 배에서 내린 참이었다. (사흘 동안 비스케 만에서 플리머스에 이르기까지 풍랑이 몹시 심했다.) 그래서 또 다시 덜컹대는 기차를 타야 한다고 생각하니 영 마음이 내키지 않았다.

호텔로 가자, 단단한 땅 위에 서 있는 견고하고 훌륭한 호텔로. 그러면 삐걱거리거나 흔들리지 않는 멋지고 탄탄한 침대에 누울 수 있고, 다음날 아침이 되면⋯⋯. 그래, 정말 굉장히 멋진 생각을 해냈지

뭐야! 자동차를 세내어 천천히 드라이브해야지. 서두르지 않고 영국 남부를 죽 돌며 나의 집을 찾는 것이다. 멋진 집을, 자일스와 둘이서 계획했던 대로 내가 찾아내려 했던 집을. 확실히 그것은 멋진 계획이다.

그렇게 하면 영국을 얼마쯤 훑어볼 수 있을 것이다. 자일스가 이야기해 주었던 영국을. 뉴질랜드의 많은 사람들과 마찬가지로 그녀 역시 영국을 고국이라고 불렀지만 그녀는 아직 영국을 보지도 못했다.

그러나 막상 와서 보니 영국이 특별히 매력적이라는 생각이 들지 않았다. 금방이라도 비가 쏟아져 내릴 것 같은 흐린 날씨에 살을 에는 듯한 세찬 바람이 불고 있었던 것이다. 플리머스는 아마도 영국에서 가장 좋은 곳은 아닌 모양이라고 그웬더는 여권과와 세관으로 향하는 길을 따라가며 생각했다.

다음날 아침이 되자 그녀의 기분은 달라져 있었다. 햇빛이 비치고 있었다. 창문 밖의 경치도 매력적이었다. 그녀를 둘러싼 세계는 이제 위아래 양옆으로 흔들리지 않았다. 단단히 안정되어 있었다. 이것이야말로 영국이었다. 그리고 여기에 21살의 새댁 그웬더 리드가 여행 온 것이다.

남편인 자일스 리드가 언제 영국으로 돌아올 것인지는 분명하지 않았다. 2, 3주일 안에 그녀를 뒤쫓아올지도 모르고, 여섯 달 뒤가 될지도 모른다.

자일스의 제안은 그웬더가 먼저 영국으로 가서 알맞은 집을 찾아두는 것이었다. 그는 두 사람이 오래도록 살 집을 구하기를 바랐다.

자일스는 사업상 꽤 오랫동안 여행해야만 했다. 때로는 그웬더가 따라가기도 하지만, 그럴 수 없는 경우도 있었다. 그러나 둘 다 자기들만의 집이 있었으면 좋겠다고 늘 생각하고 있었다.

최근에 자일스는 한 친척 아주머니로부터 몇 점의 가구를 유산으로 물려받았다. 그래서 여러 가지를 생각할 때 집을 장만하는 것이 좋을 것 같다고 생각한 것이다. 게다가 그웬더와 자일스는 둘 다 꽤 많은 재산이 있기 때문에 집을 사는 것이 그다지 어려운 일도 아니었다.

그웬더는 처음에 자기 혼자 집을 고르는 데 반대했다.

"함께 골라요."

그러자 자일스가 웃으며 말했다.

"나는 집에 대한 일로는 별 쓸모없는 사람이오. 당신 마음에 들면 내 마음에도 들 거요. 물론 뜰이 좀 있으면 좋겠지. 새로 지은 번쩍거리는 집은 질색이오. 그리고 너무 큰 집도. 남해안 어딘가에 구했으면 하는 게 내 생각이오만. 아무튼 바다에서 너무 떨어지지 않은 곳이 좋겠소."

"어디 특별히 좋아하는 곳이 있어요?"

그웬더가 물었으나 자일스는 별로 생각나는 곳이 없다고 대답했다. 그는 어려서 고아가 되어——그들은 둘 다 고아였다——휴가 때마다 여기저기의 친척들 집을 돌아다녔기 때문에 특별히 추억이 될 만한 곳이 없었던 것이다.

새 집은 그웬더의 집이 될 것이다. 그러나 자일스가 올 때까지 기다렸다가 함께 고를 수는 없었다. 자일스가 여섯 달이나 올 수 없는 경우에 어떻게 할 것인가? 그동안 내내 그웬더는 무엇을 하며 지낸단 말인가? 호텔에서 하는 일 없이 빈둥거리며 있을 것인가? 그럴 수는 없다. 궁리 끝에 그녀는 집을 구해서 자리를 잡기로 결론을 내렸다. 그녀는 말했다.

"결국 모든 것을 다 해놓으라는 거로군!"

물론 그녀 혼자 집을 구해 필요한 것을 모두 갖춰 놓은 뒤 자일스가 왔을 때에 기분좋게 살 수 있도록 한다는 그의 생각에 불만은 없었다. 그들은 석 달 전에 결혼했으며 그웬더는 자일스를 깊이 사랑하고 있었다.

아침 식사를 침대로 가져오도록 일러 놓고 그웬더는 잠자리에서 일어나 계획을 세웠다. 그날은 플리머스를 구경하며 즐겁게 지냈고, 다음날은 운전기사가 딸린 편안한 다임러를 빌려 영국을 둘러보는 여행이 시작되었다.

날씨가 좋아 여행은 퍽 즐거웠다. 데번셔에서 그들의 보금자리로 알맞은 집을 몇 채 보았으나, 그렇다고 썩 내키지는 않았다. 서두를 것은 없었다. 그웬더는 집을 더 보러 다녔다. 그러는 동안 부동산업자의 과장된 광고 문구 뒤에 숨겨진 의미를 알아차렸고, 더이상 쓸모없는 집들을 보느라 시간을 헛되이 하는 일은 하지 않았다.

1주일 뒤인 화요일 저녁 무렵이었다. 그녀는 자동차를 타고 딜머스 쪽으로 구불구불한 언덕길을 천천히 내려갔다. 아직도 매력에 넘치는 아름다운 바닷가 피서지 끄트머리로 나왔을 때 '팔 집'이라는 푯말이 눈에 들어왔다. 나무들 사이로 희고 작은 빅토리아 왕조풍의 별장이 흘끗 보였다. 그 순간 그웬더는 거의 확신에 가까운 가슴설렘을 느꼈다.

'이곳이 나의 집이다!'

그녀는 살펴보지도 않고 마음속으로 정해 버렸다. 아직 보기 전이었지만 뜰이며 좁고 긴 창문을 상상할 수 있었다. 자신이 바라던 바로 그런 집이라고 그녀는 생각했다.

그날은 이미 늦어서 로열 클래런스 호텔에 묵고, 이튿날 아침 날이 새자마자 그녀는 밖에 세워진 푯말에 씌어 있던 연락처를 찾아 부동산 사무실로 갔다. 얼마 뒤 그녀는 부동산에서 써준 소개장을 손에 들고 그 집의 예스러운 좁고 긴 거실에 서 있었다.

그 방에는 두 개의 프랑스식 창문이 돌을 깔아 놓은 테라스 쪽으로 나 있었다. 테라스 앞에는 꽃이 핀 떨기나무가 여기저기 가득한, 돌로 꾸며 놓은 정원이 있고, 그 정원이 끝난 곳에 넓은 잔디밭이 펼쳐져 있었다. 정원 안쪽에 있는 나무들 사이로는 바다가 보였다. 이곳이야말로 자기들 보금자리라고 그녀는 생각했다. 그녀는 그곳을 이미 구석구석까지 다 알고 있는 것 같은 기분이 들었다.

문이 열리자 키가 크고 음울해 보이는 여자가 들어왔다. 감기에 걸렸는지 코를 킁킁거리고 있었다.

"헨그레이브 부인이시지요? 아침 일찍부터 미안해요."

헨그레이브 부인은 코를 풀고 나서 슬픈 듯이 말했다.

"아니, 괜찮아요."

집안을 구경하게 되었다.

그들의 새 집으로 안성맞춤인 집이었다. 너무 크지도 않으면서 좀 고풍스러웠다. 새 욕실을 한두 군데쯤 덧붙일 수 있겠고 부엌은 좀더 현대식으로 고치리라. 다행히 스토브는 이미 놓여 있다. 남은 일은 개수대를 새로 고쳐 최신식 설비를 갖추면 되는 것이다.

그웬더의 머리 속이 여러 가지 계획으로 가득 차 가는 동안, 헨그레이브 부인은 작은 목소리로 죽은 헨그레이브 소령의 마지막 모습을 자세히 이야기했다. 그웬더는 반쯤 건성으로 듣고 있었으나, 그래도 필요한 대목에서는 애도의 말을 하고 동정과 이해를 나타내기도 했다.

헨그레이브 부인의 가까운 친척들은 모두 켄트 주에 살고 있어서 그녀도 가까이로 옮겨 와 살기를 바라고 있었다. 세상을 떠난 소령은 딜머스를 퍽 마음에 들어해 오랫동안 이곳 골프 클럽에서 간사일을 보기도 했지만, 그녀 자신은……

"네…… 물론…… 정말 큰일이었겠어요……. 당연하지요……. 그래요, 요양소란 어디나 다 그렇다니까요……. 그렇고말고요…….

부인께선 정말……."
 그렇게 말하면서도 그웬더의 머리 속 다른 한편에서는 차례로 여러 가지 생각이 꼬리를 물었다.
 여기를 속옷용 벽장으로 쓸까? 그래. 이 더블룸은 바다도 잘 보이니 자일스도 틀림없이 마음에 들어할 거야. 여기는 정말 쓸모있는 작은 방이 될 것 같아. 자일스는 화장실로 쓰겠다고 할지도 모르지.
 욕실은 어떨까! 욕조 가장자리는 마호가니로 하면 좋을 텐데…… 아, 역시 그렇군! 어쩜 이토록 깨끗할까? 마룻바닥 한복판에 있다니! 이것만은 바꾸지 말아야겠다. 이 예스러운 것만은! 어쩌면 욕조가 이리도 클까? 가장자리에 걸터앉아 사과를 먹을 수도 있겠어. 돛단배를 띄우고 색오리를 헤엄치게 하면 마치 바닷가에 있는 것 같을 거야…….
 그래, 저 안쪽의 어두운 빈방으로는 요즘 유행하는 그린과 은백색의 욕실 두 개를 만들 수 있겠군. 배관은 부엌 위로 지나게 하면 되고……. 여기는 이대로…….
 헨그레이브 부인이 말했다.
 "늑막염이었어요. 사흘째 되던 날 폐렴마저 겹쳤지요."
 "큰일이었겠군요. 이 복도 끝에 침실이 또 하나 있나요?"
 역시 침실이 있었다. 그런 방이 있으리라고 그웬더가 생각했던 대로 방의 벽은 거의 둥그스름했으며 활 모양으로 내밀어진 커다란 창이 있는 방이었다. 상태는 양호한 편이었다. 그러나 어째서 헨그레이브 부인 같은 사람들은 겨자색 벽지를 좋아한 것일까?
 두 사람은 복도를 되돌아왔다. 그웬더는 진지하게 중얼거렸다.
 "침실이 여섯, 아니 일곱이군요. 저 작은 방과 지붕 밑 방까지 치면……."
 그녀의 발밑에서 마룻장이 희미하게 삐걱거렸다.

그웬더는 벌써 여기에 사는 사람은 헨그레이브 부인이 아니라 마치 자기 자신인 것처럼 생각하고 있었다!

헨그레이브 부인은 남의 일에 참견하기 좋아하는 여자다. 겨자색 벽지로 방의 모습을 바꿔 버리기도 하고, 거실 한쪽 벽에 등나무꽃 조각을 하는 걸 좋아하는 여자인 것이다.

그웬더는 들고 있는 서류에 타이핑된 이 건물의 상세한 내용과 가격을 흘끗 보았다.

요 며칠 동안에 그웬더는 집의 가치에 대해 꽤 자세히 알게 되었다. 그 집은 그리 비싸지 않았다. 확실히 많이 고쳐야 하겠지만 개조 비용을 포함한다 해도 비싸지는 않았다. 그리고 그웬더는 '상담에 응하겠습니다'라고 씌어 있었던 것을 기억하고 있었다. 헨그레이브 부인은 켄트 주로 옮겨 가 가까운 친척들 곁에서 살고 싶어한다…….

두 사람이 층계를 내려올 때 그웬더는 느닷없이 형용할 수 없는 공포의 물결이 머리 위를 스치는 것을 느꼈다. 그것은 가슴속까지도 언짢아지는 느낌이었지만, 순식간에 지나가 버렸다. 그러나 나중에 어떤 생각이 떠올랐다. 그웬더가 물었다.

"이 집에 설마 유령이 나오는 건 아니겠지요?"

헨그레이브 부인은 한 계단 아래에 서서 마침 헨그레이브 소령이 급속히 허약해져 가는 모습을 이야기하던 참이었는데, 이 말을 듣고 날카롭게 올려다보았다.

"나는 그런 거 몰라요, 리드 부인. 어째서 그런……. 누가 무슨 말을 하던가요?"

"당신이 직접 뭘 느끼거나 보신 일은 없나요? 이 집에서 세상을 떠난 분은 없었나요?"

순간 너무 언짢은 질문을 했구나 싶었지만 이미 늦었다. 왜냐하면 헨그레이브 소령은 아마도…….

"남편은 세인트 모니커 병원에서 돌아가셨어요."
"아 참, 그랬었지요. 아까 들었어요."
헨그레이브 부인은 여전히 싸늘한 목소리로 말을 이었다.
"지은 지 백년이나 되는 집이니 그 사이에 죽은 사람이 없었다면 오히려 이상하지요. 7년 전 남편이 미스 엘워시라는 사람으로부터 이 집을 샀는데, 아주 건강한 분이었어요. 내가 기억하기로는 해외로 나가 선교 활동을 할 생각이라고 했었지요. 하지만 그분의 가족 중에 그 무렵 죽은 사람이 있다는 말은 듣지 못했어요."

그웬더는 당황해서 근심어린 얼굴을 하고 있는 헨그레이브 부인을 위로했다.

두 사람은 다시 거실로 돌아왔다. 이곳은 마음이 편안해지는 매력적인 방으로 그웬더가 늘 꿈꾸던 곳과 같은 분위기를 지니고 있었다.

그녀의 순간적인 공포심은 거짓말 같이 사라져 버렸다. 조금 전의 그 느낌은 무엇이었을까? 이 집에 이상해 보이는 곳은 아무 데도 없었다.

그웬더는 정원을 보여 달라고 부탁하고 프랑스식 창문을 통해 테라스로 나갔다.

그웬더는 생각했다.

'여기에 잔디밭으로 내려가는 층계가 있으면 좋을 텐데.'

거기에는 층계 대신 큰 개나리가 있었다. 그 나무는 특별히 그곳에 자리를 잡았기 때문에 큰 나무로 자란 듯했으며 무성한 가지들에 바다가 가려져 보이지 않았다. 그웬더는 고개를 끄덕였다. 여기를 완전히 바꿔 버리리라.

그녀는 헨그레이브 부인 뒤를 따라 저편에 있는 층계로 잔디밭에 내려갔다. 여러 가지 돌로 꾸며진 정원은 돌보지 않아 잡초가 무성했다. 꽃이 피어 있는 떨기나무도 가지를 쳐주어야 할 것 같았다. 헨그레이브 부인은 정원 손질까지는 좀처럼 일손이 돌아가지 않는다고 미안한 듯 말했다. 1주일에 두 번 일꾼에게 부탁하는 게 고작인데, 그 사람은 걸핏하면 쉰다는 것이었다.

두 사람은 아담하면서도 충분히 넓은 뒤뜰까지 둘러본 다음 집안으로 돌아왔다. 그웬더는 다른 집도 좀더 보아야겠으며, 자기는 힐사이드——어쩌면 이토록 이름이 평범하담!——가 매우 마음에 들지만 이 자리에서 곧 결정할 수는 없다고 설명했다. 헨그레이브 부인은 헤어질 때 좀 섭섭한 듯 그웬더를 보며 길게 코를 훌쩍였다.

그웬더는 부동산 사무실로 돌아와 방금 보고 온 결과에 대하여 그녀 나름대로 가격을 써넣었다.

그 뒤로는 점심때까지 딜머스를 혼자 돌아다니며 지냈다.

딜머스는 예스럽고 매력적인 작은 바닷가 도시였다. 건너편의 현대적인 거리 변두리에 신식으로 지은 호텔이 둘, 그리고 산나무로 지은 것처럼 보이는 방갈로가 몇 채 있었다. 바닷가 뒤쪽이 언덕으로 이루어진 지형 탓에 딜머스 거리는 무턱대고 넓혀지지 않고 있었다.

점심 식사 뒤 부동산 사무실에서 전화가 걸려와 그웬더는 헨그레이브 부인이 그녀가 써넣은 값에 동의했다는 말을 들었다. 그웬더는 입가에 장난기 어린 미소를 떠올리고 우체국으로 가서 자일스에게 전보를 쳤다.

    집 샀음. 당신의 그웬더.

그웬더는 혼잣말을 했다.
"그이는 틀림없이 기뻐할 거야. 결코 게으름 피우지 않았다는 것을 보여 줘야지."

## Wallpaper
## 벽지

1

그로부터 한달 뒤, 그웬더는 힐사이드에 짐을 풀고, 자일스의 아주머니로부터 물려받은 가구를 보관 창고에서 날라와 집안을 꾸몄다. 그것은 고풍스러운 고급 물건들이었다. 그웬더는 너무 큰 옷장은 한두 개 팔고 그 나머지는 제자리에 놓았는데 새 집에 잘 어울렸다.

거실에는 성과 장미꽃이 그려진 작고 화려한 자개 박힌 액자가 몇 개 걸려 있었다. 주름잡힌 갈색 비단주머니가 달린 자그마한 작업대도 놓았다. 자단나무 책상이며 마호가니로 된 소파용 테이블도 있었다.

그웬더는 안락의자라고 할 만한 것들을 여러 개의 침실에 갖다 놓고, 자일스와 그녀가 앉을 부드럽고 폭신폭신하며 편안한 의자 두 개를 새로 사다가 벽난로 양쪽에 놓았다. 그리고 커다란 체스터필드 소파는 창가에 놓았다.

그웬더가 커튼으로 쓰기 위해 고른 천은 깔끔해 보이는 장미꽃 꽃병에 노란 새가 앉아 있는 무늬로 예스러운 느낌을 주는 아주 연한 푸른빛 사라사 무명이었다. 이 방은 이만하면 되었다고 그녀는 생각했다.

집에는 아직도 일하는 사람들이 남아 있어서 그웬더는 좀처럼 안정되지 않았다. 사실 지금쯤은 그들이 남아 있지 않아도 될 터였지만, 그웬더 자신이 이 집의 완벽한 주인이 될 때까지 그들은 나가지 않을 것이다.

부엌은 이미 다 고쳤으며, 새로운 욕실도 거의 다 되어가고 있었다. 그 이상의 장식은 얼마 지난 다음에 할 생각이었다. 자신의 새로운 집을 음미하고 침실을 바라는 대로 꼭 맞는 빛깔로 결정할 시간을 가지고 싶었다. 집에 대한 일은 모두 순조롭게 진행되었으며, 뭐든지 다 한꺼번에 해버릴 필요도 없었다.

부엌일은 코커 부인이라는 여자가 맡아 주기로 했다. 조심성 있고 점잖은 이 부인은 그웬더의 매우 서민적인 친밀한 태도에 반발하는 듯한 점이 있었다. 그러나 일단 그웬더가 자신의 입장을 납득하고 난 뒤로는 스스럼없이 지내게 되었다.

이날 아침 그웬더가 침대에 일어나 있노라니 코커 부인이 아침 식사 쟁반을 가져와 그녀의 무릎 위에 놓았다. 코커 부인은 또렷하게 말했다.

"남자분이 계시지 않을 때 부인은 침대에서 아침 식사를 드시는 법이지요."

그래서 그웬더는 이 참으로 영국적인 관습에 따랐다. 코커 부인이 말했다.

"오늘 아침에는 달걀찜이에요. 부인께선 훈제 대구를 드시고 싶다고 하셨지만 침대에서 드시는 건 싫으실 거예요. 냄새가 남으니까요. 저녁 식사 때 준비하겠어요. 크림을 살짝 쳐서 토스트에 얹은 것을 만들어 드리지요."

"어머나, 고마워요, 코커 부인."

코커 부인은 우아하게 웃으며 물러가려 했다.

그웬더는 넓은 더블룸을 쓰지 않았다. 그곳은 자일스가 올 때까지 비워 두기로 하고 대신 둥근 벽과 활 모양의 창이 있는 맨 끝방을 쓰고 있었다. 그 방에 있으면 그녀는 마음이 편안해지고 행복한 기분이 들었다.

지금도 둘레를 둘러보고 그녀는 만족에 찬 소리로 외쳤다.

"이 방이 아주 맘에 들어요."

코커 부인은 천천히 둘러보았다.

"정말 좋은 방이에요, 부인. 좀 좁지만요. 창문에 난간이 있는 것을 보니 아마도 아기 방이었나 보군요."

"그런 건 생각해 보지 않았어요. 아마 그런가 보지요."

"네, 그럴 거예요."

코커 부인은 뭔가 의미있는 듯한 목소리로 말하고 나갔다. 그녀는 코커 부인이 이렇게 말하는 것 같았다.

'집에 남자분이 계시게 되면 아기 방이 필요해질지도 모르잖겠어요?'

그웬더는 얼굴이 빨개졌다. 그녀는 방안을 둘러보았다. 아기 방? 틀림없이 훌륭한 아기 방이 될 것이다. 그녀는 마음속으로 방안을 꾸미기 시작했다. 벽가에 큰 인형 집, 장난감이 든 얕은 장. 쾌적하게 타오르고 있는 난로, 가로대에 뭔가 널려 있는 높은 난로 창살.

그렇지만 이 칙칙한 겨자색 벽은 못쓰겠어. 이건 좋지 않아. 화려한 빛깔의 벽지를 발라야지. 밝고 화사한 빛깔로, 작은 개양귀비꽃과 수레국화가 번갈아 나란히 피어 있는 벽지…… 그래, 그거라면 멋있겠어. 그런 벽지를 찾기로 하자. 그녀는 기억이 잘 안 나지만 전에 어디선가 확실히 그런 벽지를 본 것 같았다.

그 방에는 가구가 그리 필요치 않았다. 붙박이장이 둘 있었으며, 구석의 장에는 자물쇠가 걸렸는데 열쇠가 없었다. 전체를 온통 페인트로 칠했으며 오랫동안 열지 않은 것 같았다. 일하는 사람이 가버리기 전에 부탁해서 열어 달라고 해야겠다. 이대로는 옷을 모두 다 넣을 수 없을 테니까.

그웬더는 하루하루 힐사이드에 정이 들어 갔다.

어느 날 열려 있는 창문으로 점잖은 헛기침 소리가 들려와서 그웬더는 급히 아침 식사를 끝냈다.

포스터가 와 있었다. 생각해보고 이 집에서 정원사로 일하겠다는 약속을 그에게 받아 두었지만 그가 올지 믿을 수 없었는데, 오늘은 약속대로 정원에 와 있는 모양이었다.

그웬더는 목욕을 하고 옷을 입었다. 트위드 스커트와 스웨터를 입고 급히 정원으로 나갔다.

포스터는 거실 창문 밖에서 일하고 있었다. 그웬더가 처음에 부탁한 것은 여러 가지 돌로 꾸며진 정원에 작은 길을 만드는 일이었다.

포스터는 처음에는 개나리와 말발도리나무와 리라나무까지 치워야 한다면서 작은 길 만드는 일에 반대했다. 그러나 그웬더가 아무래도 물러서지 않아서, 지금 그는 열심히 이 일을 하고 있는 것이었다. 그는 의미 있어 보이는 웃음을 지으며 그웬더에게 인사했다.

"옛날로 돌아가는 것 같군요, 아가씨."

그는 그웬더를 아가씨라고 부르는 것을 아무래도 그만두지 않았다.

"옛날로? 어째서지요?"

포스터는 삽을 툭툭 두드리며 말했다.

"이것 보십시오. 오래된 옛날 층계가 나왔습니다. 마침 아가씨가 층계를 만들어 달라고 하신 곳이지요. 원래 있는 층계에다 나중에 누군가가 이걸 심어서 층계를 완전히 감추고 말았군요."

그웬더가 말을 받았다.

"어머나, 왜 그런 쓸데없는 짓을 했을까? 거실 창문에서 잔디밭 끝에 펼쳐지는 바다가 보이지 않게 만들다니."

포스터는 바다 경치에 대해서는 그리 관심이 없는 모양이었다. 그러나 신중하게 동의했다.

"나도 뭐……. 좋아지지 않는다고 말하는 건 아니지만…… 경치는 좋아질 테고, 이 나무가 거실을 어둡게 했던 것만은 확실하니까요. 그렇지만 이만한 나무쯤 되면 사람들의 눈을 즐겁게 해주지요. 이렇게 잘 자란 개나리는 처음 봅니다. 리라는 그렇지도 않지만 말발도리나무는 비싸답니다. 아시겠습니까? 아무튼 옮겨심기에는 나무가 좀 늙었군요."

"네, 알아요. 하지만 그렇게 하는 게 좋겠어요."

포스터는 머리를 긁적이며 말했다.

"글쎄요, 그럴지도 모르지요."

"절대로 좋아요."

그웬더는 고개를 끄덕이며 말하고 불쑥 물었다.

"헨그레이브 씨 전에는 누가 살았었나요? 헨그레이브 씨는 여기에 오래 살지 않았지요?"

"6년쯤일까요? 결국 오래 살지 못했지요. 그전이라면 가만 있자, 엘워시 자매가 되는군. 신앙심 깊은 사람들로, 저교회파(영국 국교회 중에서 의식을 비교적 경시함) 교회에 다녔어요. 해외 선교를 하는 교회였지요. 언젠가 흑인 목사님이 이 집에 머물고 간 일도 있었어요. 그들은 4남매였는데 남자 형제가 하나 있었지만 누이들과 잘 맞지 않는 모양이었습니다.

그 전에 살던 사람은…… 에…… 핀디슨 부인이었지요. 아, 네! 그분은 이 고장의 진짜 명사였습니다. 여기서 오래 살았지요.

내가 태어나기 전부터 살았으니까요."
그웬더가 물었다.
"그분은 여기서 돌아가셨나요?"
"이집트인지 어딘지에서 돌아가셨지요. 그렇지만 가족들이 고국으로 모셔와 교회 묘지에 묻었습니다. 그분이 저 목련이며 저기 있는 등나무를 심었지요. 저 섬엄나무도 심고요. 떨기나무를 좋아했던 모양입니다, 그분은.

　그 무렵에는 언덕을 따라 나란히 늘어선 새 집들은 아직 없었지요. 그야말로 시골다웠습니다. 영화관도 없었고요. 새 가게도 전혀 없었지요. 바닷가 산책길도 물론 없었습니다."
그의 목소리는 나이 든 사람이 새롭게 변해 가는 모든 것에 대해 비난하는 투를 띠어 갔다. 그는 코를 울리며 말했다.
"변해 버렸습니다. 모든 게 다 변해 버렸습니다."
그웬더가 말했다.
"무엇이건 반드시 변하기 마련 아니겠어요? 변해서 더 좋아진 것도 많잖아요."
"모두들 그렇게 말하지만 나는 좋아진 걸 찾아볼 수 없습니다. 변해 버렸습니다!"
그는 왼쪽 층층나무 산울타리 너머로 크게 보이는 빌딩 쪽을 가리키며 말을 이었다.
"전에는 요양소였지요! 아주 기분좋은 병원이어서 편리했습니다. 그 뒤 병원은 시에서 1마일쯤 떨어진 큰 건물로 옮겨가버리고 말았지요. 진찰을 받으러 가려면 20분을 걷든지 3펜스를 내고 버스를 타든지 해야 돼요."
그는 다시 한 번 산울타리 너머를 가리켰다.
"지금은 여학교가 되어 있습니다. 10년 전에 옮겨 왔지요. 요즘 사람들은 집을 사면 10년이나 12년쯤 살다가 옮기곤 하지요. 한군데 자리잡지 못합니다. 그렇게 해서 어쩌겠다는 걸까요? 앞날을 제대로 내다보지 않으면 훌륭한 정원수도 심을 수 없게 되었지요."
그웬더는 사랑스러운 듯 목련을 바라보았다.
"핀디슨 부인처럼 말이지요?"
"그렇습니다. 그분은 훌륭한 분이었지요. 갓 결혼한 신부로 여기에 오셨답니다. 아이들을 키워 결혼시켰고, 주인 어른 임종을 지켜보셨으며, 여름에는 손자들을 맡아 보살피셨지요. 그러고는 결국 80살이 가까워서야 돌아가셨습니다."
포스터의 어조가 따스했다. 그웬더는 희미하게 미소를 떠올리며 집안으로 들어갔다. 그녀는 일하는 사람들과 이야기한 다음 거실로 돌아와 책상 앞에 앉아 편지를 몇 통 썼다.
아직 회답을 쓰지 않은 편지 가운데 런던에 사는 자일스의 사촌 부부에게서 온 것이 있었다. 그녀가 런던으로 오고 싶어지면 언제든지 첼시에 있는 그들 집에 와서 머물러 주기 바란다고 씌어 있었다.
레이먼드 웨스트는 인기 작가라기보다 유명한 소설가이며, 그 아내 조앤은 그웬더도 잘 아는 화가였다. 그들 집에 묵으러 가는 일은 즐거울 것이다. 물론 그들은 그웬더를 세상의 여느 속물이나 같다고 생각할지도 모르지만. 그웬더는 생각했다.
'자일스나 나는 별로 학식이 많지 않은걸.'
홀에서 묵직한 징소리가 울렸다. 그 징은 조각이 새겨진 검은색 나무 장식 테두리를 한 것으로, 자일스의 아주머니가 남긴 유품 가운데 뛰어나게 훌륭한 물건 중 하나였다.
코커 부인은 분명히 그것을 울리는 것을 즐기는 모양으로 언제나 충분히 울려댔다. 그웬더는 두 손을 귀에 대고 일어섰다.
그녀는 급히 거실을 가로질러 가다가 창문 옆 벽 앞에서 갑자기 멈

취 서서 화가 나는 듯 소리쳤다. 이로써 벌써 세 번째다. 언제나 이 곳을 지나 옆방에 있는 식당으로 갈 수 있을 것으로 착각했던 것이다.

다시 방으로 돌아나온 그녀는 일단 홀로 나가서 거실 모퉁이를 돌아 어렵게 식당으로 들어갔다. 그것은 꽤 돌게 되어 있어서 겨울에는 귀찮으리라. 홀에는 문틈으로 바람이 들어올 테고 스팀은 거실과 식당 그리고 2층에 있는 두 개의 침실에만 들어오기 때문이다.

그웬더는 우아한 식탁에 앉으며 생각했다.

'도무지 알 수가 없다니까.'

그녀는 이 식탁을 래빈더 아주머니의 크고 네모난 마호가니 식탁 대신 비싼 값을 주고 사왔다.

'도무지 모르겠어. 어째서 거실에서 식당으로 통하는 문이 있어선 안 되는 거지? 이따가 오후에 심즈 씨가 오거든 이야기해 봐야지.'

심즈 씨는 건축가이자 실내 장식가였다. 목소리가 허스키인 데다 말을 잘하는 중년 남자로, 의뢰인이 경비가 많이 들 만한 계획을 생각해 냈을 때 곧 적을 수 있도록 언제나 작은 수첩을 들고 다녔다.

심즈 씨는 뭐든지 의논하면 속으로 상세하게 계산했다.

"아주 간단한 일입니다, 부인. 그렇군요, 말씀을 듣고 보니 그렇게 고치면 아주 좋을 것 같은데요."

"돈이 많이 들까요?"

그웬더는 심즈 씨가 과장되게 호들갑을 떨며 찬성하는 바람에 조금씩 의심을 하기 시작했다. 처음 예상했던 계획에는 들어 있지 않던 일에 대한 경비가 여러 가지로 들게 되어 좀 불쾌한 일들이 있었던 것이다.

심즈는 상냥하게 안심시키듯 허스키한 목소리로 말했다.

"얼마 들지 않습니다."

그웬더는 이제까지보다도 더 의심스러운 표정을 지었다. 심즈의 얼마 들지 않는다는 말이 믿을 수 없다는 것을 그녀는 알고 있었다. 그의 솔직한 견적은 일부러 그러는 것처럼 보일 만큼 조심스러웠다.

심즈는 부추기듯 말했다.

"이렇게 하시지요, 부인. 테일러가 오후에 화장실 일을 끝내거든 좀 보아 달라고 하지요. 그런 다음 정확한 것을 말씀드리겠습니다. 벽의 종류에 따라서 다르니까요."

그웬더는 동의했다.

그녀는 조앤 웨스트에게 초대해 준 데 대해 감사하다는 편지를 썼다. 그러나 지금으로서는 일하는 사람들을 지켜보아야 하므로 딜머스를 떠날 수 없다는 사연도 함께 적었다.

그런 다음 그녀는 바닷가 산책길로 나가 바다의 산들바람을 즐겼다. 되돌아와 거실로 들어가니 심즈의 일꾼 책임자인 테일러가 구석에서 불쑥 일어나 싱긋 웃으며 인사했다.

"조금도 어려울 것 없습니다, 부인. 원래 여기에 문이 있었습니다. 없는 편이 좋다고 생각한 사람이 회반죽으로 위를 발라 버린 겁니다."

그웬더로서는 놀랍고도 기뻤다. 그녀는 생각했다.

'참 이상도 하지. 나는 언제나 거기에 문이 있는 것 같았거든.'

그녀는 점심 식사 때 아무 망설임 없이 그곳으로 걸어갔던 일이 생각났다. 그것을 깨닫자 그녀는 별안간 불안한 생각이 들어 희미하게 몸이 떨렸다. 아무리 생각해도 이상한 일이었다.

어째서 그렇듯 분명하게 문이 있다고 생각했을까? 벽 표면에는 아무 표시가 없었다. 틀림없이 거기에 문이 있다는 것을 어떻게 추측했을까? 어떻게 알았을까? 물론 식당으로 통하는 문이 있으면 편리하다. 그러나 어째서 그녀는 늘 그곳으로만 가게 되는 것일까? 벽이라면 어디나 다 같을 터인데. 그녀는 다른 일을 생각하며 무의식중에 실제로 문이 있었던 그 한 지점으로 가곤 했던 것이다. 그웬더는 불안스럽게 생각했다.

'설마 나에게 투시력이나 뭐 그런 게 있는 건 아닐 텐데······.'

자기에게 초능력이 있다고 생각한 일은 이제까지 한 번도 없었다. 그녀는 그런 부류가 아닌 것이다. 아니면 그녀에게 정말 초능력이 있었던 것일까? 테라스에서 우거진 떨기나무를 지나 잔디밭으로 내려가는 저 정원의 길······. 특별히 그 자리에 길을 만들어 달라고 그토록 강경하게 말했을때, 그녀는 거기에 묻힌 길이 있다는 것을 알고 있었던 게 아닐까? 그녀는 점점 불안해졌다.

'어쩌면 나에게 초능력이 좀 있는 게 아닐까? 아니면 이 집과 어떤 관계가 있는 것일까?'

그날 그녀는 어째서 헹그레이브 부인에게 난데없이 여기에 유령이라도 나오는 게 아니냐고 물었을까?

유령 따위는 나오지 않았다! 마음에 쏙 드는 집이다! 집에 이상한 데가 있을 리 없다. 그래, 헹그레이브 부인은 내가 그렇게 생각하는 데 대해 정말로 놀라는 것 같았는걸.

아니면 그녀의 태도에 조심스럽게 감추고 있는 점이 있었던가?

그웬더는 마음속으로 생각했다.

'어머나, 싫어. 나는 여러 가지 일을 상상하기 시작하고 있잖아.'

그녀는 애써 주의력을 모아 테일러와 의논하려 했다.

"또 하나 할 일이 있어요. 2층 내 방에 있는 붙박이장이 하나 닫힌 채 열리지 않아요. 그걸 열어 주었으면 해요."

테일러는 그녀와 함께 2층으로 가서 붙박이장 문을 살펴보았다.

"여러 번 덧칠했군요. 내일이라도 괜찮다면 일하는 사람을 시켜 열게 하겠습니다."

그웬더는 말없이 고개를 끄덕였다. 테일러는 가버렸다.

그날 밤, 그웬더는 공연히 신경이 날카로워져서 마음이 가라앉지 않았다. 거실에 앉아 책을 읽으려 해도 가구가 삐거덕거리는 소리가 일일이 신경을 건드렸다.

그녀는 한두 번 어깨너머로 뒤를 돌아보고 부르르 진저리쳤다. 그 문이며 정원 통로에 대한 일은 아무것도 아니라고 자신에게 타일렀다. 그것은 우연의 일치에 지나지 않는다. 어떤 경우나 상식으로 생각하면 당연히 그렇게 될 게 뻔한 일이다.

스스로는 의식하고 있지 않았지만, 그녀는 침실로 올라가는 일에 신경질적이 되어 있었다. 그러나 마침내 일어나 불을 끄고 홀로 나가는 문을 열었을 때 그녀는 층계 올라가기를 두려워하고 있는 자신을 깨달았다.

그녀는 급히 층계를 뛰어올라가 복도를 달려 자기 방문을 열었다. 방으로 들어가자 곧 두려움이 가라앉았다.

그웬더는 사랑스러운 눈길로 방안을 둘러보았다. 여기라면 안전하다. 안전하고 행복하다. 그렇다, 지금 나는 여기에 있다. 이제는 안전하다. 그녀는 자신에게 물었다.

'하지만 무엇으로부터 안전하단 말인가, 이 바보야?'

그녀는 침대 위에 펴놓은 잠옷과 밑에 있는 침실용 슬리퍼를 지켜보았다.

"그웬더, 정말이지 너는 6살짜리 어린아이 같구나! 토끼가 붙어 있는 아기 신을 신어야겠어."

그녀는 후유 마음 놓이는 기분으로 침대에 파고들어 곧 잠이들었다.

이튿날 아침 그웬더는 시내에서 여러 가지 볼일을 마치고 점심 식사 때에 맞추어 집으로 돌아왔다.

코커 부인이 솜씨있게 기름에 튀긴 가자미와 매시트포테이토에 크림에 버무린 당근 요리를 들고 들어와 말했다.

"일꾼들이 부인 침실의 붙박이장 문을 열었어요."

그웬더는 말했다.

"잘했군요."

배가 고팠는지 점심 식사는 맛있었다. 응접실에서 커피를 마시고 나서 2층 자기 침실로 갔다. 그녀는 방을 가로질러 구석 쪽에 있는 붙박이장 문을 잡아당겼다.

별안간 그웬더는 나직이 겁먹은 비명을 지르고 그 자리에 선 채 꼼짝도 하지 못했다.

벽의 다른 부분은 모두 노르스름한 페인트로 다시 칠해져 있었는데, 붙박이장 안쪽만 예전의 벽지 그대로였다. 그 방에는 전에 밝은 꽃무늬 벽지를 발랐었던 것이다. 새빨갛고 작은 개양귀비꽃과 수레국화가 번갈아 피어 있는 무늬의 벽지…….

2

그웬더는 오랫동안 뚫어지게 쏘아보며 서 있었다. 그런 다음 비틀비틀 침대로 가서 걸터앉았다.

이제까지 한 번도 와본 일 없는 나라의 한 번도 와본 적 없는 집에서 바로 이틀 전 그녀는 이 방에 바를 벽지를 잠자리 속에서 그려 보았다. 그런데 자기가 머리 속에 그려 본 그 벽지는 옛날 이곳 벽에 발라졌던 벽지와 아주 똑같은 것이었다.

몇 개의 단편적인 설명이 그녀의 머리 속에서 소용돌이쳤다. 던과 시간의 실험…… 과거가 아니라 앞날을 투시하는…….

정원 길과 문에 대한 것은 우연의 일치라고 설명할 수도 있다. 그

벽지 31

러나 이 벽지와 같은 우연의 일치도 있을 수 있을까? 이런 분명한 무늬의 벽지를 상상하고 그런 다음 똑같은 것을 발견한다는 일이 있을 수 있을까?

있을 수 없는 일이다. 그녀는 영문을 알 수 없었고, 두려웠다. 몇 번이나 그녀는 앞날이 아니라 과거를, 이 집의 옛 상태를 보고 있었던 것이다.

언제 어느 때 그녀는 더 보게 될지도 모른다. 그녀가 보고 싶지 않은 뭔가를······.

그녀는 이 집이 무서웠다. 그러나 무서운 것은 집인가, 아니면 그녀 자신인가? 그웬더는 특별한 능력을 지닌 사람이 되고 싶지 않았다.

그녀는 숨을 크게 쉬고 모자를 쓴 다음 코트를 입고 급히 밖으로 나왔다. 우체국에서 그녀는 회신료를 붙여 전보를 쳤다.

런던 첼시 애드웨이스퀘어 19번지 웨스트 씨.
마음이 달라졌음. 내일 찾아가도 좋을는지. 그웬더.

"Cover her face ; mine eyes dazzle ; she died young"
# 여자의 얼굴을 가려라

    레이먼드 웨스트 부부는 자일스의 젊은 아내가 환영받고 있음을 느낄 수 있도록 할 수 있는 데까지 최선을 다했다. 그웬더가 그들을 만나 마음속으로 좀 깜짝 놀랐다 해도 그들의 책임은 아니었다.
    레이먼드는 색다른 모습을 하고 있어 당장 덤벼들려는 큰 까마귀와 비슷했다. 축 늘어진 그의 머리칼이며 별안간 목소리를 크게 하는 이해하기 어려운 말투에 그웬더는 눈이 휘둥그레져 침착성을 잃게 되었다.
    그와 조앤은 둘이서 자기들만의 말로 이야기하는 것 같았다. 그웬더는 아직 한 번도 지성적인 분위기에 젖어 본 일이 없어서 그 말투는 정말 색달랐던 것이다.
    레이먼드가 말했다.
    "당신을 한두 군데 쇼에 데려가고 싶소."
    먼 길을 온 뒤여서 그웬더가 차를 한잔 마셨으면 좋겠다고 생각하며 진을 마시고 있을 때였다.
    그웬더의 얼굴이 순식간에 밝아졌다.

"오늘 저녁에는 새들러즈 웰스에서 발레를 보는 거요. 내일은 우리의 놀랄 만한 제인 아주머니의 생일을 축하하기 위해 연극을 보러 갈거요. 길구드 주연의 〈말피 공작부인〉이지요. 금요일에는 러시아의 번역극 〈유령이 걷는다〉를 봐야 하오. 지난 20년 동안의 공연 중 가장 주목할 만한 작품이오. 이건 위트모어 극장에서 상연하고 있소."

그웬더는 그들이 자기를 극진히 대접하려고 이런 계획을 짜준 데 대해 감사했다. 결국 자일스가 돌아와야 둘이서 뮤지컬이며 쇼를 보러 갈 수 있을 것이다. 그녀는 〈유령이 걷는다〉라는 연극을 보러 간다는 말에 조금 머쓱했으나, 어쩌면 생각했던 것보다 즐거울지도 모른다고 고쳐 생각했다. 가장 주목할 만한 연극은 일반적으로 즐겁지 않다는 것이 문제였지만 말이다.

레이먼드가 말했다.

"제인 아주머니는 틀림없이 마음에 들어하실 거요. 아주머니를 한마디로 표현한다면, 시대극에서 빠져 나온 듯한 인물이라고나 할까? 속속들이 빅토리아 왕조 시대의 사람이오. 화장대 다리를 모두 사라사 천으로 감아 두고 있소. 시골에 살고 있지요. 아무 일도 일어나지 않는, 마치 괴어 있는 연못 같은 마을이오."

그의 아내가 빈정거리는 투로 말했다.

"한 번 사건이 있었어요."

레이먼드가 손을 내저었다.

"치정에 얽힌 살인이었을 뿐이오. 그것도 아주 서툴렀지."

그러자 조앤이 살짝 윙크하며 말했다.

"당신은 그때 무척 재미있어하셨잖아요?"

레이먼드가 위엄 있는 목소리로 말을 받았다.

"그야 나도 때로는 마을 일에 관심을 가질 때도 있지."

"아무튼 제인 아주머니는 그 살인 사건으로 유명해지셨어요."
"그래, 조금도 빈틈없는 분이지. 문제를 아주 좋아하시고."
그웬더는 수학 문제를 생각하며 물었다.
"문제라니요?"
레이먼드가 손을 내저으며 말했다.
"어떤 문제든지 말이오. 야채 가게 아주머니가 맑게 갠 날 저녁 교회 친목회에 가는데 우산을 들고 간 것은 무엇 때문인가? 소금에 절인 새우가 어째서 그 자리에서 발견되었는가? 목사님의 흰 옷에 무슨 일이 일어났는가? 제인 아주머니에게는 무슨 일이든 그냥 일어나는 게 아니오. 그러니 만일 일신상에 무슨 문제가 일어나거든 제인 아주머니에게 상의하도록 하오, 그웬더. 아주머니가 깨끗이 해결해 주실 테니까."

그는 웃었고 그웬더도 웃었으나 진정으로 웃은 것은 아니었다.

이튿날 그녀는 미스 마플이라고 불리는 제인 아주머니를 만났다. 미스 마플은 매력적인 노부인이었다. 여위고 키가 후리후리하며 장밋빛 뺨에 눈이 파랗고 행동은 점잖았으나 떠들썩한 것을 좋아하는 그런 모습이었다. 그녀의 파란 눈은 자주 반짝였다.

조금 이른 듯한 저녁 식사 자리에서 제인 아주머니의 건강을 위해 건배한 다음, 그들은 히즈 머제스티스 극장으로 갔다. 그들 말고도 손님으로 온 중년 화가와 젊은 변호사가 함께 갔다. 중년 화가는 그웬더에게 무척 마음을 써 주었고 젊은 변호사는 조앤과 미스 마플 두 사람에게 마음써 주었다. 그는 미스 마플의 이야기를 매우 재미있어했다.

그러나 극장 안에서는 짝이 바뀌었다. 그웬더는 레이먼드와 변호사 사이에 앉았다.

불이 꺼지고 연극이 시작되었다.

연기가 훌륭해서 그웬더로서는 참으로 재미있었다. 그웬더는 이제까지 일류 연극을 그리 많이 보지 못했었다. 연극이 끝날 때가 가까워지자 그 내용은 공포의 절정에 이르렀다. 배우의 목소리가 무대를 뒤덮었으며 일그러지고 비틀어진 심리극으로 변했다.
"여자의 얼굴을 가려라. 눈이 부셔서 앞이 보이질 않는구나. 그녀는 젊은 나이에 죽었다."
그웬더가 비명을 질렀다.
그녀는 의자에서 벌떡 일어나 다른 손님들 앞을 정신없이 달려 통로로 돌진해 문을 지나 층계를 올라가 가까스로 바깥 큰길로 나갔다. 밖에 나와서도 그녀는 걸음을 멈추지 않고 정신없이 반은 걷고 반은 달리듯하며 헤이마켓 거리를 빠져 나갔다.
그녀는 피커딜리까지 와서야 겨우 길에 택시가 달리고 있는 것을 깨달았다. 택시를 세우고 올라타 첼시에 있는 집주소를 일러주었다. 손으로 더듬어 돈을 꺼내 요금을 치르고 현관 앞 층계를 올라갔다.
그녀를 맞아들인 하녀가 깜짝 놀라 빤히 쳐다보았다.
"일찍 돌아오셨군요, 아가씨. 왜 기분이라도 나쁘세요?"
"아니에요. 아니, 그래요, 나는 그만 정신이 아득해져서……."
"마실 것을 좀 드릴까요, 아가씨? 브랜디라도 드릴까요?"
"아니, 괜찮아요. 곧 자겠어요."
그녀는 그 이상 묻는 것을 피하듯 층계를 뛰어올라갔다.
그녀는 옷을 벗어 바닥에 내던지고 잠자리로 기어 들어갔다. 그녀는 누워서 떨고 있었다. 가슴이 두근거리고 눈은 천장을 뚫어지게 바라보고 있었다.
아래층에서 나중에 돌아온 사람들의 소리가 들렸으나 그녀는 알아차리지 못했다.
5분쯤 뒤 문이 열리며 미스 마플이 들어왔다. 양옆구리에 탕파

(뜨거운 물을 넣어 몸을 덥게 하는 그릇)를 하나씩 끼고 손에는 컵을 하나 들고 있었다.

그웬더는 침대 위에 일어나 앉아 떨리는 몸을 가라앉히려 했다.

"아, 아주머니, 정말 죄송합니다. 뭐가 뭔지 나 자신도 도무지 모르겠어요. 나는 정말 바보 같은 짓을 저질렀어요. 어른들께서 화가 나셨겠지요?"

미스 마플이 말했다.

"자, 이젠 걱정할 것 없어요, 아가씨. 이 탕파를 넣어 몸을 좀 녹이도록 해요."

"난 탕파는 필요없어요."

"아니에요, 당신에게는 필요해요. 그래요, 이제 됐어요. 이 차를 들어요."

차는 진하고 따끈했으며 설탕이 좀 많이 들어 있었지만 그웬더는 얌전히 마셨다. 떨림이 조금 가라앉았다. 미스 마플이 말했다.

"자, 누워서 좀 자도록 해요. 충격을 받았군요. 내일 아침 그 이야기를 하기로 해요. 아무 걱정 말고 푹 자도록 해요."

그녀는 담요를 잘 덮어 주고 빙그레 웃어 보이며 그웬더의 몸을 가볍게 두드려 주고 나갔다.

아래층에서는 레이먼드가 안타까운 얼굴로 조앤에게 말하고 있었다.

"대체 어떻게 된 일이지? 기분이라도 나빠진 건가?"

"나도 모르겠어요, 레이먼드. 느닷없이 비명을 질렀어요! 틀림없이 그녀에게는 그 연극이 좀 기분 나빴던가 봐요."

"그야 뭐, 웹스터에는 좀 소름끼치는 데가 있지. 하지만 도무지 알 수가 없군."

미스 마플이 방으로 들어오자 그는 하던 이야기를 멈추고 물었다.

"그녀는 괜찮습니까?"

"그래, 이제 괜찮은 모양이야. 심한 충격을 받았나 봐."
"충격이요? 겨우 제임스 시대의 연극을 보았을 뿐인데요?"
미스 마플이 생각에 잠기며 말했다.
"뭔가 그 이상의 일이 있을 거라고 생각해."
그웬더의 아침 식사는 방으로 가져다 주었다. 그녀는 커피를 조금 마시고 조그만 토스트 조각을 먹었다.

그녀가 일어나 아래층으로 내려가니 조앤은 화실로 나가고 없었으며 레이먼드는 서재에 틀어박혀 있었다. 미스 마플만이 강 건너편이 내다보이는 창가에 앉아 부지런히 뜨개질을 하고 있었다.

그웬더가 들어오자 미스 마플은 차분한 미소를 떠올리며 올려다보았다.

"잘 잤어요? 좀 어때요?"
"네, 아주 좋아졌어요. 어젯밤에는 어째서 그런 바보 같은 짓을 했는지 모르겠어요. 내가 왜 그랬을까요? 그분들 무척 화나셨겠지요?"
"그렇지 않아요. 모두 다 잘 이해하고 있어요."
"뭘요?"
미스 마플은 뜨개질하는 손을 멈추지 않고 올려다보았다. 그리고 다정하게 말했다.

"당신이 어젯밤 심한 충격을 받았다는 것 말이에요. 그 까닭을 모두 이야기해 주겠어요?"

그웬더는 마음이 가라앉지 않아 서성거렸다.

"나는 정신과 의사나 누군가에게 진찰을 받아 보는 편이 좋을 것 같아요."
"물론이지요. 런던에는 용한 정신과 전문의가 있어요. 그렇지만 그웬더, 정말로 그럴 필요가 있다고 생각해요?"

"네, 나는 미쳐 버릴 것 같아요. 틀림없이 미쳐 버리고 말 거예요."

이때 나이 지긋한 하녀가 쟁반에 전보 한 통을 담아 들고 방으로 들어와 그웬더에게 건네주었다.

"전보 배달부가 회답을 하시겠는지 어떤지 알고 싶어해요."

그웬더는 겉봉을 뜯었다. 그것은 딜머스에서 보내온 전보였다. 그녀는 잘 납득되지 않는 듯 잠시 들여다보고 있더니 전보를 구겨 버렸다.

그녀는 기계적으로 말했다.

"회답은 하지 않겠어요."

하녀가 나갔다.

"나쁜 소식은 아닌 것 같군요, 그웬더?"

"자일스에게서 온 거예요. 내 남편이지요. 그가 비행기로 돌아온다는군요. 1주일 뒤에 온대요."

어떻게 해야 할지 모르는 비참한 목소리였다. 미스 마플이 조용히 가벼운 헛기침을 하고 나서 말했다.

"어머나, 정말 멋진 소식이군요."

"그럴까요? 내가 미쳤는지도 모르는 이때인데도 말인가요? 만일 내가 미쳐 버렸다면 자일스와 결혼해선 안 되었던 거예요. 그리고 집이고 뭐고 모두 다……. 나는 거기로 돌아가지 않겠어요. 아, 어떻게 해야 좋을지 모르겠어요."

미스 마플이 가까이 오라는 듯 소파를 가볍게 두드렸다.

"자, 여기에 좀 앉아요. 그리고 이제까지 있었던 일을 모두 다 이야기해 봐요."

그웬더는 마음이 놓이는 듯한 심정으로 그녀가 하라는 대로 따랐다. 그녀는 이제까지의 일을 모두 이야기했다. 그녀가 맨 처음 힐사이드를 보았을 때부터 시작하여 그녀를 당혹케 하고 차츰 괴롭힌 일들을. 이윽고 그녀는 말을 맺었다.

"그래서 나는 무서워진 거예요. 나는 런던으로 오려고 생각했어요. 그 모든 것으로부터 달아나야겠다고 생각한 거예요. 그렇지만 아시겠지요? 그것으로부터 달아날 수는 없었어요. 그것들은, 나를 괴롭히는 그것들은 계속 나에게 달라붙어서 떨어지지 않아요. 어젯밤……."

그녀는 눈을 감고 생각을 더듬는 듯 말을 끊었다. 미스 마플이 재촉했다.

"어젯밤?"

그웬더는 빠르게 말했다.

"아마 이런 일은 믿지 않으실 거예요. 내가 히스테리를 일으켰거나 머리가 이상해진 것으로 생각하시겠지요. 정말 갑작스러웠거든요.

연극이 거의 끝나 가려는 때였어요. 나는 그때까지 연극을 즐기고 있었어요. 한 번도 그 집에 대한 생각 따위는 하지 않았어요. 그런데 느닷없이 그 집이 생각난 거예요. 마른하늘의 날벼락처럼 말예요. 그 배우가 바로 그 말을 했을 때."

그녀는 낮고 떨리는 목소리로 되풀이했다.

"'여자의 얼굴을 가려라. 눈이 부셔서 앞이 보이질 않는구나. 그녀는 젊은 나이에 죽었다.'

그 순간 나는 그 집으로 돌아가 있었어요. 층계 위에서 난간 사이로 홀을 내려다보고 있었지요. 나에게는 그녀가 거기에 누워 있는 게 보였어요. 팔다리를 쭉 뻗고…… 죽어 있었어요. 머리는 금빛이고 얼굴은 핼쑥했어요! 그녀는 죽어 있었어요. 목졸려 죽었는데, 누군가가 그 말을 그와 똑같이 무시무시하고 만족스러운 듯이 했어요. 나는 그 남자의 손을 보았어요. 잿빛이 돌고 쭈글쭈글하게 주름이 잡힌……. 손이 아니에요. 원숭이의 앞발……. 무서웠어요, 죽어 있었어요……."
미스 마플이 조용히 물었다.
"누가 죽어 있었지요?"
"헬렌이었어요……."
그웬더의 대답은 빠르고 기계적이었다.

Helen?
# 헬렌?

 잠시 동안 그웬더는 미스 마플을 뚫어지게 바라보더니 이마에 흘러내린 머리칼을 쓸어 올렸다.
 "어째서 내가 헬렌이라고 했을까? 헬렌이라는 사람은 전혀 모르는데!"
 그녀는 절망적인 태도로 손을 내렸다.
 "역시 나는 미쳐 버린 거예요! 허깨비가 떠오르는 거예요! 실제로는 있지도 않은 것들이 보이기 시작한 거예요. 처음에는 그냥 벽지뿐이었어요. 하지만 지금은 그것이 시체가 되었어요. 점점 심해져 가요."
 "그렇게 결론을 서둘러서는 안 돼요."
 "그렇지 않으면 그 집 탓이에요. 그 집에 유령이 붙어 있어요. 마법인가 뭔가에 걸려 있어요. 나는 거기에서 일어난 일이 보이는 거예요. 그렇지 않으면 이제부터 일어나려 하고 있는 일이 보이는 거예요. 그게 더 나빠요. 아마도 헬렌이라는 여자가 거기서 살해되려 하고 있나 봐요. 다만 알 수 없는 것은, 만일 그 집에 유령이 붙어 있는 거라면 내가 거기에서 떨어져 있는데도 어째서 끔찍스러운 일이 보이는 것일까요? 이상해진 것은 어쩌면 나일지도 몰라요. 곧 정신과 의사에게 가서 진찰을 받는 게 좋겠어요. 오늘 아침에라도."
"그웬더, 진찰은 다른 해결 방법을 모두 다 써본 뒤에라도 받을 수 있잖아요? 언제든 말예요.

 나는 언제나 처음에는 가장 간단하고 상식적인 해석을 해보는 게 좋을 거라고 생각해요. 우선 사실을 좀더 분명하게 해줘요. 당신의 마음을 혼란시킨 것은 분명 세 가지였지요? 나무를 심어서 감췄지만 거기에 있었던 것으로 여겨지는 정원 길, 벽돌로 막아 놓은 문, 그리고 보지도 않았는데 정확하게 꽃무늬까지 상상할 수 있었던 벽지. 어때요, 모두 맞아요?"
"네."
"그럼, 가장 간단하고 자연스러운 해석은 당신이 그런 것들을 예전에 본 적이 있다는 거예요."
"다시 말해 전생에서라는 말씀인가요?"
"아니에요, 이 세상에서. 결국 그런 것은 현실의 기억일 거라고 말하고 싶어요."
"하지만 나는 한 달 전까지만 해도 영국에 전혀 와본 적이 없었는걸요, 아주머니."
"확실해요?"
"물론 확실하지요. 나는 태어난 뒤로 줄곧 뉴질랜드의 크라이스트처치 가까이에서 살았어요."
"거기서 태어났나요?"
"아니요, 인도에서 태어났어요. 아버지는 영국 육군 장교였지요. 어머니는 내가 태어난 지 한두 해 뒤에 돌아가셔서 아버지는 나를 뉴질랜드에 사는 어머니 친척에게 보내 돌보게 했대요. 그로부터 2, 3년 뒤 아버지도 돌아가셨어요."
"당신은 인도에서 뉴질랜드로 갔던 일을 기억하지 못하겠지요?"
"똑똑히 기억하고 있지는 않아요. 아주 희미하지만 배를 탔던 일은 기억하고 있어요. 동그란 창문 같은 것, 뱃전에 나 있는 창문이었을 거예요.

그리고 흰 선장 옷을 입은 남자. 얼굴이 붉고 눈이 파랬으며, 턱에 멍처럼 퍼런 것이 있었어요. 아마 무슨 흉터였겠지요. 그는 나를 곧잘 하늘 높이 쳐들어 주었어요. 나는 무서워하면서도 좋아했던 기억이 나요. 하지만 그런 기억들은 모두 단편적이에요."
"당신을 돌봐주던 사람을 기억하나요? 인도에서 아야라고 말하는 하녀라든지……."
"아야가 아니라 유모였어요. 유모에 대해서는 기억해요. 얼마동안 함께 있었으니까요. 내가 5살쯤 될 때까지였어요. 종이로 오리를 오려 주곤 했지요. 그래요, 그녀는 배를 타고 있었어요. 선장이 나에게 뽀뽀했을 때 내가 그의 구레나룻이 싫어 울자 유모는 야단을 쳤어요."
"어머나, 그거 아주 재미있군요. 왜냐하면 당신은 두 번의 서로 다른 항해를 한데 뒤섞어 생각하고 있으니까요. 한 항해에서는 선장이 구레나룻을 길렀었고, 또 다른 항해에서는 선장님 얼굴이 붉고 턱에 흉터가 있었어요."
그웬더가 골똘히 생각하며 말했다.
"그래요, 틀림없이 나는 혼동하고 있는 것 같군요."
"있을 수 있는 일이에요. 어머니가 돌아가셨을 때 아버지는 처음에 당신을 영국으로 데려오셨던 게 아닐까요? 그리고 당신은 실제로 그 집, 힐사이드에서 살았던 게 아닐까요? 당신은 조금 전에 말했지요? 그 집에 들어간 순간 그곳이 내 집처럼 여겨졌었다고. 그리고 당신이 침실로 고른 방, 그곳은 아마도 당신이 어렸을 때 쓴 아기 방이었을 거예요."
"그 방은 아기 방이었어요. 창문에 난간이 있었어요."
"자, 알겠어요? 그 방에는 수레국화와 개양귀비꽃 무늬가 있는 밝고 귀여운 벽지가 발라져 있었을 거예요. 사람이란 자기의 아기 때 쓰던 방 벽지를 곧잘 기억하는 법이지요.

나도 내가 아기 때 쓰던 방 벽에 등꽃 빛깔의 아이리스가 그려져 있던 기억이 사라지지 않아요. 확실히 내가 3살 때쯤 도배를 다시 했을 텐데 말예요."
"그래서 나는 곧 장난감에 대한 생각을 하게 되었을까요? 인형 집과 작은 장난감 장 말예요."
"그래요. 그리고 욕실, 마호가니 가장자리가 달린 욕조. 당신은 그것을 본 순간 오리를 띄울 생각을 했다고 이야기했지요?"
그웬더는 골똘히 생각하며 말했다.
"뭐든지 놓여 있는 곳을 곧 알 수 있다고 생각한 것만은 사실이에요. 부엌도, 속옷용 벽장도, 그리고 거실에서 식당으로 통하는 문이 있다고 생각했던 일도 그래요. 하지만 내가 영국에 와서 오래전 옛날에 살았던 그 집을 실제로 사다니 아무리 생각해도 있을 수 없는 일 아니겠어요?"
"있을 수 없는 일은 아니에요. 놀라운 우연의 일치일 뿐이지요. 그리고 놀라운 우연의 일치란 있을 수 있는 일이에요. 당신 남편이 남해안에 집을 갖고 싶어했고, 당신은 그러한 집을 찾다가 예전의 기억이 되살아나는 듯한 어떤 집 앞을 지나게 되어 그 집에 강한 매력을 느낀 거지요. 크기도 값도 마침 알맞아 그 집을 산 거예요. 그래요, 있을 법한 일이지요. 만일 그 집이 그냥 단순히 유령이 나오는 집이라면 당신은 전혀 다른 반응을 보였으리라고 생각해요. 하지만 당신은 공포감도 혐오감도 느끼지 않았어요. 당신이 이야기해 준 그 결정적인 순간, 층계 위에서 홀을 내려다보았을 때를 빼놓고는 말예요."
그웬더의 눈에 다시 공포의 빛이 떠올랐다.
"아주머니는 결국 그 헬렌의 일도 정말 있었던 일이라는 말씀인가요?"
미스 마플은 상냥하게 말했다.
"그래요, 그렇게 생각해요. 만일 다른 일이 실제 있었던 일의 기억이라면 헬렌의 일도 그렇다는 것을 받아들여야 해요."
"누군가가 살해되어, 목졸려 죽어서 쓰러져 있는 것을 내가 실제로 보았다는 말씀인가요?"
"그 사람이 목졸려 죽었다고 말하는 것은, 당신이 똑똑히 보았기 때문이라고 생각되지는 않아요. 아마 어젯밤의 연극에서 암시를 받은 거겠지요. 연극에서 파랗게 질려 일그러진 얼굴을 보고 목졸려 죽는 장면을 떠올린 것이 아닐까요? 나는 아주 어린 아기가 층계를 기어 내려오다가 폭력과 죽음과 죄악을 목격했고, 거기에 아까 당신이 말한 어구를 연결시킨 거라고 생각해요. 그 구절은 틀림없이 범인의 입에서 나온 말일 거예요.

 그것은 아이에게는 참으로 큰 충격이었을 거예요. 어린아이란 참으로 약하디약한 존재니까요. 몹시 무서운 꼴을 당했다면, 특히 뭔지 까닭을 알 수 없는 일로 그런 꼴을 당했다면 어린아이는 그 일을 입 밖에 내지 않을 거예요. 마음속에 단단히 넣어 둘 테지요. 겉으로는 잊은 것처럼 보일지도 몰라요. 하지만 그 기억은 당신이 의식하지 못하는 훨씬 깊은 무의식 속에 남아 있어요."
그웬더는 깊은 한숨을 내쉬었다.

"그것이 나에게 일어난 일이라고 생각하시는군요? 그렇지만 지금 전부 다 생각나지 않는 것은 왜일까요?"
"아무도 그렇게 마음대로 생각해 낼 수는 없는 일이에요. 생각해 내려 하면 할수록 기억은 멀어지고 말지요. 하지만 나는 그것이 현실에서 일어난 일이라는 증거가 한두 가지 있다고 생각해요. 이를테면 지금 당신이 어젯밤 극장에서의 체험을 이야기해주었을 때, 그것이 말끝에 살짝살짝 나타났어요.

당신은 자기가 층계 난간 사이로 본 것 같다고 했지요? 하지만 대개는 난간 사이로 홀을 내려다보는 게 아니라 난간 위에서 보겠지요. 난간 사이로 보는 것은 어린아이뿐이에요."
그웬더는 감탄한 듯 말했다.
"정말 뛰어난 생각이시군요."
"이렇게 간단한 일이 매우 중요해요."
그웬더는 당혹한 모습으로 말했다.
"하지만 헬렌이란 누구였을까요?"
"그웬더, 그것이 헬렌이라고 지금도 굳게 믿어요?"
"네……. 정말 이상한 일이지만, 나는 헬렌이 누구인지도 모르거든요. 하지만 나는 알고 있었어요. 쓰러져 있던 사람이 헬렌이었다는 것을요. 어떻게 하면 좀더 자세히 알 수 있을까요?"
"글쎄요. 당신이 어렸을 때 정말로 영국에 온 적이 있었는지 어떤지, 적어도 있을 수 있는 일이었는지 어떤지 분명히 해두는 게 중요하다고 생각해요. 혹시 당신 친척 가운데 누가……."
그웬더가 말을 가로막았다.
"앨리슨 이모가 계세요. 그분이라면 아마 아실 거예요."
"그럼, 그분께 항공 우편으로 알아보는 게 좋겠군요. 당신이 영국에 온 일이 있었는지 어떤지를 알아야 할 일이 생겼다고 써보내요.

아마 당신 남편이 여기에 도착할 때까지는 답장이 올 거예요."
"참으로 고맙습니다, 아주머니. 정말 여러 가지로 친절히 해주셨어요. 아주머니 말씀대로라면 좋겠군요. 그렇다면 정말 마음이 놓이겠어요. 결국 초자연적인 일 같은 건 없으니까요."
미스 마플은 빙그레 웃음지었다.
"우리가 생각하는 대로라면 좋겠군요. 나는 모레부터 영국 북부에 사는 옛 친구들 집에 가서 지낼 생각이에요. 열흘 뒤쯤 돌아오는 길에 런던에 들르겠어요. 만일 그때 당신과 당신 남편이 여기 와 있을 예정이라거나, 당신 이모의 답장이 와 있다면 그 결과를 꼭 알려줘요."
"물론이지요, 아주머니! 아무튼 자일스를 꼭 만나 주세요. 그는 매우 멋진 사람이에요. 우린 이 사건에 대해 즐겁게 이야기할 수 있을 거예요."
그웬더는 이제 완전히 기운을 되찾고 있었다.
그러나 미스 마플은 뭔가 깊이 생각에 잠겨 있는 모습이었다.

Murder in Retrospect
# 회상 속 살인

1

 열흘 후 미스 마플은 메이페어에 있는 작은 호텔을 찾아갔다. 리드 부부가 그녀를 진심으로 환영했다.
 "자일스예요, 아주머니. 여보, 제인 아주머니께서 얼마나 친절히 해주셨는지 말로 다할 수 없을 정도예요."
 "만나 뵙게 되어 기쁩니다, 제인 아주머니. 그웬더는 너무 무서워 하마터면 정신병원에 갈 뻔했었다더군요."
 미스 마플의 다정해 보이는 파란 눈은 자일스 리드를 한 번 보자 곧 호감을 갖게 되었다. 자일스는 키가 후리후리하게 크고 금빛 머리를 한 믿음직스러운 젊은이로, 타고난 수줍음과 이따금 눈을 깜박거리는 버릇이 상대의 경계심을 풀게 했다. 미스 마플은 그의 강한 신념을 나타내는 턱과 꼭 다문 입매를 눈여겨보았다. 그웬더가 말했다.
 "저기 저 작은 서재에서 차를 들기로 해요. 어두운 방이지만, 아무도 들어오지 않으니까 차를 마신 뒤 제인 아주머니께 앨리슨 이모의 편지를 보여 드리겠어요."

미스 마플이 날카롭게 올려다보자 그녀는 덧붙여 말했다.
"네, 그래요. 편지가 왔어요. 아주머니께서 생각하셨던 그대로였어요."
차를 다 마신 뒤 세 사람은 이모의 답장을 펴보았다.

내 귀여운 그웬더.
네게 어떤 근심거리가 생겼다는 말을 들으니 매우 걱정되는구나. 사실 네가 어렸을 때 얼마 동안 영국에서 살았던 일은 나도 이제까지 완전히 잊고 있었다.

네 어머니, 나의 언니인 미건은 그 무렵 인도에 부임해 있던 친구 집에 놀러 갔다가 거기서 네 아버지 핼리데이 소령을 만났단다. 둘은 곧 결혼했고 네가 태어났지.

네가 태어난 뒤 2년쯤 있다가 네 어머니가 세상을 떠났어. 그것은 우리에게 크나큰 충격이어서 곧 네 아버지에게 편지를 쓰지 않았겠니? 네 아버지와는 그때까지 편지만 주고받았을 뿐 한 번도 만나 보지는 못했었단다.

우리는 너를 데려다 보살펴 주고 싶다고, 또 네 아버지도 어린아이를 데리고 군무를 수행하기는 힘들 테니 너를 우리에게 맡겨 달라고 부탁했었지.

그렇지만 네 아버지는 거절하셨단다. 군대에서 전역하여 너를 영국으로 데리고 돌아올 생각이라더구나. 그러니 언제고 그 집으로 찾아와 주면 좋겠다는 말이 씌어 있었지.

귀국하는 배에서 네 아버지는 어떤 젊은 여자를 만났는데, 그녀와 약혼해 영국에 도착하자 곧 결혼했던 것 같다. 짐작컨대 그 결혼은 행복하지 못했던 모양인데 1년쯤 뒤 두 사람은 헤어진 것 같았어. 그 무렵 네 아버지가 우리에게 편지를 보내 아직도 너를 데려다 키워 줄 생각이 있느냐고 물어 왔단다.

우리는 곧 승낙했어. 우리가 너를 데려오게 된 것이 얼마나 기뻤는지. 영국인 유모가 너를 안고 우리에게로 왔단다.

그때 네 아버지는 많은 재산을 너에게 물려주고, 너를 법적으로 우리 호적에 올려 줄 것도 제안했었지. 그것이 우리에게는 좀 이상하게 여겨졌지만, 우리는 네 아버지가 좋은 뜻에서 그랬을 거라고, 다시 말해서 네가 우리 가족의 한 사람이 되게 하려는 간곡한 뜻에서 그랬을 거라고 생각했었어. 그렇지만 우리는 그 제안을 받아들이지 않았단다.

그로부터 1년쯤 뒤 네 아버지는 요양소에서 돌아가셨지. 내가 상상하기에 아마도 아버지는 너를 나에게로 보냈을 때 이미 자신의 건강이 신통치 않다는 말을 들었던 모양이다.

네가 네 아버지와 영국에 있었을 때 어디에 살았는지는 전혀 알 수 없어서 미안하구나. 당연히 아버지 편지에 씌어 있었을 테지만, 아무튼 18년이나 지난 옛날 일이고 보니 세세한 점은 유감스럽게도 기억하고 있지 못해.

영국 남부였던 것만은 틀림없어. 그래, 딜머스가 맞을 것 같기도 하구나. 다트머스였던 것 같기도 하지만, 이 두 이름은 혼동하기 쉬워서 잘 모르겠다.

너의 새어머니는 재혼했을 게다. 그러나 그녀의 이름도 모르고, 그녀의 결혼 전 이름도 기억나지 않아. 네 아버지가 재혼한다는 이야기를 처음으로 알려 주었던 편지에 그 이름이 씌어 있었지만, 너에게 알려 줄 수 없게 되어 미안하구나.

우리는 네 아버지가 그토록 빨리 재혼한다는 데 대해 좀 화가 났었던 것 같아. 그러나 배로 하는 원거리 여행이란 사람들에게 특별히 서로 친근감을 갖게 하기 쉽다는 건 잘 알고 있다. 그리고 네 아버지는 그것이 너를 위해 좋은 일일 거라고 생각했는지도 모르지.

네가 기억하지 못하더라도 전에 영국에서 살았던 일이 있었다는 이야기를 해주었어야 하는 건데, 내가 미처 생각지 못했어. 게다가 이 모든 것에 대해 이제는 기억이 흐릿하구나. 인도에서 네 어머니가 돌아가신 것과, 네가 여기로 와 우리와 함께 살게 된 일만이 언제나 중요한 일이었지.

이것으로 너의 고민이 모두 해결되었으면 좋겠구나.

자일스가 곧 그리로 가서 네 힘이 되어 줄 거라고 믿고 있다.

결혼하자마자 따로 떨어져 있다니 둘 다 괴로운 일이겠구나.

이 편지는 네 전보에 대한 답장으로 급히 보낸다. 이곳 소식은 다음 편지에 쓰기로 하마.

네 사랑하는 이모<br>앨리슨 댄비

추신——어떤 걱정거리인지 가르쳐 줄 수 없겠니?

그웬더가 말했다.
"어때요, 아주머니? 아주머니가 말씀하신 것과 거의 같지요?"
미스 마플은 얇은 편지지의 접힌 자리를 펴고 있었다.
"그렇군요, 정말. 상식적인 해석이지만 그게 들어맞았던 일이 이제까지 종종 있었지요."
자일스가 말했다.
"정말 감사드립니다, 제인 아주머니. 가엾게도 그웬더는 굉장히 놀랐지요. 아주머니가 계시지 않았더라면 나도 그웬더가 앞을 훤히 내다보는 투시력을 지녔거나 초능력을 가진 거라고 걱정했을 겁니다."

그웬더가 말했다.
"그런 일은 남편들에게 몹시 걱정되는 모양이에요. 무언가 잘못한 일이 있다면 아무래도 그렇겠지요."
"나야 잘못한 일 없지."
미스 마플이 물었다.
"그래, 집은 어때요? 그 집에 대해서는 어떻게 느끼지요?"
"네, 이젠 괜찮아요. 우린 내일 돌아가려고 해요. 자일스가 무척 보고 싶어하거든요."
"이미 짐작하셨는지 모르겠습니다만 제인 아주머니, 결국 우리는 제1급 살인 사건을 해명하게 된 셈입니다. 실제로 우리 집 현관에서, 아니 좀더 정확하게 말한다면 우리 집 홀에서 일어난 사건에 대해서요."
미스 마플이 천천히 말했다.
"그래요, 나도 그 점은 생각해 봤어요."
그웬더가 말했다.
"자일스는 미스터리 소설을 아주 좋아해요."
"그렇습니다. 다시 말해 나는 이거야말로 미스터리 소설이라고 하고 싶습니다. 홀에 아름다운 여자의 피살된 시체가 있고, 그녀에 대해 아는 거라곤 이름밖에 없습니다.

물론 나는 그것이 20년 가까운 옛날 일이라는 것을 알고 있습니다. 지금 단서가 남아 있을 리도 없습니다. 그러나 적어도 이것저것 추리하여 줄거리를 더듬어 갈 수는 있습니다. 아! 어쩌면 수수께끼를 풀 수 없을지도 모르겠지만요."
미스 마플이 말했다.
"자일스, 당신이라면 풀 수 있을지도 모르지요. 18년 전 일이라곤 하지만……. 그래요, 당신이라면 풀 수 있을지도 몰라요."

자일스는 얼굴을 빛내며 물었다.
"아무튼 정말로 한 번 맞붙어 봐도 괜찮겠지요?"
미스 마플은 불안스럽게 몸을 움직였다. 그녀의 표정은 매우 심각해서 어떻게 보면 몹시 걱정하고 있는 것 같기도 했다. 그녀가 말했다.
"하지만 매우 위험할 수도 있어요. 나는 두 사람에게 충고하고 싶어요. 그래요, 꼭 충고해야겠어요. 이번 일에 절대 관여하지 말아요."
"관여하지 말라고요? 이것은 우리와 관련된 살인 사건입니다. 물론 그것이 살인이었다면 말입니다만."
"살인이었을 거예요. 그렇기 때문에 더욱더 내버려둬야 해요. 살인 사건은 결코 가벼운 마음으로 접근해선 안 되지요."
"그렇지만 제인 아주머니, 모두가 다 그렇게 생각한다면……."
그녀는 자일스의 말을 가로막았다.
"그래요, 알고 있어요. 확실히 그렇게 하는 게 의무일 경우가 있지요. 죄 없는 사람이 억울하게 죄를 뒤집어쓰고, 여러 가지로 다른 사람에게 혐의가 걸리고, 아직 잡히지 않은 위험한 범인이 또다시 사건을 일으킬 우려가 있는 경우에는 말예요.

그렇지만 이 살인 사건은 완전히 과거의 것이라는 사실을 당신들은 이해해야만 해요. 아마 살인 사건으로서 알려지지도 않았겠지요. 만일 살인 사건으로 알려졌다면 정원사라든가 가까이에 사는 사람들로부터 벌써 소문을 들었을 거예요. 살인이란 아무리 옛날에 있었던 일일지라도 언제나 뉴스거리니까요.

안 돼요, 시체는 어떻게든 눈에 띄지 않게 처리되었을 거예요. 전혀 아무에게도 의심받지 않도록 말예요. 당신들은 정말로 그 사건을 다시 파헤치는 일이 현명하다고 생각하나요?"
그웬더가 외쳤다.

"제인 아주머니, 아주머니는 진정으로 걱정하시는군요?"
"걱정되고말고요. 당신들은 정말 훌륭한 사람들이니까요. 이렇게 말해도 괜찮다면 말예요. 신혼이라서 함께 있는 게 즐거울 거예요. 제발 부탁이니 그런, 뭐라고 해야 좋을까, 당신들을 다치게 하거나 괴롭히게 될 사건을 밝히려 하지 말아 줘요."
그웬더는 미스 마플을 지그시 바라보았다.
"아주머니는 뭔가 특별한 일을 생각하고 계시는군요. 무엇을 은근히 암시하시는 거지요?"
"암시하다니, 그런 일은 없어요. 다만 쓸데없는 일을 하지 않도록 충고할 따름이지요. 나는 오래 살아와서 사람이 얼마나 상처입기 쉬운지 잘 알고 있어요. 이것이 내 충고예요. 쓸데없는 짓은 하지 말도록 해요."
"하지만 쓸데없는 일이 아니잖습니까?"
자일스의 목소리는 이제까지와 달리 좀 엄격한 투를 띠고 있었다.
"힐사이드는 우리 집입니다. 그웬더와 나의 집입니다. 그리고 틀림없이 누군가가 그 집에서 살해되었습니다. 우리 집에서 일어났던 살인 사건을 그대로 내버려둘 생각은 없습니다. 그런데 손가락을 입에 물고 그냥 가만히 있으라고요. 비록 18년 전 일이라 할지라도 말입니다!"
미스 마플은 크게 한숨을 내쉬었다.
"미안하군요. 기개 있는 젊은이라면 대부분 그렇게 생각하겠지요. 나도 그런 마음에는 공감하고 칭찬해 주고 싶어요. 하지만 아, 진심으로 당신이 그렇게 하지 말아 주었으면 좋겠어요."

2

이튿날, 세인트메리미드 마을에 미스 마플이 돌아왔다는 소식이 퍼졌다. 그녀는 11시에 하이스트리트에 나타났고, 12시 10분 전에 목사관에 들렀다.

그날 오후 마을의 소문을 좋아하는 부인 셋이 그녀를 방문했다. 세 부인은 미스 마플로부터 활기찬 대도시에 대한 인상을 묻고 의례적인 인사를 마치자 축제 때 수예품을 판매할 가판대와 차를 파는 텐트의 위치에 대해 자세하게 이야기하기 시작했다.

저녁때가 되자 미스 마플은 여느때와 다름없이 자기 집 뜰에 나났다. 그러나 그때만은 이웃 사람들의 움직임에 대해 흥미를 갖기보다 잡초가 어디에 자랐는가에 대해 더 관심을 쏟고 있었다. 그녀는 저녁 식사를 할 때에도 멍하니 있어, 하녀 에벌린이 마을 약방 주인의 행동에 대해 신나게 열올려 이야기해도 거의 귀기울이지 않는 것 같았다.

다음날도 그녀는 멍하니 있어서, 목사 부인과 한두 사람이 걱정하며 그 일에 대해 이야기했다.

그날 밤 미스 마플은 기분이 좋지 않다며 잠자리에 들었다.

이튿날 아침 그녀는 닥터 헤이독을 부르러 사람을 보냈다.

닥터 헤이독은 오랫동안 미스 마플의 주치의로 있었으며 친구이자 협력자였다. 그는 미스 마플의 증상을 묻고 진찰했다. 그런 다음 의자에 등을 기대고 그녀를 향해 청진기를 휘두르며 말했다.

"겉보기에는 약해 보이지만, 당신 연배의 부인으로서는 매우 건강하십니다."

"나도 내가 건강하다는 것은 잘 알고 있어요. 하지만 분명히 말해서 좀 과로한 것 같아요. 아주 지쳐 버려서 힘들어요."

"런던에서 밤마다 늦게까지 놀러 다니다가 오셨겠지요."

"그야 물론이지요. 요즘은 런던도 좀 피곤해요. 신선한 바닷가와 달리 공기도 너무 탁하고 말예요."

"세인트메리미드의 공기는 깨끗하고 신선하지요."

"하지만 습기가 많고 어쩐지 답답해요. 몸이 상쾌하게 긴장되는 느낌이 아니에요."

헤이독 의사는 흥미가 이는 듯 그녀를 가만히 바라보았다. 그러다가 친절하게 말했다.

"나중에 강장제를 보내 드리지요."

"고맙습니다. 이스튼 시럽은 언제나 도움이 돼요."

"나 대신 처방까지 할 필요는 없습니다, 미스 마플."

"장소를 좀 바꿔 보면 어떨까 생각하는데, 어떻겠어요?"

미스 마플은 솔직해 보이는 파란 눈으로 묻듯이 그를 보았다.

"당신은 벌써 3주일 동안이나 다른 데 다녀왔잖습니까?"

"그건 그래요. 하지만 그곳은 런던이에요. 거기에 있으면 당신 말씀대로 기운이 없어져요. 그 다음 북부의 공업 지대로 갔지만 역시 바다의 공기와는 전혀 달랐어요."

닥터 헤이독은 왕진 가방을 챙겼다. 그리고 나서 씩 웃으며 돌아보았다.

"무엇 때문에 나를 불렀는지 말해보시지요. 그 까닭을 이야기해 준다면 그 말을 그대로 되풀이해 드리지요. 당신은 바닷가 공기가 필요하다는 내 전문적인 의견을 듣고 싶은 모양이지요?"

미스 마플이 감사해하며 말했다.

"역시 당신은 알아주시는군요."

"바닷가 공기는 기막히게 좋으니까요. 곧 이스트본으로 가는 게 좋겠습니다. 그렇지 않으면 당신은 건강이 몹시 나빠질지도 모릅니다."

"이스트본은 좀 추울 것 같아요. 고원 지대인걸요."

"그럼, 본머스나 와이트 섬은 어떻습니까?"

미스 마플은 그에게 눈을 깜박거려 보였다.
"나는 늘 작고 아늑한 곳이 좋다고 생각해왔어요."
닥터 헤이독은 다시 자리에 앉았다.
"호기심이 생기는군요. 당신이 말하려는 그 작고 아늑한 바닷가 도시란 대체 어디입니까?"
"글쎄요, 전부터 생각하고 있었던 곳은 딜머스예요."
"확실히 작고 아늑하지요. 좀 심심하겠지만요. 어떻든 왜 딜머스에 가려는 겁니까?"
미스 마플은 한동안 잠자코 있었다. 걱정스러운 빛이 그녀의 눈에 어려 있었다.
"만일 어느 날 우연히 당신이 여러 해 전, 19년이나 20년 전에 살인이 있었던 것을 암시하는 사실을 발견했다고 해봐요. 그 사실을 당신 혼자서만 알게 되었고, 그때까지 전혀 아무 의심도 받지 않고 있었다면 당신은 어떻게 하겠어요?"
"회상 속의 살인이라는 겁니까?"
"네, 그래요."
닥터 헤이독은 한참 동안 생각에 잠겨 있었다.
"잘못된 재판은 없었을까요? 이 범죄로 형을 받은 사람도 없었구요?"
"내가 아는 한은 없었어요."
"흠, 회상 속의 살인이라……. 잠자는 살인 사건이로군요. 자, 들어 보십시오. 만일 나라면 잠든 살인 사건은 그대로 자게 내버려두겠습니다. 이것이 내 대답입니다. 살인 사건으로 쓸데없는 수고를 하는 것은 위험합니다. 매우 위험한 일이라구요."
"내가 두려워하는 게 바로 그거예요."
"살인자는 반드시 범행을 되풀이한다고 합니다. 그러나 그것은 진실이 아닙니다. 죄를 저질러 놓고 보기 좋게 법망을 피해 다시는 위험한 다리를 건너지 않도록 주의하는 타입의 범죄자도 있지요.

그런 자가 그 뒤 내내 행복하게 산다는 말을 할 생각은 없습니다. 그런 일은 도저히 믿어지지 않으니까요. 여러 가지 모양의 벌이라는 것이 있으니 말입니다.

그러나 적어도 겉으로만은 모든 일이 잘되어 나갔지요. 아마도 마들렌 스미스 사건이 그랬었고, 리지 보든 사건 또한 그랬습니다. 마들렌 스미스 사건에서는 증거가 없었고, 리지 때는 무죄가 되었지요. 그러나 많은 사람들은 그 여자들 둘다 유죄라고 믿고 있습니다.

그 밖에도 이름을 들려면 얼마든지 들 수 있습니다. 그들은 다시는 범행을 되풀이하지 않았지요. 한 번의 범행만으로 바라던 것을 얻었다는 얘기겠지요. 그러나 그들이 무언가로부터 위협을 느낀다면 어떻겠습니까?

나는 지금 이야기한 살인범이 어떤 사람이든 그런 종류의 범죄자라고 생각합니다. 그는 죄를 저지르고 보기 좋게 달아났습니다. 그리고 아무에게도 의심받지 않았지요.

그러나 어떤 사람이 그의 죄를 깊이 파고든다면 어떻게 될 것 같습니까? 막대기로 사방을 찌르고 다니며 돌을 파헤치고, 길을 찾아다니고, 마침내 사실을 알아내게 될지도 모르는 사태에 이르렀다면?

그 살인범이 어떻게 할 것 같습니까? 수색의 손길이 점점 가까이 다가오는 동안 빙글거리며 가만히 앉아 있을 것 같습니까? 그렇지 않을 겁니다. 만일 어떤 대의명분이 있어서가 아니라면 그냥 내버려두라고 말씀드리고 싶습니다."

그리고 그는 조금 전에 한 말을 다시 되풀이했다.

"잠자는 살인 사건은 그대로 자게 내버려두란 말입니다. 이것은 내 친구이자 환자인 당신에 대한 명령입니다. 모든 것을 그대로 내버려두십시오."
"하지만 관계가 있는 것은 내가 아니에요. 아주 마음에 드는 두 젊은이에요. 내 이야기를 좀 들어 보세요!"
그녀는 이제까지의 이야기를 했고, 닥터 헤이독은 귀기울여 들었다.
미스 마플의 이야기가 끝나자 그는 말했다.
"참으로 놀라운 일이군요. 정말 놀라운 우연의 일치입니다. 그야말로 놀라운 사건이군요. 당신은 그 감춰진 의미를 알고 있겠지요?"
"네, 물론이지요. 하지만 그 두 사람은 아직 상상도 하지 못할 거라고 생각해요."
"그건 굉장한 불행을 가져올지도 모르는 일입니다. 그들은 그 사건에 관여하지 않았더라면 좋았을 거라고 생각하게 되겠지요. 비밀은 건드리지 말고 덮어두어야 합니다.
그러나 나로서도 젊은 자일스의 마음은 이해할 수 있을 것 같군요. 좀 속상한 이야기지만 나 자신이라도 사건을 모르는 척 내버려둘 수는 없을 겁니다. 지금도 나는 호기심이……."
그는 별안간 하던 이야기를 멈추고 엄격한 눈길로 미스 마플을 보았다.
"그래서 당신은 딜머스로 갈 구실이 필요했던 거로군요. 당신과 아무 관계도 없는 사건에 말려들기 위해서."
"확실히 관계는 없어요, 선생님. 하지만 나는 저 두 사람이 걱정되어서 그런답니다. 그들은 아직 나이도 어리고 세상 물정도 모르며 너무나 사람을 잘 믿어 속기 쉬워요. 나는 그들을 보살펴 주기 위해 그곳에 가야 한다고 생각해요."

"그래, 당신은 꼭 갈 생각이란 말입니까? 그들을 돌봐 주기 위해서! 당신은 살인 사건이라면 그냥 지나치는 일이 없군요, 과거의 살인까지도 말입니다."

미스 마플은 좀 새침한 미소를 떠올렸다.

"하지만 딜머스에서 2, 3주일 동안 지내는 것은 내 건강에도 좋을 거라고 생각하겠지요?"

"당신의 임종이 가까워올 것 같습니다. 그러나 당신은 내 말 따위는 들으려 하지 않겠지요!"

3

오랜 친구인 밴트리 대령 부부를 찾아가는 도중 미스 마플은 자동차를 세워 두고 이쪽으로 걸어오는 밴트리 대령을 만났다. 그는 총을 들고 애견 스패니얼을 데리고 있었다. 그는 진심으로 미스 마플을 환영했다.

"여, 어서 오십시오, 런던은 어떻던가요?"

미스 마플은 런던에서 조카가 연극을 여러 편 구경시켜 줘서 매우 즐거웠다고 말했다.

"인텔리들에게 맞는 연극이었겠군요, 나는 뮤지컬 코미디밖에는 흥미가 없답니다."

미스 마플은 러시아 연극도 보았는데 너무 길기는 했지만 매우 재미있었다고 했다.

"러시아 연극을!"

대령은 내뱉듯이 말했다. 예전에 그는 어떤 요양소에서 독서용으로 도스토예프스키의 소설을 받은 일이 있었던 것이다. 그는 미스 마플에게 정원으로 가면 돌리를 만날 수 있을 거라고 덧붙였다.

밴트리 부인이 정원에 없는 일은 거의 없었다. 그녀는 정원 가꾸는 일에 온 정열을 쏟고 있었다. 구근 카탈로그가 가장 마음에 드는 책이었으며, 식물이며 구근류며 꽃이 피는 떨기나무며 희귀한 고산 식물 등이 대화의 주제였다. 맨 처음 미스 마플의 눈에 들어온 것은 빛바랜 트위드 옷에 싸인 그녀의 큼직한 엉덩이였다.

가까이 다가오는 발소리에 밴트리 부인이 힘들게 몸을 펴자 뼈마디에서 으드득 소리가 났다. 원예 취미 때문에 그녀는 류머티즘에 시달리고 있었다. 흙 묻은 손으로 이마의 땀을 닦아 내며 그녀는 친구에게 반가운 인사를 했다.

"돌아왔다는 이야기는 들었어요, 제인. 어때요, 내 새로운 제비꽃이 아주 잘 자라고 있지요? 이렇게 예쁜 용담꽃을 본 일 있나요? 좀 손이 많이 갔지만 이제는 뿌리가 완전히 내렸을 거예요. 이제 비만 와주면 되는데. 날씨가 몹시 가물었으니까요. 에스터 말로는 당신이 앓아 누웠다던데, 그렇지 않은 걸 보니 기쁘군요."

에스터는 밴트리 부인네 요리사로 마을의 연락병 노릇을 하고 있었다.

"좀 과로한 모양이에요. 헤이독 선생님께서 내게 바닷바람을 쐬고 오라고 권유하시더군요. 몹시 지쳤대요."

"어머나, 하지만 지금 곧 가버리는 건 아니겠지요? 정원은 지금이 한창 좋은 때인걸요. 댁의 꽃밭에도 마침 꽃이 피기 시작할 거고요."

"하지만 헤이독 선생님은 그 편이 좋다고 하시던걸요."

"어머나, 그래요? 헤이독 선생님은 흔해빠진 여느 의사들처럼 바보가 아니에요."

밴트리 부인은 억지로 인정했다.

"실은 돌리, 댁의 요리사에 대한 일을 좀 물어보려고 왔어요."

"어느 요리사 말인가요? 당신에게 요리사가 필요해요? 설마 저

술 잘 마시는 여자를 말하는 건 아니겠지요?"
"원, 그렇지 않아요. 그 왜 맛있는 파이를 만드는 사람 있었지요? 주인이 집사라든가 했던······."
"아, 네, 먹 터틀 말이군요. 금방이라도 울음이 터질 듯이 슬픈 목소리로 말하는 여자 말이지요? 그녀는 확실히 솜씨 좋은 요리사였어요. 남편은 뚱뚱하고 어지간히 게을렀지만 말예요.

아서는 언제나 그가 위스키에 물을 탄다고 불평을 했었지요. 도대체 그가 왜 그랬는지 모르겠어요. 유감스럽게도 부부란 반드시 어느 한쪽이 시원찮거든요. 그 부부는 전에 있던 집주인이 유산을 물려줘서 여기 일을 그만두고 남해안에서 하숙집을 시작했지요."
"바로 그거예요, 내가 생각한 것은. 혹시 딜머스가 아니었던가요?"
"맞아요. 딜머스 바닷가 14번지예요."
"헤이독 선생님께서 바닷가로 가라고 권해 주셔서 생각났는데 그 부부의 이름은 손더스였지요?"
"맞아요. 정말 좋은 생각을 했군요, 제인. 이보다 더 좋은 생각은 할 수 없을 거예요. 손더스의 아내가 잘 보살펴 줄 거예요. 지금은 그곳도 한가한 철이니 당신이 머문다고 하면 기뻐할 테지요. 숙박비도 그리 비싸게 받지 않을 거고요. 맛있는 요리와 바다의 좋은 공기만 있으면 곧 건강해질 거예요."
"고마워요, 돌리. 그렇게 되었으면 해요."

Exercise in Detection
# 발견의 실습

1

자일스가 물었다.
"시체는 어디에 있었던 것 같소? 이쯤이오?"
 자일스와 그웬더는 힐사이드의 홀에 서 있었다. 두 사람은 어젯밤에 돌아왔는데, 바야흐로 자일스는 열심히 수색 중이었다. 그는 마치 새로운 장난감을 받은 어린아이처럼 기뻐하고 있었다.
"바로 거기쯤이에요."
 그웬더는 층계를 다시 올라가 주의깊게 내려다보았다.
"그래요, 거기쯤이었던 것 같아요."
"쪼그려 앉아 보오. 당신은 겨우 3살쯤 된 어린아이요, 알겠소?"
 그웬더는 그의 말대로 쪼그려 앉았다.
"당신은 그 말을 한 남자를 실제로 볼 수는 없었겠지?"
"본 것 같지는 않아요. 그는 조금 뒤로 물러서 있었던 것 같아요. 그래요, 거기예요. 내게는 앞발밖에 보이지 않았어요."
"앞발?"

자일스가 이맛살을 찡그렸다.
"앞발이었어요. 회색빛 앞발. 사람의 것이 아닌 듯한……."
"여보, 여보, 그웬더. 이건 《모르그 거리의 살인》이 아니오. 사람에게 앞발이 어디 있소?"
"하지만 그에게는 앞발이 있었어요."
자일스는 의아한 표정으로 그녀를 보았다.
"그건 나중에 상상한 게 아닐까?"
그웬더는 천천히 말했다.
"내가 이 사건 전체를 상상한 건지도 모른다고 생각지 않아요? 자일스, 나는 줄곧 생각했어요. 사건 전체가 꿈이었다고 하는 편이 훨씬 있음직한 일로 여겨져요. 그랬을지도 몰라요. 아이들이 꿀 만한 그런 꿈으로, 완전히 겁먹어 줄곧 기억하고 있는 그런 것…….

그것이 옳은 해석이라고 생각지 않나요? 왜냐하면 딜머스에서는 아무도 예전에 이 집에서 사람이 살해되었거나, 변사했거나, 증발했거나, 뭔가 이상한 일이 있었다는 그런 일은 꿈에도 생각지 않는 듯한걸요."
자일스는 조금 전과 다른 아이, 새로운 멋진 장난감을 빼앗기고 만 어린아이 같은 얼굴이 되었다.
"분명 악몽이었을지도 모르지."
그는 마지못해 인정했다. 그러다가 갑자기 그의 얼굴이 환해졌다.
"아니, 나는 믿지 않소. 당신이 꿈에 원숭이의 앞발을 보는 일이나 죽은 사람을 보는 일은 있을 수 있겠지. 그러나 설마 〈말피 공작부인〉의 대사를 꿈에서 보았다니 있을 수 없는 일이오."
"어떤 사람이 그렇게 말하는 것을 듣고 나중에 그 꿈을 꾸었다면 있을 수 있는 일이겠지요."
"아이들에게는 그런 일이 불가능하오. 굉장한 심리적 압박을 받았

발견의 실습 65

을 때 들은 게 아니라면 말이오. 만일 그것이 이 경우에 들어맞는 다고 하면, 우리는 다시 출발점으로 돌아가야 하오. 잠깐만, 알았소.

 당신이 꿈에 본 것은 앞발이었소. 당신은 시체를 보고, 말소리를 듣고 몹시 겁을 먹은 나머지 악몽을 꾼 거요. 그리고 악몽 속에서 원숭이의 앞발이 움직이는 것을 본 거요. 아마도 그 무렵 당신은 원숭이를 무서워했던 거겠지."
그웬더는 좀 의아한 표정을 지었다. 그녀는 천천히 말했다.
"그럴지도 모르지요."
"조금만 더 생각해 내면 좋겠는데……. 자, 홀로 내려오오. 눈을 감고, 생각해 보오……. 뭔가 좀더 생각나는 게 없소?"
"네, 아무것도 생각나지 않아요, 자일스. 생각하면 할수록 모두 멀리 달아나고 말아요. 다시 말해서 나는 이미 나 자신이 실제로 뭘 보았는지조차 의아하게 생각하기 시작했어요. 틀림없이 요전날 저녁에는 극장에서 연극을 보다가 정신착란을 일으킨 것뿐일 거예요."
"아니요, 뭔가 있었소. 제인 아주머니도 그렇게 생각하고 있소. 헬렌은 어떻소? 당신은 헬렌에 대해 뭔가 기억하고 있을 거요."
"그런데 그게 전혀 기억나지 않아요. 그저 그 이름뿐이에요."
"그게 정확한 이름이 아니었는지도 모르잖소?"
"아니에요, 틀림없어요. 분명히 헬렌이었어요."
그웬더는 물러서지 않았다. 고집스럽게 그렇게 믿고 있는 모양이었다. 자일스가 합리적으로 말했다.
"헬렌이라는 게 그렇듯 확실하다면 그녀에 대해 뭔가 알고 있을 거요. 당신은 그녀를 잘 알고 있었소? 그녀는 여기에 살았었소? 아니면 잠시 머물고 갔을 뿐이었소?"

그웬더는 너무 긴장한 나머지 마음이 흥분되는 것 같았다.
"모르겠다고 하잖아요?"
자일스는 하는 수 없이 방법을 바꾸었다.
"그 밖에 무엇이 생각나오? 당신 아버님은 생각나지 않소?"
"네. 결국 모른다는 뜻이에요. 아버지의 사진은 늘 보고 있었지만요. 앨리슨 이모가 곧잘 말씀하셨어요. '이분이 네 아버지란다'라고요. 그렇지만 나는 여기 이 집에서의 아버지는 기억나지 않아요."
"하인이나 하녀는 어떻소? 유모라든가 그런 사람 말이오."
"아니, 안 돼요. 생각해 내려 하면 할수록 완전히 공백이 되고 말아요. 내가 알고 있는 건 모두 잠재의식 속에 있어요. 아무 생각없이 무의식중에 저 문 있는 곳으로 간 것처럼. 나는 저기에 문이 있었다는 건 기억하고 있지 않았어요.

 당신이 그렇듯 다그치지 않는다면 좀더 기억이 되살아날지도 모르겠는데요. 아무튼 모든 일을 속속들이 밝혀내려 해도 가망이 없어요. 오랜 옛날 일인걸요."
"결코 가망이 없지는 않소. 제인 아주머니도 그렇게 인정했잖소."
"그 아주머니는 어떻게 손대면 좋을지에 대해서는 아무 말씀도 해주시지 않았지만, 그 반짝이는 눈을 보면 뭔가 생각났던 것 같아요. 그분이라면 어떻게 시작했을까요?"
자일스가 분명하게 딱 잘라 말했다.
"우리가 생각해 내지 못할 방법을 그분이라고 생각해 낼 것 같지는 않소. 이것저것 추측하는 건 그만둡시다. 그리고 조직적인 방법으로 생각하는 거요.

 우리는 이미 시작했소. 나는 교구의 사망 등록부를 훑어보고 왔소. 그 속에 꼭 알맞게 들어맞는 나이의 '헬렌'은 없었소. 실제로 내가 알아본 테두리 안에서는 아무래도 그 시기에 헬렌이라는 사람이 있었다고 생각할 수 없소. '엘렌 팩, 94살.' 이것이 가장 비슷한 것이오.

우리는 지금 효과적인 다음 방법을 생각해야만 하오. 만일 당신 아버님과 계모인 그 여자가 이 집에서 살았다면 반드시 이 집을 샀거나 또는 세를 얻어 살았을 거요."

"정원사 포스터의 이야기로는 엘워시라는 사람들이 헨그레이브 부부 이전의 주인이었고, 그 전에는 핀디슨 부인이었대요. 그 밖에는 아무도……."

"당신 아버님은 이 집을 사서 아주 짧은 동안 여기에 살았소. 그리고 다시 팔아 버렸을지도 모르지. 그러나 나로서는 아버님이 이 집에 세들었으며 아마도 가구까지 함께 빌렸다고 생각하는 편이 그럴 듯하오. 그렇다면 가장 확실한 방법은 부동산 중개업소를 둘러보는 일이오."

부동산 중개업소를 도는 건 수고롭거나 시간 걸리는 일은 아니었다. 딜머스에는 부동산 중개업소가 두 집밖에 없었기 때문이다.

윌킨슨 부동산은 비교적 새 가게였다. 12년 전 개업했으며, 주로 거리 변두리에 있는 작은 방갈로와 새로 지은 집을 다루었다.

또 한 업자는 갤브레이스 앤드 펜더리 사무소로 그웬더가 이 집을 살 때 이용한 가게였다.

그곳을 찾아가자 자일스는 곧 용건으로 들어갔다. 자신과 자신의 아내는 힐사이드와 딜머스 전체가 마음에 들어 기뻐하고 있다. 아내가 어렸을 때 실제로 딜머스에 살았던 일을 얼마 전에야 알았다. 그녀는 그곳에 대한 아주 희미한 기억이 있어 힐사이드야말로 실제로 그녀가 살았던 집이라고 여겨지지만, 확신을 갖지 못하고 있다. 핼리데이 소령이라는 사람에게 그 집을 빌려 주었다는 기록이 이 가게에 남아 있지 않을까? 18년이나 19년 전쯤 일인데…….

펜더리 씨는 미안한 듯이 두 손을 펴보이며 말했다.

"유감스럽습니다만 알 수 없습니다, 리드 씨. 그토록 오래된 옛날 장부까지는 남겨 두지 않지요. 더구나 가구째 세놓거나 짧은 기간 동안 빌려 준 기록은 오래 남아 있지 않습니다. 도와드리지 못해서 정말 미안합니다, 리드 씨. 우리 가게의 옛 주임인 내러콧 씨가 살아 있었다면 도움이 되었을지도 모르는데요. 그분은 지난해 겨울에 돌아가셨습니다. 30년 가까이 이곳에서 일하셨는데, 기억력이 놀라웠지요, 정말 놀라웠습니다."

"혹시 기억하고 계실 만한 다른 분은 없을까요?"

"우리 직원들 모두 비교적 젊은 편이지요. 물론 갤브레이스 노인이 있습니다만 여러 해 전에 물러났습니다."

그웬더가 말했다.

"그분께 물어보면 아실지도 모르겠군요?"

팬더리 씨는 의심스러운 모양이었다.

"글쎄, 어떨는지요. 그는 지난해 중풍에 걸려 몸이 몹시 부자유스럽습니다. 벌써 80살이 넘었으니까요."

"딜머스에 사시나요?"

"네, 그렇습니다. 캘커타 로지에 살지요. 시튼 거리의 멋지고 아담한 집입니다만, 저로서는 아무래도 좀……."

2

자일스가 그웬더에게 말했다.

"희망이 거의 없군. 그러나 아직은 모르오. 편지를 써도 별수 없을 것 같소. 차라리 그곳으로 가서 직접 만나 봅시다."

캘커타 로지는 꼼꼼하게 잘 손질된 정원에 둘러싸여 있었다. 두 사람이 안내된 거실도 가구가 조금 많은 듯하나 역시 깨끗이 정돈되어 있었다. 밀랍과 로낵 냄새가 풍겼다. 놋쇠 장식이 반짝반짝 빛났으며, 창문은 꽃덩굴로 꾸며져 있었다.

의심스러운 눈길을 한 여윈 중년 여인이 방으로 들어왔다.

자일스가 재빨리 자신의 볼일을 설명했다. 그러자 미스 갤브레이스의 얼굴에서 마치 진공 청소기라도 억지로 팔려는 게 아닐까 생각하는 듯한 표정이 사라졌다. 그녀는 말했다.

"매우 안됐습니다만, 나로서는 도저히 도와 드릴 수 없을 것 같군요. 너무 오래된 옛날 일이니까요."

그웬더가 말했다.

"하지만 문득 생각나는 일도 있지 않겠어요?"

"생각해 내려 해도 나 자신이 뭔가 알고 있을 리 없는걸요. 사업과는 아무 관계가 없으니까요. 핼리데이 소령이라고 하셨지요? 아니요, 나는 그런 이름을 가지신 분과는 딜머스에서 만난 일이 없었어요."

그웬더가 말했다.

"어쩌면 당신 아버님께서는 알고 계실지도 모르겠군요."

미스 갤브레이스는 고개를 저었다.

"아버지 말씀이신가요? 아버지는 요즘 정신이 또렷하지 못하세요. 기억도 많이 흐려지셨지요."

그웬더의 눈길은 주의깊게 비날리즈(인도 북부 지방)에서 만들어진 놋쇠 액자를 바라보았고, 그런 다음 벽난로 위에서 행진하는 흑단 코끼리의 행렬로 옮겨 갔다.

"혹시 기억하고 계실지도 모른다고 생각한 것은, 우리 아버지가 마침 인도에서 갓 돌아왔을 때였기 때문이에요. 댁은 캘커타 로지라는 이름으로 불리고 있지요?"

그녀는 대답을 기다리듯 말을 끊었다. 미스 갤브레이스가 말했다.
"네, 아버지께서는 장사 일로 얼마 동안 캘커타에 가 계셨었지요. 그러다가 전쟁이 일어나 1920년에 이곳의 회사에 들어가셨지만 다시 그곳으로 돌아가시고 싶어하셨답니다. 언제나 그렇게 말씀하셨어요. 하지만 어머니는 외국이 마음에 들지 않았지요. 그리고 물론 그곳 기후가 건강에 썩 좋다고 할 수도 없었으니까요. 그런데 어떠세요? 아버지를 꼭 만나고 싶으세요? 오늘은 좀 기분이 좋으실지도 모르겠군요"
그녀는 안쪽의 아담하고 깨끗한 서재로 그들을 안내했다. 흰 바다 코끼리 같은 수염을 기른 노신사가 크고 초라한 가죽 의자에 깊숙이 몸을 묻고 앉아 있었다. 얼굴이 좀 떨리고 있었다. 딸이 말을 전하자, 그는 분명히 승낙하는 태도로 그웬더를 지그시 쳐다보았다.
그는 그리 분명치 못한 목소리로 말했다.
"기억력이 예전 같진 않지만 핼리데이라고? 아니, 나는 그런 이름은 기억하지 못해. 요크셔에서 학교에 다닐 때 그런 이름의 남자 아이를 알고 있었지만, 그것은 70년도 전의 일이지."
자일스가 말했다.
"힐사이드에 세들었을 거라고 생각되는 핼리데이입니다만."
갤브레이스 씨의 움직이는 쪽 눈꺼풀이 떨리며 껌벅였다.
"힐사이드? 그 무렵 힐사이드라고 불렸던가? 핀디슨이 거기에 살았지. 훌륭한 부인이었어."
"아버지는 그 집을 가구째 빌렸을지도 몰라요······. 인도에서 갓 돌아왔을 때였으니까요."
"인도? 인도라고? 아, 그런 남자가 있었지. 군인이었어. 나에게 카펫을 속여 팔았던 건달 녀석을 알고 있었어. 그 녀석도 인도에서 돌아왔다고 했었지. 젊은 부인이 있었어. 아기도 있고. 여자 아이

발견의 실습 71

였어."

그웬더는 확신을 가지고 말했다.

"그게 바로 나였어요."

"설마, 정말인가? 허, 세월 참 빠르군. 그런데 그의 이름이 뭐라고 했지? 가구 딸린 집을 찾고 있었지. 그래, 그래, 핀디슨 부인이 그동안 이집트인지 어딘지에 가겠다고 해서…… 정말 어리석은 일이야. 그런데 그 남자 이름이 뭐라고 했지?"

그웬더가 대답했다.

"핼리데이였어요."

"그래, 맞아, 그래, 핼리데이였어. 핼리데이 소령. 좋은 사람이었어. 아주 아름다운 부인이 있었지. 정말 젊었어. 금발이었는데, 자기 친척 가까이에 살고 싶다든가 뭐 그런 말을 했었지. 음, 아름다운 여자였어."

"그 친척이 누군가요?"

"나는 전혀 기억나는 게 없어, 전혀. 당신은 그녀를 닮지 않았는걸."

그웬더는 하마터면 말할 뻔했다. 그 여자는 계모였다고. 그러나 그것은 문제를 복잡하게 만들 뿐이어서 그만두었다. 그녀가 말했다.

"그녀는 어떤 모습이던가요?"

갤브레이스의 대답은 뜻밖이었다.

"고민하는 것 같았지. 그렇게 보였어, 고민하는 것처럼. 그래, 그 소령은 정말 좋은 사람이었어. 내가 캘커타에서 있었던 이야기를 하자 그는 열심히 들려주었지. 영국을 떠난 일이 없는 편협한 사람들과는 달랐어. 나는 세계를 보고 온 사람이야. 그의 이름이 뭐라고 했더라? 그 군인, 가구 딸린 집을 찾았던 사람은?"

그는 닳아빠진 레코드를 반복해서 울리고 있는 헌 축음기 같았다.

"세인트캐서린이야. 그래, 세인트캐서린을 1주일에 6기니로 빌렸지. 핀디슨 부인이 이집트에 있는 동안. 핀디슨 부인은 거기서 세상을 떠났어, 가엾게도. 집은 경매에 붙여졌지. 다음에 누가 샀더라? 엘워시였어.

그래, 맞아. 여자들뿐이었지. 자매들이었어. 이름을 바꾸었지. 세인트캐서린이 가톨릭적이라면서 집의 이름을 바꿨어. 가톨릭적인 것은 뭐든지 몹시 싫어했지. 전도지를 보내기도 했어.

모두 수수한 사람들인데, 흑인 선교에 흥미를 갖고 있었지. 흑인들에게 바지와 성경책을 보내 주기도 했어. 이교도들을 개종시키는 데 굉장히 열심이었지."

그는 별안간 한숨을 쉬더니 의자 등받이에 기댔다. 그리고 조바심치며 말했다.

"먼 옛날 일이야. 이름도 생각나지 않아. 인도에서 돌아온 남자. 좋은 사람이었어. ……지쳤다. 글래디스, 차 좀 주겠니?"

자일스와 그웬더는 그에게 고맙다고 말하고 딸에게도 인사한 다음 작별했다.

그웬더가 말했다.

"이제 분명하게 증명되었군요. 아버지와 나는 힐사이드에 살았어요. 다음에는 뭘 하지요?"

자일스가 말했다.

"나는 바보였소. 서머셋 하우스에 가봅시다."

그웬더가 물었다.

"서머셋 하우스가 뭐지요?"

"결혼에 대해 알아볼 수 있는 등기소요. 그곳에 가면 당신 아버님의 결혼에 대해 알아볼 수 있을 거요. 이모님 이야기로는 아버님께서 영국에 오자마자 곧 두 번째 부인과 결혼했다고 하셨지. 그래도 모르겠소, 그웬더? 이것을 좀더 일찍 생각했어야 했소. 있을 수 있는 일이니까. 헬렌이 당신 계모의 친척이었으리라는 것을. 이를테면 여동생이라든가 말이오. 아무튼 그녀의 성을 알 수 있으면 우리는 힐사이드의 모든 것을 아는 사람에게 가까이 갈 수 있을지도 모르오. 당신 기억하오? 아버님은 부인의 친척들 곁에서 살기 위해 딜머스에 집을 구했다고 그 노인이 말했잖소? 만일 그녀의 친척이 이 부근에 살고 있다면 뭔가 알 수 있게 될지도 모르오."
"자일스, 당신은 아주 훌륭해요."

### 3

자일스는 결국 런던에 가지 않아도 되었다. 정력적인 기질의 자일스는 여기저기 나서서 뭐든지 다 자신이 하고 싶어하는 경향이 있었으나, 판에 박힌 조사는 다른 사람에게 맡겨도 되겠다고 생각했다.
그는 자기 사무실에 장거리 전화를 걸었다.
자일스는 기다리던 대답이 왔을 때 흥분해서 외쳤다.
"드디어 왔군!"
그는 봉투에서 결혼증명서 사본을 꺼냈다.
"자, 이거요, 그웬더. 8월 7일, 금요일, 켄싱턴 등기소, 켈빈 제임스 핼리데이, 헬렌 스펜러브 케네디와 결혼."
그웬더가 날카롭게 외쳤다.
"헬렌!"
그들은 서로 얼굴을 마주보았다. 자일스가 천천히 말했다.
"그러나 그녀일 리 없소. 두 사람은 헤어졌고, 그녀는 재혼해서 나갔으니까."
그웬더가 말했다.
"알 수 없어요. 그녀가 나갔다는 것은······."

그녀는 다시금 그 간결하게 씌어진 이름을 뚫어지게 보았다. 헬렌 스펜러브 케네디.
 헬렌…….

Dr. Kennedy
# 닥터 케네디

1

2, 3일 뒤 그웬더는 찬바람이 살을 에는 듯한 산책길을 걷고 있었다. 관광객을 위해 군데군데 설치한 유리 바람막이 앞에서 문득 걸음을 멈춘다. 그녀는 몹시 놀라서 외쳤다.

"어머나, 제인 아주머니!"

두껍고 푹신한 코트에 푹 싸여 목도리를 둘둘 감은 그 사람은 틀림없이 미스 마플이었다.

"내가 여기 있어서 정말 놀랐지요? 의사 선생님께서 기분을 전환하라며 바닷가에 다녀오라고 권하셨어요. 당신에게서 들은 딜머스가 무척 매력적일 것 같아서 이리로 왔지요. 게다가 친구 집에 있던 요리사와 집사가 이곳에서 하숙집을 하고 있어서요."

"하지만 왜 우리를 만나러 와주지 않으셨어요?"

그녀는 그웬더의 항의에 미소를 지어 보이며 말했다.

"노인네는 아무래도 귀찮을 것 아니겠어요. 갓 결혼한 젊은 부부는 단둘이 있게 해줘야 해요. 물론 당신이 틀림없이 환영해 주리라 생각은 했지요. 둘 다 잘 있었어요? 그리고 수수께끼는 잘 풀어 나가고 있나요?"
그웬더는 미스 마플 곁에 앉으며 말했다.
"지금 한창 뒤쫓고 있는 중이에요."
그녀는 이제까지의 갖가지 조사를 자세하게 이야기했다. 그리고 마지막으로 말했다.
"그래서 지금 여러 신문에 광고를 냈어요. 지방지와 〈더 타임스〉와 그 밖의 큰 일간 신문에요. 헬렌 스펜러브 핼리데이(처녀 때 성(姓)은 케네디)에 대해 무언가 아시는 분은 연락해 달라는 내용이에요. 틀림없이 대답이 좀 오리라고 생각하는데, 어떨까요?"
"나도 그렇게 생각해요. 그럼요, 그렇게 생각해요."
미스 마플의 말투는 여전히 차분했다. 그러나 그녀의 눈은 당혹해 하고 있는 것 같았다. 그녀는 옆에 앉아 있는 그웬더에게로 살피는 듯한 눈길을 슬쩍 보냈다. 조금 전의 분명하고 열심인 말투는 본심을 전하고 있는 것처럼 들리지 않았다.
미스 마플은 그웬더가 고민하고 있다고 생각했다. 닥터 헤이독이 말했던 '감춰진 의미'가 아마도 그녀의 마음속에 떠오르려 하고 있는 것이리라. 틀림없다. 그러나 되돌아가기에는 이미 너무 늦었다……
미스 마플은 조용히 변명하듯 말했다.
"실은 나도 이 이야기에 흥미가 생겼어요. 지금 내 생활에는 자극이 거의 없잖아요? 당신에게 지금까지의 진행 상황을 말해 달라고 부탁해도 나를 지나치게 캐묻기 좋아하는 사람이라고 생각지는 않겠지요?"
그웬더는 열심히 말했다.
"물론 말씀드리겠어요. 아주머니께는 뭐든지 다 알려 드려야지요. 왜냐하면 아주머니가 안 계셨더라면 나는 의사 선생님을 재촉해 스스로를 정신병원에 감금시킬 뻔했는걸요.
 어디에 묵고 계시는지 가르쳐 주세요. 그리고 부디 우리 집에 오셔서 차라도 함께 드세요. 집도 봐주시고요. 아주머니께서는 범행 현장을 보셔야 할 테니까요."
그녀는 웃었으나 그 속에 신경질적인 느낌이 살짝 엿보였다.
그녀가 가버리자 미스 마플은 살그머니 고개를 저으며 이맛살을 찌푸렸다.

2

 자일스와 그웬더는 날마다 열심히 우편물을 훑어보았으나, 처음에는 몹시 실망했다. 배달된 편지 가운데에는 그들 대신 숙련된 조사를 자진해서 맡아 주겠다고 제의해 온 사립탐정 사무소의 편지가 두 통 있을 뿐이었다. 자일스가 말했다.
"이 사람들에게 부탁하는 것은 좀더 나중에 해도 늦지 않소. 만일 조사 기관을 쓰게 된다면 진짜 일류 회사로 합시다. 편지로 권유해 오는 곳이 아닌 데 말이오. 물론 우리가 하지 않은 일로서 그들이 할 만한 일이 있을 거라고는 생각되지 않지만."
그의 낙천주의 내지 자만심은 2, 3일 뒤에 온 한 통의 편지를 통해 입증되었다. 그 편지는 지적인 직업을 가진 사람임을 나타내는, 달필이지만 좀 읽기 어려운 필적으로 씌어 있었다.

 〈더 타임스〉지에 실린 귀하의 광고에 대해 대답하겠습니다.
 헬렌 스펜러브 케네디는 내 여동생입니다. 오랜 세월 동안 나는 동생 소식을 듣지 못했으므로 동생에 대한 소식을 들을 수 있다면 크나큰 기쁨이겠습니다.
우들리볼튼의 골즈힐에서

## 의학박사 제임스 케네디

자일스가 말했다.
"우들리볼튼이라…… 그리 멀지 않군. 우들리 캠프장은 사람들이 피크닉을 잘 가는 곳이오. 황무지 북쪽에 있지. 여기서 30마일쯤 될까. 케네디 박사에게 편지를 써서 만나러 가도 되겠는지 아니면 그쪽에서 와주겠는지 물어보기로 합시다."

케네디 박사로부터 다음 수요일에 와달라는 답장이 와서 그들은 떠났다.

우들리볼튼은 언덕 비탈에 집이 여기저기 흩어져 있는 마을이었다. 골즈힐은 높은 지대 맨 꼭대기에 있는 가장 높은 집이었다. 거기서 우들리 캠프와 바다를 향해 펼쳐진 황무지가 바라보였다. 그웬더가 몸을 떨며 말했다.

"어쩐지 으스스한 곳이군요."

집 자체도 으스스했다. 케네디 박사는 스팀 같은 새로운 설비를 경멸하고 있음이 분명했다.

문을 열어 준 여자는 음울해 보이며 접근하기 어려운 느낌의 사람이었다. 그녀는 텅 빈 홀을 지나 두 사람을 서재로 안내했다.

케네디 박사는 일어나 두 사람을 맞았다. 그곳은 좁고 길며 천장이 높은 방으로, 빽빽이 들어찬 책장이 죽 늘어서 있었다. 케네디 박사는 은발의 나이 지긋한 남자로 짙은 눈썹 밑에 날카로운 눈이 빛나고 있었다. 그는 날카롭게 두 사람을 번갈아 보았다.

"리드 부부군요? 앉으십시오, 리드 부인. 이것이 가장 편한 의자일 겁니다. 그런데 대체 어떻게 된 일입니까?"

자일스는 막힘 없이 미리 준비했던 이야기를 꺼냈다.

그와 아내는 얼마 전 뉴질랜드에서 결혼했다. 둘은 영국으로 왔는데, 이곳은 아내가 어렸을 때 잠시 살았던 곳이어서 옛 가족의 친구며 친척을 찾고 있는 거라고.

케네디 박사는 딱딱하고 완고한 태도를 허물어뜨리지 않았다. 그는 정중했지만 가족이라는 인연을 중시하는, 감상적인 사람들에게 화가 나 있는 것이 분명했다.

그는 정중하면서도 적잖이 적의를 가지고 그웬더에게 물었다.

"그래서 당신은 내 여동생——배다른 동생이었지요——그리고 아마 나 자신까지도 당신의 친척이라고 말씀하시는 거로군요?"

"그녀는 내 계모였어요. 아버지의 두 번째 아내였지요. 실은 난 그때 너무 어렸었기 때문에 그분을 잘 기억하지 못해요. 내 처녀 때 성(姓)은 핼리데이예요."

그는 그웬더를 뚫어지게 바라보았다. 그러다가 별안간 그의 얼굴이 미소로 밝아졌다. 그의 서먹서먹한 태도가 사라졌다. 그가 말했다.

"아, 이게 웬일이오. 설마 당신이 그웨니라니."

그웬더는 감격스러운 마음으로 크게 고개를 끄덕였다. 오랫동안 잊고 있던 그웨니라는 애칭이 그녀에게 친밀감을 가져다주었다.

"네, 내가 그웨니예요."

"정말 놀랍군. 이렇게 커서 결혼을 했다니. 세월은 정말 빨리 흐르는군! 그게 벌써, 그렇지…… 15년…… 아니, 더 옛날일 거요. 나를 기억하지 못하겠지요?"

그웬더는 고개를 끄덕였다.

"나는 아버지도 기억하지 못하는걸요. 모두 희미하기만 해요."

"그럴 테지. 핼리데이의 첫 아내는 뉴질랜드 태생이었소. 그가 그렇게 말한 기억이 나는군. 아름다운 나라일 테지요?"

"이 세상에서 가장 아름다운 나라예요. 하지만 나는 영국도 매우 마음에 들어요."

"여행을 온 거요? 아니면 여기서 살려는 거요?"
그는 벨을 누르며 말했다.
"차를 내오라고 해야겠군."
키 큰 여자가 들어오자 그는 말했다.
"차를 부탁하오. 그리고 에…… 갓 구워서 버터를 바른 토스트든지 케이크를 좀……."
점잖은 체해 보이는 가정부는 심술궂은 표정을 지었으나 곧 "네, 나리" 하고 대답하고 나갔다.
케네디 박사가 어색하게 말했다.
"나는 여느 때 차를 마시지 않소. 그러나 아무튼 축하를 해야지."
"정말 고마워요. 우린 여행하러 온 게 아니에요. 집을 샀어요."
그녀는 우물쭈물하며 덧붙였다.
"힐사이드예요."
케네디 박사는 아무렇게나 말했다.
"아, 그렇소? 딜머스로군. 거기서 편지가 왔었지요."
그웬더가 말했다.
"정말 신기한 우연이었어요. 그렇지요, 자일스?"
자일스가 말했다.
"그렇지. 정말 너무너무 놀랍습니다."
아무래도 사정이 이해되지 않는 듯 어리둥절한 표정인 케네디 박사에게 그웬더가 설명했다.
"그 집은 내가 옛날에 살던 집이에요. 팔려고 내놓았더라구요."
케네디 박사는 이맛살을 살짝 찡그렸다.
"힐사이드? 그러나 분명…… 아참, 그렇지, 이름을 바꾸었다는 말을 들었소. 전에는 세인트 뭐라고 했었지요. 만일 내가 생각하고 있는 집이 그 집이라면…… 리험프튼 거리를 시내 쪽으로 내려가

다가 오른쪽일 텐데요?"
"네, 그래요."
"그럼, 그 집이오. 이상하군, 이름을 잊어버리다니. 잠깐만, 그래, 세인트캐서린이었소. 전에는 그렇게 불렸었지요."
그웬더가 물었다.
"거기서 내가 살았었지요?"
"그렇고말고요. 당신은 거기서 살았었소."
그는 유쾌한 듯 그웬더를 지그시 바라보며 말을 이었다.
"어째서 당신은 그 집으로 돌아오고 싶었소? 별로 기억이 나지 않을 텐데?"
"네, 기억나지 않았어요. 하지만 왠지 모르게 내 집이라는 느낌이 들었어요."
케네디 박사가 그 말을 되풀이했다.
"내 집이라는 느낌이라……."
그 말에는 아무 감정도 담겨 있지 않았으나, 자일스는 별안간 그가 무슨 생각을 한 것인지 궁금해졌다. 그웬더가 말했다.
"그래서 모든 이야기를 해주셨으면 해요. 아버지와 헬렌의 일이며 …… 그리고 모든 일에 대해서요."
그녀는 도중에 어물어물 말을 끝냈다.
"뉴질랜드에 있었다면 그 사람들도 자세한 것은 몰랐겠군. 알 수가 없었을 테지. 그래, 뭐 이야기할 만한 것도 없지만. 헬렌은 당신 아버지와 같은 배로 인도에서 돌아오던 참이었소. 아버지는 어린 여자아이를 데리고 있는 홀아비였지. 헬렌은 당신 아버지에게 연민이나 사랑의 감정을 느꼈던 거고, 아버지는 쓸쓸했거나 헬렌에게 사랑을 느꼈거나 했겠지요. 그런 일은 분명히 알 수 없는 법이니까.

"그들은 런던에 도착하자 곧 결혼했소. 그리고 딜머스에 사는 나에게로 찾아왔더군. 나는 그 무렵 거기서 개업하고 있었소. 켈빈 핼리데이는 좋은 사람으로 보였소. 좀 신경질적이고 지친 것 같았지만, 그래도 그 무렵 두 사람은 함께 있는 것만으로도 무척 행복해 보였소."
그는 잠시 입을 다물었다가 덧붙였다.
"그러나 1년도 채 못 되어 내 여동생은 다른 남자와 달아나 버렸소. 그건 알고 있겠지요?"
그웬더가 물었다.
"누구와 달아났나요?"
그는 날카로운 눈을 그녀에게로 돌렸다.
"동생은 내게도 말하지 않았소. 동생은 나에게 속을 터놓지 않았지요. 그러나 나는 알 수 있었소. 알지 않을 수 없었지요. 동생과 켈빈 사이가 좋지 않았다는 걸 말이오.

  이유는 알 수 없었소. 나는 부부 사이에 정절을 지켜야 한다고 믿는 고지식한 사람이니까. 헬렌은 일이 그렇게 된 연유를 내게 알리고 싶지 않았겠지. 나에게는 떠도는 소문으로 들려 왔을 뿐이오. 그러나 상대방 이름은 알 수 없었소.

  그들의 집에는 런던이며 영국 여러 곳에서 많은 손님이 와 있었소. 나는 그 가운데 한 사람이리라고 생각하고 있소."
"그래, 이혼하지 않았나요?"
"켈빈의 말에 따르면 헬렌은 이혼을 바라지 않았소. 그래서 나는 상대가 결혼한 남자일 거라고 상상했지요. 아내가 가톨릭 신자인 ······. 물론 잘못된 생각일지도 모르오만."
"그래서 아버지는요?"
케네디 박사는 좀 퉁명스럽게 말했다.

"아버지도 이혼은 바라지 않았소."
그웬더가 말했다.
"아버지 이야기를 해주세요. 어째서 아버지는 나를 갑자기 뉴질랜드로 보내셨을까요?"
케네디 박사는 조금 사이를 두었다가 말했다.
"내 추측으로는 그쪽에 계시는 친척분이 아버지에게 조른 게 아닐까요? 두 번째 결혼이 잘못된 뒤로 당신 아버지는 그렇게 하는 게 가장 좋다고 생각하셨겠지요."
"어째서 아버지는 나를 뉴질랜드로 직접 데려가시지 않았을까요?"
케네디 박사의 눈길이 벽난로 선반 위를 헤매고 있었다.
"글쎄, 모르겠소……. 그는 건강이 좀 나빠졌었소."
"아버지께 무슨 일이 있었나요? 무슨 원인으로 돌아가셨지요?"
이때 문이 열리며 경멸하는 듯한 태도의 가정부가 쟁반을 들고 나타났다.

쟁반에는 버터 바른 토스트와 잼이 담겨 있었으나 케이크는 없었다. 케네디 박사는 애매한 몸짓으로 그웬더에게 차를 따르도록 했다. 그녀는 시키는 대로 했다. 모두에게 찻잔이 건네지고 그웬더가 토스트를 한 조각 집어 들자 케네디 박사는 억지로 쾌활한 모습을 보이며 말했다.

"그래, 당신들이 그 집을 어떻게 했는지 말해 주겠소? 여러 가지로 모양을 바꾸고 고치기도 했겠지요? 집 수리가 끝나면 나로서는 알아볼 수 없겠구려."
자일스가 고개를 끄덕였다.
"우리는 욕실을 좀 꼼꼼하게 고치고 있습니다."
그웬더는 박사를 지그시 바라보며 물었다.
"아버지는 무슨 원인으로 돌아가셨나요?"

"사실은 나도 모르오. 조금 전에도 말했듯 당신 아버지는 건강이 좀 나빴었소. 그래서 요양소에 들어갔지요. 동해안 어딘가에 있는 요양소였소. 그로부터 2년 뒤에 돌아가신 거요."
"그 요양소는 정확히 어디에 있었나요?"
"미안하게도 나는 기억하고 있지 못하오. 조금 전에 말했듯 동해안이었던 것 같다는 생각뿐이오."
그는 분명히 이 화제를 피하고 싶은 듯했다. 자일스와 그웬더는 서로 얼굴을 마주보았다.
자일스가 말했다.
"적어도 그분의 묘지가 어디에 있는지는 아시겠지요? 당연한 일이지만, 그웬더는 성묘를 하고 싶어합니다."
케네디 박사는 벽난로쪽으로 몸을 수그리고 펜나이프로 파이프 담배를 청소하고 있었다.
그는 어쩐지 애매하게 말했다.
"나는 지난 일에 너무 집착해선 안 된다고 생각하오. 조상 숭배란 잘못된 거요. 미래야말로 중요한 것이지요.

 당신들은 둘 다 젊고 건강하오. 이 세상은 당신들 앞에 활짝 열려 있소. 생각을 미래로 돌려야 하오. 실제로는 거의 알지도 못했던 사람의 무덤에 일부러 꽃을 바치러 가는 것은 쓸데없는 일이오."
그웬더는 반항적으로 말했다.
"난 아버지의 무덤을 보고 싶어요."
"유감스럽지만 나는 힘이 되어 줄 수 없소."
케네디 박사의 말투는 쾌활했지만 차가웠다.
"퍽 오래전 일이고, 내 기억력도 옛날 같지 않소. 당신 아버지가 딜머스를 떠난 뒤로 왕래가 끊어졌지요. 요양소에서 보내온 편지를 한 번 받았었던 것 같소. 아까도 말했듯 동해안 어딘가에 있었지요. 그러나 그것밖에는 확실치 않소. 나는 당신 아버지의 무덤이 어디에 있는지 전혀 모르오."
자일스가 말했다.
"그건 이상하잖습니까?"
"아니, 정말 모르오. 우리 사이를 이어 준 것은 헬렌이었소. 알겠소? 나는 헬렌을 아주 좋아했소. 어머니가 다른 남매고 나보다 훨씬 나이가 아래였지만, 나는 그녀의 양육에 힘을 쏟았소. 좋은 학교에도 보내고 말이오.

그러나 헬렌이, 그래, 내 여동생이 결코 야무진 성격이 아니었던 건 부인할 수 없는 일이오. 그녀는 아직 어렸을 때 그리 미덥지 못한 젊은이와 문제를 일으킨 일도 있었소. 나는 내 여동생을 그 문제에서 무사히 구해 주었지요.

그러자 여동생은 인도로 가서 월터 페인과 결혼하기로 마음먹었소. 그래, 그건 그런대로 좋았소. 월터 페인도 괜찮은 젊은이로 딜머스의 유능한 변호사 아들이었는데, 솔직히 말하면 참으로 변변치 못한 사람이었소.

그는 내내 헬렌을 따라다녔지만 여동생은 거들떠보지도 않았었소. 그런데 마음이 바뀌어 그 젊은이와 결혼하러 인도로 떠났지요. 그런데 다시 만난 그 순간에 모든 것이 끝난 모양이었소.

여동생은 나에게 전보를 쳐서 돌아올 배를 타야겠으니 돈을 보내 달라고 했소. 나는 돈을 보내 주었소. 고향으로 돌아오는 배에서 그녀는 켈빈을 만난 거요. 두 사람은 내가 알지도 못하는 새 결혼했소.

나는 그녀의 일로 뭐랄까, 미안한 마음이 드오. 그녀가 사라진 뒤 켈빈과 내가 인척 관계를 끊은 것도 그 때문이오."

그리고 그는 별안간 덧붙여 말했다.
"헬렌은 어디에 있소? 당신들은 알고 있소? 내 동생과 연락을 취하고 싶은데."
그웬더가 말했다.
"하지만 우리도 몰라요. 전혀 몰라요."
그는 갑자기 호기심이 생겨 두 사람을 바라보았다.
"하지만 당신들이 낸 광고에 의하면…… 어째서 그런 광고를 냈소?"
그웬더가 말했다.
"우리는 연락을 좀 취하고 싶었어요."
그리고 말을 끊어 버렸다.
케네디 박사는 이상하다는 표정을 지었다.
"당신이 전혀 기억하지도 못하는 사람과 말이오?"
그웬더가 재빨리 말했다.
"나는…… 만일 헬렌과 연락이 되면…… 우리 아버지에 대해 들을 수 있을 거라고 생각했어요."
"음, 그렇겠지. 도움이 되어주지 못해 미안하오. 기억력이 옛날 같지 않은 데다 퍽 오래전 일이라서."
자일스가 말했다.
"적어도 무슨 요양소였는지는 아시겠지요? 결핵이었습니까?"
케네디 박사는 갑자기 다시 무표정해졌다.
"그렇소, 확실히 그랬었다고 생각하오."
자일스가 말했다.
"그럼, 찾는 것도 어렵지 않을 겁니다. 여러 가지 얘기를 해주셔서 대단히 고맙습니다."
그는 자리에서 일어났고 그웬더도 그를 따랐다. 그녀는 말했다.

닥터 케네디

"여러 가지로 고마웠어요. 힐사이드로 놀러 오세요."

두 사람이 방을 나올 때 그웬더는 마지막으로 어깨 너머로 흘끗 돌아보았다. 케네디 박사는 벽난로 곁에 서서 당혹한 표정으로 희끗희끗해진 수염을 비틀고 있었다. 그웬더는 자동차에 올라타며 말했다.

"저분은 우리에게 뭔가 이야기하고 싶지 않은 게 있는 것 같아요. 뭔지 모르지만 틀림없이 있어요. 아, 자일스! 이런 일 시작하지 말걸 그랬어요……"

그들은 서로 얼굴을 마주보았다. 서로 뚜렷이 알지는 못했지만 두 사람의 마음에 똑같은 두려움이 솟아올랐던 것이다. 그웬더가 말했다.

"제인 아주머니의 말씀이 옳았어요. 지난 일은 내버려두는 건데 그랬어요."

자일스도 애매하게 말했다.

"더 이상 알아볼 필요는 없을 것 같소. 그웬더, 이제 그만두는 게 좋지 않을까?"

그웬더는 고개를 저었다.

"아니에요. 이제 와서 그만둘 수는 없어요. 그러면 언제까지나 의심하고 상상하게 될 거예요. 안 돼요, 계속해야 해요.

케네디 박사는 친절한 마음에서 우리에게 이야기하지 않으려 한 거예요. 하지만 그런 친절은 아무 소용없어요. 우리는 실제로 일어난 일이 무엇이었는지 밝혀 내야만 해요. 비록…… 만일…… 아버지가……"

그러나 그웬더는 그 이상 말을 이을 수가 없었다.

# Kelvin Halliday's Delusion
# 켈빈 핼리데이의 망상

이튿날 아침 코커 부인이 정원에 있는 자일스와 그웬더에게로 와서 말했다.

"죄송합니다, 주인 어른. 케네디 박사라는 분께서 전화를 걸어왔습니다."

포스터 노인과 의논을 하고 있는 그웬더를 남겨 두고 자일스는 집 안으로 들어가 수화기를 들었다.

"자일스 리드입니다."

"케네디 박사요. 어제 한 이야기를 곰곰이 생각해 봤는데, 당신들이 아무래도 알아둬야 할 일이 몇 가지 있소. 오늘 오후에 찾아갈까 하는데 집에 있겠는지요?"

"네, 있겠습니다. 몇 시쯤 오시겠습니까?"

"3시가 어떻겠소?"

"좋습니다."

정원에서는 포스터 노인이 그웬더에게 말하고 있었다.

"웨스트클리프에 내내 살고 계셨던 그 케네디 씨 말씀인가요?"

"그럴 거예요. 그분을 아세요?"
"우리는 그분을 이 부근에서 으뜸가는 의사라고 생각했지요. 레즌비 씨 쪽이 더 인기가 있었던 것은 사실이지만 말입니다. 레즌비 씨는 언제나 듣기 좋은 말을 곧잘 하고 잘 웃었지요. 케네디 씨는 늘 무뚝뚝하고 퉁명스러웠습니다. 하지만 그분은 자기 일에 대해 잘 알고 계셨지요."
"그분이 환자를 받지 않게 된 것은 언제부터였나요?"
"벌써 퍽 오래 됐습니다. 15년 전쯤 될 겁니다. 건강이 나빠지셨다고 했지요."
자일스가 테라스로 나와 그웬더가 묻지도 않은 질문에 대답했다.
"그가 오늘 오후에 찾아온다는군."
"어머나, 그래요?"
그녀는 다시 포스터에게로 돌아섰다.
"당신은 케네디 씨의 여동생을 아세요?"
"여동생이요? 기억하고 있을 정도는 못 되지만 조금 알지요. 아직 어린 여자아이였을 때였습니다. 그녀는 멀리 있는 학교에 가버린 뒤 다시 외국으로 갔지요. 결혼한 뒤 잠시 이 고장에 돌아왔다는 말을 들었습니다만. 그러나 그 뒤 어떤 남자와 눈이 맞아 달아났다지요, 아마? 원래 멋대로 구는 성격이었던가 봅니다. 나도 뭐 얼마 동안 플리머스로 일하러 갔다 오기도 했고 그 사람을 내내 지켜보았던 게 아니라서 잘은 모릅니다만."
그웬더는 테라스 끝으로 걸어가며 자일스에게 말했다.
"그가 뭣 때문에 여기 온다는 거지요?"
"3시면 알게 되겠지."
케네디 박사는 약속 시간에 맞춰 도착했다. 그는 거실을 둘러보며 말했다.

"여기에 다시 이렇게 앉아 있다니 이상한 기분이 드는구려."
그런 다음 곧장 요점으로 들어갔다.
"당신들은 켈빈 핼리데이가 죽은 요양소를 알아내어 그가 무슨 병으로 죽었는지에 대해 되도록 자세히 알아내려고 결심했겠지요?"
그웬더가 대답했다.
"네, 그래요."
"그렇다면 물론 일을 간단히 해나갈 수 있을 거요. 그래서 나는 내가 사실을 좀더 미리 들려주는 편이 당신들의 충격을 덜어 줄 수 있으리라는 결론에 이르렀소.

당신들에게 그것을 이야기해야 한다는 건 나로서도 괴로운 일이오. 이야기한다 해도 당신들은 물론 다른 누구에게도 아무런 도움이 되지 않을 테고, 아마 그웬더 당신에게는 굉장한 괴로움을 주게 될 거요.

그러나 하는 수 없소. 일은 이렇게 된 거요. 당신 아버지는 결핵에 걸린 게 아니었소. 그 요양소란 정신병원이었소."
그웬더의 얼굴이 핏기가 가시면서 파리해졌다.
"정신병원이요? 그럼, 아버지는 미쳤었나요?"
"그렇다고 인정된 건 아니었소. 내 생각으로는 일반적으로 말하는 미친 사람은 아니었소. 매우 정도가 지나친 신경쇠약에 걸려 일종의 망상성 강박관념에 사로잡혔던 것이었소.

그는 자신의 뜻으로 요양소에 간 것이어서, 물론 나오고 싶을 때에는 언제라도 퇴원할 수 있었소. 그러나 병이 낫지 않은 채 거기서 돌아가신 거요."
자일스는 되묻듯 그 말을 되풀이했다.
"망상성 강박관념이라고요? 어떤 망상이었습니까?"
케네디 박사는 무뚝뚝하게 말했다.

"자기가 아내를 목졸라 죽였다는 망상에 사로잡혀 있었지요."

그웬더가 짓눌린 소리를 냈다. 자일스가 재빠르게 손을 내밀어 그녀의 싸늘한 손을 잡았다.

자일스는 물었다.

"그래 실제로 그렇게 했습니까?"

케네디 박사는 그를 지그시 지켜보며 말했다.

"설마 그럴 리가! 물론 하지 않았소. 말도 안 되는 소리요."

"하지만 어떻게 알지요?"

그웬더의 목소리는 불안에 떨고 있었다.

"그런 걱정은 하지 않아도 되오. 그런 일은 없었으니까. 헬렌은 다른 남자를 따라가기 위해 남편을 버렸소. 당신 아버지는 그 얼마 전부터 신경질적인 꿈을 꾸는가 하면 병적인 환상이 나타나곤 해서 정신이 매우 불안정해 있었소. 거기에 결정적인 충격이 가해져 파국으로 몰린 것이었지요.

나는 심리학자는 아니오. 심리학자라면 이런 문제를 잘 설명할 수 있을 거요. 아내가 부정을 저질렀다고 생각하기보다 차라리 죽기를 바라는 남자의 경우 아내는 죽었다고 믿을 수도 있는 법이오. 심지어는 자기가 아내를 죽여 버렸다고 여기기까지 하지요."

자일스와 그웬더는 조심스럽게 경계하는 눈길을 서로 주고받았다.

자일스가 조용히 말했다.

"그렇다면 그웬더의 아버님이 자신이 했다고 주장하는 일이 정말로 있었으리라고는 결코 믿을 수 없다고 당신은 확신하신단 말씀이지요?"

"암, 그렇고말고요. 나는 헬렌에게서 편지를 두 통 받았소. 처음 한 통은 그 아이가 집을 나간 지 1주일 후 프랑스에서 온 것이고, 또 한 통은 그 여섯 달 뒤에 온 거였소. 그것으로 알 수 있지 않겠소? 모든 게 다 망상이었소."
그웬더는 숨을 깊이 들이마셨다.
"부디 모두 다 이야기해 주실 수 없겠어요?"
"이야기할 수 있는 것은 뭐든지 다 하겠소. 켈빈은 원래 특수한 노이로제에 걸려 있었소. 그 일로 나를 찾아왔지요. 그는 여러 가지로 꿈에 시달리고 있다고 말했소. 그 꿈은 그의 말로는 언제나 똑같으며 끝날 때도 똑같이 끝난다는 것이었소. 그가 헬렌의 목을 조른다는 것이었지요.

 나는 이 고민의 근본을 알아내려고 했소. 틀림없이 어렸을 때 어떤 마음의 갈등이 있었을 거라고 생각했었소. 그의 부모는 아무래도 행복한 부부가 아니었던 것 같았소……. 뭐, 그 일은 깊이 이야기하지 않기로 하지요. 그것은 다만 의사로서 흥미가 있었을 뿐이었소.

 나는 켈빈에게 심리학자의 진찰을 받아 보라고 권했소. 일류 의사가 몇 사람 있었기 때문이었지요. 그러나 그는 내 말을 받아들이려 하지 않았소. 그런 일은 아무 의미도 없다고 생각했던 거요.

 나는 그와 헬렌이 그리 잘 지내지 못하고 있다고 생각했소. 하지만 그는 그런 말을 전혀 하지 않았고 나도 묻기 싫었소.

 모든 일이 악화된 것은 그가 어느 날 밤 우리 집으로 걸어서 찾아왔을 때였소. 그날은 금요일이었소. 그 일은 지금까지도 잊혀지지 않소.

 내가 병원에서 돌아오니 그는 진찰실에서 나를 기다리고 있었소. 15분쯤 거기서 기다리고 있었다고 했소. 내가 들어가자 그는 눈을 들며 말했소.

 '헬렌을 죽이고 말았습니다.'

 한순간 나는 어떻게 생각해야 좋을지 알 수 없었소. 그는 매우 냉정하고 담담했소. 나는 말했소.
 '또 꿈을 꾸었습니까?'
 그가 대답했소.
 '이번에는 꿈이 아닙니다. 사실입니다. 그녀는 목이 졸려서 쓰러져 있었습니다. 내가 목졸라 죽인 겁니다.'
 그런 다음 그는 매우 냉정하고 이성적으로 덧붙여 말했소.
 '함께 집으로 가주십시오. 그런 다음 경찰에 전화하겠습니다.'
 나는 어떻게 생각해야 할지 알 수가 없었소. 나는 자동차를 내어 둘이 함께 이 집으로 왔소. 집안은 조용하고 어두웠소. 우리는 침실로 올라갔소."
그웬더가 물었다.
"침실로요?"
그녀는 몹시 놀라고 있었다.
"그래, 그렇소. 모든 일이 일어난 것은 그곳이었소. 물론 올라가 보니 아무것도 없었소. 침대에 죽어 있는 여자는 없었소. 침대는 조금도 흐트러져 있지 않았지요. 침대 덮개에 구김살 하나 없었소. 모든 것이 완전한 환각이었던 거요."
"하지만 아버지께서는 뭐라고 하시던가요?"
"그는 여전히 자기 말을 고집했소. 정말로 그렇게 믿고 있었던 거요. 나는 그를 설득하여 진정제를 먹이고 화장실 침대에 눕혔소. 그런 다음 나는 집안을 샅샅이 살펴보았소. 그랬더니 구깃구깃해진 헬렌의 편지가 거실 휴지통 속에서 발견되었소. 헬렌이 급히 휘갈겨 쓴 것이었소. 거기에는 이렇게 씌어 있었소.

 이제는 헤어져야겠어요. 미안해요. 우리의 결혼은 처음부터 잘못된 것이었어요. 내가 사랑하는 오직 한 사람과 멀리 떠날 생각이에요. 어려우시겠지만 부디 용서해 주세요.

헬렌

 분명 켈빈은 거실에 들어갔다가 그녀가 써놓은 편지를 읽은 다음 2층으로 올라간 걸 거요. 그리고 격렬한 마음에 정신착란을 일으켜 자기가 헬렌을 죽였다고 생각하고 내게로 달려온 것이었소.
 그런 다음 나는 하녀에게 물어보았소. 그날은 외출하는 날이어서 늦게야 돌아왔지요. 나는 그녀를 헬렌의 방으로 데려가 옷가지 따위를 살펴보게 했소.
 사태는 아주 뚜렷했소. 헬렌은 여행 가방과 큰 가방에 짐을 챙겨 집을 나간 것이었소. 나는 온 집안을 살펴보았지만 아무데도 달라진 곳은 없었소. 한 여자가 목졸려 죽은 흔적 따위는 전혀 없었던 거요.
 이튿날 아침 켈빈도 가까스로 그것이 망상이었음을 납득했소. 적어도 그렇게 말했소. 그리고 치료받기 위해 요양소에 들어가는 데 동의했지요.
 1주일 뒤 나는 헬렌의 편지를 받았소. 비어리츠에서 보낸 것으로 스페인으로 가는 중이라고 씌어 있었소. 그리고 이혼은 바라고 있지 않으며 되도록 빨리 자기를 잊어 주었으면 좋겠다는 말을 켈빈에게 전해 달라고 했소.
 나는 켈빈에게 그 편지를 보여 주었소. 그는 거의 아무 말도 하지 않았소.
 그는 자기 계획을 진행시켜 나갔소. 맨 먼저 뉴질랜드에 있는 첫 아내의 언니에게 전보를 쳐서 아이를 맡아 달라고 부탁했소. 그리고 자기 신변을 정리한 다음 훌륭한 사립 정신병원에 입원하여 알맞은 치료를 받게 되었소. 그러나 그 치료는 효과가 없었소. 그는 2년 뒤 세상을 떠나고 말았던 거요.

병원이 어디에 있는지 가르쳐 줘도 상관없겠지요. 노퍽에 있소. 그 무렵의 원장은 젊은 의사였는데, 아마 아버지의 증상에 대해 자세한 것을 모두 이야기해 줄 거요."

"그리고 여동생으로부터 또 한 통의 편지를 받으셨군요. 그 뒤에 말이지요?"

"그렇소. 여섯 달쯤 뒤였소. 플로렌스에서 왔더군요. 주소는 우체국 유치로 되어 있고 '케네디 양'이라고 씌어 있었소. 이혼하지 않는 건 켈빈에게 미안하다는 생각이 들어서였다는 내용이었소. 그리고 자신은 여전히 이혼을 바라지 않는다는 말도 있었소. 그러나 만일 그가 이혼하고 싶어하거든 오빠가 연락해 주면 그에게 필요한 증언을 해주겠다고 씌어 있었지요.

나는 동생의 편지를 켈빈에게 갖다 주었소. 그는 자신도 이혼을 바라지 않는다고 말했소. 나는 동생에게 그런 내용을 써보내 주었소.

그런 뒤로는 아무 연락도 없었소. 그녀가 어디에 살고 있는지 살았는지 죽었는지조차 알 수 없었소. 그래서 나는 당신들의 그 광고를 보고 연락했던 거요. 여동생 소식을 알 수 있을까 하고."

그리고 그는 차분하게 덧붙여 말했다.

"정말 안됐소, 그웨니. 그러나 당신에게는 알려 줘야겠다고 생각했소. 모든 걸 처음부터 그냥 내버려두었으면 좋았을걸……."

# Unknown Factor?
# X

## 1

 자일스가 케네디 박사를 배웅하고 돌아오니 그웬더는 그 자리에 그대로 앉은 채였다. 열띤 눈빛에 두 볼이 상기되어 있었다.
 그녀는 가늘디가는 목쉰 소리로 말했다.
 "그 옛날의 경구는 무엇이었지요? 죽음이냐, 광기냐, 어느것을 택할 것인가? 이 경우가 바로 그렇군요, 죽음이냐, 광기냐?"
 "그웬더 당신……."
 자일스는 그녀에게로 다가가 팔을 돌려 그녀를 안아 주었다. 그녀의 몸은 딱딱하게 굳어 있었다.
 "어째서 우리는 내버려두지 않았지요? 무엇 때문에? 그녀를 목졸라 죽인 사람은 바로 아버지였어요. 그 말은 아버지가 한 것이었어요. 기억이 되살아난 것도 이상할 게 없어요. 그토록 무서웠던 것도 이상하지 않아요. 내 친아버지가……."
 "잠깐만, 그웬더. 아직은 알 수 없는 일이오."
 "잘 알고 있어요! 아버지는 케네디 박사에게 아내를 목졸라 죽였다고 말했다잖아요?"

"그렇지만 케네디 박사는 분명 아버님이 한 일이 아니라고 했소."

"시체를 보지 못했기 때문이겠지요. 하지만 시체는 있었어요. 나는 보았어요."

"당신은 홀에서 그걸 보았다고 했소. 침실이 아니라 홀이오."

"그게 어떻다는 거지요?"

"역시 이상하잖소? 만일 당신 아버님이 정말로 홀에서 목졸라 죽였다면 어째서 침실에서 죽였다고 했겠소?"

"아, 모르겠어요. 그런 자질구레한 일은 몰라요."

"그렇게 생각해 버릴 수는 없소. 그웬더, 정신 좀 단단히 차리구려. 그의 이야기는 전체 줄거리에 이상한 점이 몇 군데 있소. 알겠소? 만일 아버님이 정말로 헬렌을 목졸라 죽였다고 합시다. 홀에서 말이오. 그러면 그 다음에는 어떻게 되었소?"

"아버지는 케네디 박사에게로 갔어요."

"그리고 침실에서 아내를 목졸라 죽였다고 케네디 박사에게 말하며 그를 데리고 돌아왔소. 그러나 홀에는 물론 침실에도 시체는 없었소. 시체 없는 살인이 있을 수 있겠소? 대체 아버님은 시체를 어떻게 하셨겠소?"

"아마도 시체는 있었을 거예요. 그것을 케네디 박사가 도와서 치워 버린 다음 감쪽같이 모든 것을 묻어 버리고 말하지 않은 거지요. 그리고 그는 그런 일을 우리에게는 이야기하지 못한 거예요."

자일스는 세차게 고개를 흔들었다.

"그렇지 않소, 그웬더. 케네디 박사는 그렇게 할 사람으로 보이지 않소. 그는 고지식하고 실질적이고 영리하며 감정에 움직이지 않는 스코틀랜드 사람이오. 그런 케네디 박사가 범행 뒤 공범자로서의 위험한 일에 자진해서 끼어들었을 리 없소.

나는 그가 그런 일을 하리라곤 생각되지 않소. 그러면 아버님의 정신 상태에 대해 증언하는 일로 최선을 다할 수 있었을 거요. 틀림없소. 그런데 어째서 모든 일을 감쪽같이 묻어 버리는 쓸데없는 일에 끼어들었겠소?

켈빈 핼리데이와는 핏줄이 이어진 친척도 아니고 친구 사이도 아니었소. 살해된 사람은, 비록 빅토리아 시대 사람처럼 그녀의 바람기를 좀 과장되게 비난하기는 했지만 분명 그가 귀여워하던 그의 여동생이오. 게다가 당신은 그 여동생의 친딸도 아니오.

케네디 박사는 결코 살인한 사실을 숨기는 것을 잠자코 못 본 체 할 리 없소. 만일 못 본 체해 주려는 생각이 있었다면 그가 할 만한 일은 한 가지밖에 없소. 그것은 그녀가 심장 질환이나 또는 그런 비슷한 다른 병으로 죽었다는 사망진단서를 쓰는 일이오. 그런 일이라면 그도 잘해냈을지 모르오.

그러나 그렇게 하지 않았던 게 분명하오. 교구의 사망등록부에 그녀가 죽었다는 기록은 없으니까. 만일 그가 진단서를 썼다면 동생이 죽었다는 사실을 우리에게 말해 주었을 거요.

자, 여기서부터 다음을 계속해 봅시다. 만일 가능하다면 시체는 어떻게 되었겠는지 설명해 보오."

"아마도 아버지가 어딘가에 묻은 게 아닐까요? 뜰에라도?"

"그럼, 그런 다음 케네디 박사에게로 가서 아내를 목졸라 죽였다고 말했단 말이오? 왜 그랬겠소? 어째서 당신은 그녀가 '남편을 버렸다'는 말을 믿지 않느냔 말이오?"

그웬더는 이마에 흘러내린 머리칼을 쓸어 올렸다. 그녀의 태도는 아까처럼 굳어 있지 않았다. 볼의 선명한 붉은 빛도 엷어져 있었다. 그녀는 순순히 인정했다.

"모르겠어요. 당신이 그렇게 말씀하시는 걸 들으니 좀 이상하다는 생각이 들기도 해요. 당신은 케네디 박사가 사실대로 이야기해 주었다고 생각하나요?"

"음, 그렇소. 나는 꽤 믿고 있소. 꿈, 환각, 그리고 마지막의 그 중요한 환각, 케네디 박사는 그것을 분명히 환각이라고 생각했소. 아까도 말했듯 시체 없는 살인은 있을 수 없는 일이니까. 우리가 그와 다른 입장에 있는 것은 바로 그 점이오. 우리는 시체가 있었다는 걸 알고 있으니 말이오."

자일스는 잠깐 사이를 두고 나서 다시 말을 이었다.

"그가 본 시점으로는 모든 게 다 들어맞소. 없어진 옷가지와 여행가방, 작별의 말을 써놓은 편지까지도. 그리고 나중에 전해졌다는 여동생의 편지 두 통까지도."

그웬더는 조바심했다.

"그 편지 말인데요, 그 편지는 어떻게 설명하겠어요?"

"아직은 못하겠소. 하지만 설명해야만 하오. 만일 케네디 박사가 진실을 이야기했다면, 나는 비교적 그랬을 거라고 믿고 있소만, 우리는 그 편지에 대해 설명할 수 있어야만 하오."

"편지는 분명 여동생의 필적으로 씌어져 있었을까요? 그는 그것을 알았을까요?"

"그웬더, 그의 머리 속에 그런 의문이 떠오르지는 않았을 거라고 생각하오. 이것은 의심스러운 수표의 서명과는 다르니 말이오. 만일 그 여동생의 필적과 똑같은 가짜 필적으로 편지가 씌어져 있었다면 그는 수상하게 여기지 않았을 거요.

그에게는 여동생이 어떤 남자와 함께 달아났다는 선입관이 있었던 데다 그 편지를 받았으니 확신이 더욱 강해졌을 따름이었을 거요. 만일 그녀의 소식을 전혀 듣지 못했다면 그도 이상하게 여겼을지 모르오. 하지만 역시 그는 아무것도 느끼지 않은 모양이오. 그러나 나로서는 그 편지에 대해 마음에 걸리는 기묘한 점이 몇 가지 있소.

두 통의 편지는 이상하게도 쓴 사람이 분명치 않소. 우체국 유치로 되어 있으며 주소도 없소. 문제의 남자가 누구인가 하는 것도 씌어 있지 않소.

분명한 것은 옛 관계를 깨끗이 끊어 버리고 싶다는 결의뿐이오. 다시 말해서 그 편지는 바로 살인자 자신이 희생자 가족의 의혹을 다른 곳으로 돌리기 위해 꾸민 편지 같다는 거요. 이것은 옛날에 크리펜이 쓴 방법과 비슷하오. 외국에서 편지를 보낸다는 것은 간단한 일일 테니까."

"당신은 우리 아버지가……."

"아니요, 그냥 가설을 이야기했을 뿐이오. 나는 그렇게 생각하지는 않소. 만일 계획적으로 자기 아내를 없애 버리려고 결심한 남자가 있었다고 합시다. 그는 맨 먼저 아내가 부정한 짓을 한 모양이라는 소문을 퍼뜨리게 마련이오. 그는 아내가 집을 나갔다는 가설을 미리 마련해 놓을 거요. 남겨 둔 편지, 가져가 버린 옷가지, 신중하게 간격을 두고 외국에서 보내져 오는 편지.

그러나 실제로 그는 그녀를 아무도 모르게 살해해서 이를테면 땅속 마루 밑에라도 감춰 둔 거요. 이건 살인의 한 유형이오. 그리고 곧잘 행해지고 있기도 하오.

그러나 그런 살인자가 급히 아내의 오빠 집으로 달려가 자신이 아내를 죽였으니 경찰에 가야 한다느니 어쩌니 한다는 건 있을 수 없잖겠소?

한편 만일 당신 아버님이 감정에 북받쳐 사람을 죽일 그런 타입의 살인자라 해도 아내를 너무나도 끔찍이 사랑하여 미친 듯 질투한 나머지 그녀의 목을 졸라 죽였다면——그건 오셀로의 방법이며

…… 당신이 들은 그 대사와도 비슷하오——옷가지를 꾸려서 감추고 편지를 언제 보낼지 미리 다 계획한 뒤 사건을 덮어 주지 않을 법한 사람에게로 달려가 자기 죄를 퍼뜨리거나 하는 짓은 결코 하지 않을 거요. 그렇지 않소, 그웬더? 지금 말한 것 같은 생각은 전혀 잘못된 걸 거요."
"그럼 뭘 찾아내려는 거지요, 자일스?"
"모르겠소. 다만 이 사건 전체를 통해 우리가 모르는 하수인이 있는 것 같소. 그것을 X라고 할까? 모습을 나타내지 않고 있는 그 누군가요. 그러나 그의 수법만은 엿볼 수 있소."
그웬더는 의심스럽게 물었다.
"X?"
그녀의 눈빛이 어두워졌다.
"당신이 만들어 낸 것이겠지요? 나를 위로하려고."
"결코 그렇지 않소. 모든 사실에 들어맞는 만족스러운 줄거리는 당신도 만들어 낼 수 없을 거요. 우리는 헬렌 핼리데이가 목졸려 죽었음을 알고 있소. 당신이 보았기 때문이오."
그는 잠시 말을 끊었다가 이었다.
"그래! 나는 바보였소. 이제야 겨우 알았소. 모든 일이 들어맞소. 당신 말이 옳았소. 그리고 케네디 박사의 말도 옳소. 알겠소, 그웬더? 헬렌은 다른 남자와 달아날 준비를 하고 있었소. 사랑하는 사람……. 그게 누구인지는 모르겠지만."
"X와?"
자일스는 그녀가 도중에 던진 물음을 답답한 듯이 손을 흔들어 뿌리쳤다.
"그녀는 남편에게 편지를 썼소. 그런데 그 순간 남편이 들어와 그녀가 쓰고 있는 것을 읽고 격분한 거요. 그는 그 종이를 꾸깃꾸깃

구겨 휴지통에 던져 넣고 그녀에게로 다가갔소. 그녀는 겁먹고 얼른 홀로 달려나갔소. 그는 그녀의 뒤를 따라가 그녀의 목을 죄고 축 늘어지자 손을 놓았소. 그런 다음 두세 걸음 떨어진 곳에 선 채 그는 〈말피 공작부인〉의 그 대사를 중얼거린 거요. 마침 그때 2층의 아이가 난간 앞까지 기어나가 아래를 내려다보았지."
"그래서요?"
"가장 중요한 점은, 그녀는 그때 아직 죽지 않았었다는 거요. 그는 죽였다고 생각했는지도 모르오. 그러나 그녀는 질식해 있을 뿐이었소. 그때 아마도 그녀의 애인이 찾아왔겠지. 흥분한 남편은 이 고장의 반대편에 있는 의사의 집으로 달려간 뒤였소.

  어쩌면 또 그녀가 혼자서 의식을 되찾았는지도 모르오. 아무튼 맑은 정신으로 돌아온 그녀는 곧바로 집을 나가 달아나 버렸소. 급히 달아난 거요.

  이로써 모든 게 설명되오. 당신 아버님이 아내를 죽였다고 믿었던 일까지도. 옷가지가 없어졌던 일도……. 헬렌은 그날보다 더 전에 이미 짐을 꾸려서 보냈던 거요. 그리고 그 뒤에 전해진 편지도. 어떻소? 이것으로 모두 설명되지 않소?"
그웬더가 천천히 말했다.
"하지만 아버지가 어째서 그녀를 침실에서 목졸랐다고 했는지는 설명되지 않아요."
"그건 그가 너무 흥분했기 때문에 어디서 일어난 일인지 전혀 기억하지 못했던 거요."
그웬더가 말했다.
"나는 당신 말을 믿고 싶어요. 정말 믿고 싶어요……. 하지만 아직 아무래도 틀림없는 일이라고 생각돼요. 나는 굳게 믿고 있거든요. 내가 내려다보았을 때 그녀는 죽어 있었어요. 완전히 죽어 있었어요."
"당신이 어떻게 그걸 안단 말이오? 겨우 3살밖에 안 된 아이가."
그녀는 기묘한 눈길로 그를 보았다.
"알 수 있는 게 아닐까요? 어른이 된 뒤보다도 어렸을 때의 일을 말예요. 개처럼, 개는 시체를 알아볼 줄 알아서 머리를 높이 쳐들고 짖잖아요? 어린아이도 시체를 알 수 있다고 생각해요……."
"원, 어이가 없구려. 당치도 않소."
이때 현관 벨소리가 울려 그의 말을 가로막았다.
"누굴까?"
그웬더가 당황하여 말했다.
"까맣게 잊고 있었군요. 제인 아주머니예요. 오늘 차 마시러 오시라고 초대했어요. 지금 있었던 일은 이야기하지 않기로 해요."

2

그웬더는 차를 마시는 시간이 딱딱하고 어색해지지나 않을까 걱정했다. 그러나 다행스럽게도 미스 마플은 이 여주인이 좀 너무 빠른 듯한 흥분된 말투로 이야기하는 것도, 그 쾌활하게 행동하는 태도가 억지로 꾸민 듯하다는 사실도 알아차리지 못한 것 같았다.
미스 마플은 다정하고 말도 잘했다.
"딜머스에 머무르는 생활이 아주 즐거워요. 얼마나 멋있는지 몰라요. 옛날부터 친했던 친구의 벗이 딜머스에 사는 자기 친구에게 편지를 써주었기 때문에 이 지방분들의 즐거운 초대를 무척 많이 받았답니다…….

다른 고장에 왔다는 느낌이 거의 없어요. 알겠지요? 다시 말해 오랫동안 여기서 살아온 사람들과 사귀게 되니 말예요.

이번에는 페인 부인댁을 찾아가 함께 차를 마실 생각이에요. 이

고장에서 가장 우수한 변호사 사무소 소장 미망인이지요. 그 사무소는 옛날식 그대로 경영하는 모양이더군요. 지금은 아드님이 소장이래요."

차분한 목소리로 미스 마플은 이야기를 늘어놓았다.

"우리 하숙집 여주인은 꽉 친절해서 조금도 불편하지 않도록 마음 써 줘요. 그리고 요리를 썩 맛있게 하지요.

그녀는 여러 해 동안 나의 오랜 벗인 밴트리 부인 집에서 일했었지요. 이 고장 출신은 아니지만, 그녀의 아주머니가 오래 여기서 사셨기 때문에 휴가 때마다 남편과 곧잘 놀러 왔었다더군요. 그래서 이 고장의 이야기를 많이 알고 있어요.

그건 그렇고, 이 댁 정원사는 만족스러워요? 그 남자는 일보다 수다떨기를 더 좋아해서 이 부근에서는 게으름뱅이로 통하는 모양이던데요."

자일스가 말했다.

"이야기하는 것과 차 마시는 게 그 남자의 특기지요. 그는 하루에 차를 다섯 잔쯤 마신답니다. 우리가 볼 때에는 무척 일을 열심히 합니다만."

그웬더가 말했다.

"밖으로 나가서서 정원을 봐주세요."

그웬더와 자일스는 집안과 정원을 안내했다. 미스 마플은 이것저것 느낀 점을 이야기했다.

미스 마플이 그 날카로운 주의력으로 어쩐지 이상하다고 느끼지나 않을까 하는 두려움을 그웬더가 느끼고 있었다면 그것은 잘못된 생각이었다. 미스 마플은 어쩐지 이상하다는 걸 알아차린 것 같은 태도는 전혀 보이지 않았다.

그런데 기묘하게도 뜻하지 않은 태도로 나온 것은 그웬더였다. 그녀는 미스 마플이 어떤 아이와 조가비에 대해 이야기했다는 말을 한창 하는 도중 별안간 숨가쁘게 자일스에게 말했다.

"난 괜찮아요. 제인 아주머니에게 다 말씀해 드리도록 해요."

미스 마플이 주의 깊게 얼굴을 돌렸다. 자일스는 말할까 말까 망설이다가 마침내 입을 열었다.

"글쎄, 괴롭겠지만 이건 어디까지나 당신 일이오, 그웬더."

그웬더는 처음부터 모든 이야기를 다 털어놓았다. 그들이 케네디 박사를 찾아간 일과 그 뒤 그가 찾아온 일, 그리고 그가 이야기해 준 내용에 대해서.

그웬더는 헐떡이듯 말했다.

"런던에서 아주머니가 말씀하신 것은 바로 이 일이었지요? 그때 아주머니는 우리 아버지와 관계 있을 것이라고 생각하셨던 거지요?"

미스 마플은 차분하게 말했다.

"하나의 가능성으로서 머리에 떠올랐었지요. 확실히 헬렌은 아마도 나이 어린 계모였을 거라고. 그리고 그러한…… 저…… 교살 사건에는 남편이 관계되는 수가 흔히 있거든요."

미스 마플은 놀라움이라든가 감정을 떠나 자연 현상을 관찰하고 있는 것처럼 이야기했다.

그웬더가 말했다.

"아주머니께서 어째서 내버려두라고 강하게 말씀하셨는지 알겠어요. 이제 와서 생각하니 그냥 내버려두었더라면 좋았을 거라는 생각이 절실해요. 하지만 이미 돌이킬 수 없는 일이에요."

미스 마플이 말했다.

"그래요, 돌이킬 수는 없어요."

"이번에는 자일스의 이야기를 들어 보세요. 이이가 나에게 반론하고 가설을 세우기도 해요."

자일스가 말했다.

"내가 말하고 싶은 건 이야기의 앞뒤가 맞지 않는다는 겁니다."

그는 조금 전에 그웬더에게 설명한 문제점을 알기 쉽고 뚜렷하게 거듭 말한 다음 마지막으로 자기가 확신하고 있는 가설을 펴나갔다.

"이것이야말로 오직 하나밖에 없는 해답이라고 그웬더가 납득하도록 아주머니께서 말씀해 주시면 고맙겠습니다."

미스 마플은 그웬더에게로 눈길을 옮겼다가 다시 자일스를 보았다.

"정말이지 이론이 정연한 가설이군요. 리드 씨, 당신이 지적한 대로 X라는 사람이 있을 가능성은 언제나 있어요."

그웬더가 말했다.

"X가!"

미스 마플은 말했다.

"우리가 모르는 하수인이지요. 어떤 사람인지 아직 모습을 나타내지 않았지만, 명백한 사실의 그늘에서 그 존재를 추리할 수 있는 인물······."

그웬더가 말했다.

"우리는 아버지가 돌아가신 노퍽의 요양소에 가볼 생각이에요. 아마도 거기에서 뭔가 알아낼 수 있을 거예요."

A Case History
# 어떤 환자의 기록

1

솔트머시 하우스는 바닷가에서 6마일쯤 깊숙이 들어간 곳에 지어진 쾌적한 건물이었다. 5마일 떨어진 사우스베넘 시에서 런던까지 기차가 다니고 있어서 편리했다.

자일스와 그웬더가 안내된 곳은 크고 바람이 잘 통하는 응접실로 의자에 꽃무늬 사라사 덮개가 씌워져 있었다.

머리가 하얗게 센 매력 있는 노부인이 우유컵을 하나 들고 들어왔다. 그녀는 들어선 두 사람에게 가볍게 인사하고 벽난로 옆에 앉았다. 그웬더가 걱정스럽게 바라보자 그녀는 갑자기 몸을 내밀고 속삭이는 듯한 목소리로 물었다.

"가엾은 아기 일로 오셨나요?"

그웬더는 좀 놀랐다. 그녀는 당황한 듯 어쩔 줄 모르며 말했다.

"아니에요, 아니에요, 그렇지 않아요."

"아, 그래요? 난 또 그런 줄 알았지요."

노부인은 고개를 끄덕이며 우유를 마셨다. 그런 다음 친밀한 투로 말했다.

"10시 30분이에요. 시간은 언제나 10시 30분으로 정해져 있지요. 정말 이상해요."

그녀는 또다시 목소리를 낮추고 몸을 앞으로 내밀었다. 그리고 소곤거렸다.

"난로 뒤예요. 하지만 내가 이야기했다는 말은 하지 말아요."

이때 흰 제복 차림의 간호사가 방으로 들어와 두 사람에게 따라오라고 말했다. 그들은 펜러즈 박사의 서재로 안내되었다. 박사는 자리에서 일어나 두 사람을 맞았다.

펜러즈 박사를 보자 곧 그웬더는 박사 자신이 좀 이상한 게 아닌가 여기지 않을 수 없었다. 그는 응접실에 있던 멋진 노부인보다 훨씬 비정상인 것처럼 보였다. 물론 정신과 의사란 언제나 좀 머리가 돌아 있는 것처럼 보일지도 모르지만.

펜러즈 박사가 말했다.

"두 분께서 보내신 편지와 케네디 박사가 보내신 편지를 받았습니다. 그래서 지금 아버님의 병력에 대해 알아보던 참이었습니다.

물론 나는 아버님의 증상을 잘 기억하고 있지만, 궁금해 하시는 일은 뭐든지 다 말씀해 드릴 수 있도록 기억을 새로이 해두고 싶었던 겁니다. 두 분께선 아주 최근에야 이 사실을 알게 되신 모양이지요?"

그웬더는 자신이 뉴질랜드의 이모 밑에서 자랐으며, 아버지에 대해서는 영국의 요양소에서 세상을 떠났다는 것밖에 몰랐었다고 이야기했다.

펜러즈 박사는 고개를 끄덕였다.

"그러셨군요. 아버님의 증세는 아주 특별했습니다."

"어떻게 말씀입니까?"

자일스가 물었다.

"글쎄요, 한마디로 말해서 강박관념이랄까, 망상이랄까, 그것이 아주 강했지요. 핼리데이 소령은 분명 신경과민 상태였습니다. 자신이 질투로 발작해서 두 번째 아내를 목졸라 죽였다는 걸 상당히 강조하셨죠.

그러나 대개의 신경과민 환자한테서 흔히 나타나는 갖가지 징후는 아버님의 경우 전혀 보이지 않았습니다. 솔직히 말씀드려 만일 핼리데이 부인이 살아 있다는 케네디 박사의 보증이 없었다면 나는 그 시점에서 아버님의 주장을 그대로 받아들였을지도 모릅니다."

"당신은 그가 실제로 아내를 죽였다는 인상을 받으셨단 말씀이군요?"

"나는 분명 '그 시점에서'라고 말씀드렸지요? 핼리데이 소령의 성격과 정신 구조를 점점 잘 알게 되었기 때문에 뒷날 나는 내 의견을 바꾸었습니다.

부인의 아버님은 결코 편집병에 사로잡힐 타입이 아니었습니다. 차분하고 다정하셨으며 충분히 자제심도 있는 분이었지요. 세상에서 말하는 미친 사람도, 다른 사람에게 위해를 가할 그런 분도 아니었습니다.

다만 핼리데이 부인의 죽음에 대해서는 완강한 고정관념에 사로잡혀 있었습니다. 그 원인을 분명히 밝히기 위해서는 훨씬 과거, 어렸을 때 체험한 일까지 거슬러 올라가 살펴봐야 한다고 나는 확신했습니다.

그러나 솔직히 말해서 정신 분석의 온갖 방법을 다 써보았지만, 올바르게 해결할 실마리를 잡을 수가 없었습니다. 분석에 대한 환자의 저항을 제거하는 데에는 많은 시간이 필요하니까요. 5, 6년이 걸릴지도 모릅니다. 아버님의 경우에는 그럴 만한 충분한 시간이 없었습니다."
그는 잠시 사이를 두었다가 날카롭게 올려다보며 말했다.
"아시겠지만, 핼리데이 소령께서는 스스로 목숨을 끊으셨습니다."
그웬더가 외쳤다.
"넷? 설마!"
"미안합니다, 부인. 부인께서 아시는 줄로만 알았군요. 그 일은 우리들 의사에게 책임이 있다고 여기셔도 어쩔 수 없는 일이라고 생각합니다. 경계를 게을리하지 않았더라면 막을 수 있었을지도 모르니까요.

그러나 솔직히 말해서 핼리데이 소령은 자살할 것 같은 징후를 전혀 보이지 않았습니다. 깊이 생각에 잠기거나 우울해하며 앉아 있는 일도 없었으니까요.

다만 불면증을 호소해서 우리 동료 의사가 일정한 분량의 수면제를 주었습니다. 그런데 사실은 그 약을 먹는 체하며 그는 치사량이 될 때까지 모아 두었던 모양입니다. 그리고……."
그는 두 팔을 벌려 보였다.
"아버지는 그토록 심하게 괴로워하셨나요?"
"아닙니다. 그렇지는 않았다고 생각합니다. 내 판단으로는 괴로워했다기보다 죄의식, 엄밀히 말하면 형벌을 받고 싶다는 바람이 있었습니다.

처음 얼마 동안 그분은 경찰을 불러 달라고 주장했으며, 그럴 필요가 없다는 것을 설득하고 실제로 아무 죄도 저지르지 않았음을 보증해 드렸는데도 완전히 납득하기를 고집스레 거부하고 계셨지요.

그러나 수없이 거듭 설명하는 동안 마침내 아버님도 실제로 살인을 한 기억이 없다는 것을 인정하지 않을 수 없었습니다."

펜러즈 박사는 자기 앞에 있는 서류를 둘둘 말았다. 그리고 말을 이었다.

"문제의 그날 밤 있었던 일에 대한 아버님의 이야기는 결코 바뀌지 않았습니다.

집에 돌아와 안으로 들어가니 캄캄했다. 하인들은 모두 나가고 없었다. 여느때와 다름없이 식당으로 가서 술을 한잔 따라마셨다. 그리고 칸막이가 된 문을 지나 거실로 들어갔다. 그다음 일은 아무 것도 기억나지 않는다, 전혀. 문득 정신이 들었을 때 자기는 침실에 선 채 내려다보고 있었다, 목졸려 죽어 있는 아내를. 그것은 자기가 한 짓임을 알았다."

자일스가 그 말을 가로막았다.

"잠깐만. 미안합니다만 펜러즈 박사님, 어떻게 그는 자기가 살인을 했다는 걸 알았을까요?"

"의심할 여지가 없었지요. 그때까지 여러 달 동안 자신이 미친 사람처럼 멜로드라마적인 의혹을 계속 품어왔던 걸 알아차린 겁니다.

이를테면 아내가 자기에게 마약을 먹이고 있었다는 이야기도 했습니다. 왜냐하면 그는 인도에서 산 적이 있었는데, 그곳 법정에는 아내가 남편에게 나팔꽃 독을 먹여 정신이상이 되게 한다는 이야기가 곧잘 나왔다구요.

아버님께서는 꽤 자주 환각에 시달려서 시간과 장소에 대해 종종 혼란을 겪었던 겁니다. 아내의 부정을 의심한 일은 없다고 강하게 주장하셨지만, 나는 그것이 원인이 되었다고 생각합니다.

아버님께서는 거실에 들어가 헤어지자는 아내의 편지를 읽고, 이 고뇌에서 벗어나기 위해 그녀를 죽여 버리는 편이 낫다고 생각했지요. 여기까지는 현실적으로 일어난 일로 여겨집니다. 그런데 그 다음부터 환각이 시작된 겁니다."

그웬더가 물었다.
"결국 아버님은 계모를 매우 사랑했다는 말씀인가요?"
"그건 분명합니다, 부인."
"그래서 아버지는 그것이 환각이라는 걸 결코 인정하지 않으셨군요."
"끝내는 인정하지 않을 수 없었지요, 환각이 틀림없다고. 그러나 마음속 깊숙이 도사린 신념은 흔들리지 않았던 것 같습니다.
 그 강박관념은 너무나도 굳건해서 이성을 따를 수 없었습니다. 아버님의 마음속 밑바닥에 있는 어린아이 같은 고정관념을 밝혀 낼 수만 있었다면……."
그웬더가 그 말을 가로막았다. 그녀는 어린아이 같은 고정관념 따위에는 흥미가 없었던 것이다.
"박사님께서는 아버지가 죽이지 않았다는 걸 확신하나요?"
"아, 부인. 부인께서 걱정하시는 일이 바로 그거라면, 그런 걱정은 곧 버리십시오. 켈빈 핼리데이는 비록 질투를 느꼈을지라도 결코 사람을 죽이지는 않았습니다."
펜러즈 박사는 헛기침을 한 다음 낡아빠진 검고 작은 수첩을 꺼냈다.
"좋으시다면 부인이야말로 이것을 갖고 계셔야만 할 분이라고 생각합니다. 여기에 씌어 있는 갖가지 글은 아버님이 여기에 계시는 동안 써두신 겁니다.
 아버님의 유품을 지정된 유언 집행인인 어느 변호사 사무소로 넘겨주었을 때 그즈음 병원장이었던 맥과이어 박사가 환자 기록의 일부로서 보존해 두었던 것입니다. 아버님의 병세는 K.H. 씨라는 머리글자로 맥과이어 박사의 기록부에 적혀 있습니다. 일기를 보기 바라신다면……."

그웬더는 얼른 손을 내밀었다.
"부디 주세요. 고맙습니다."

2

런던으로 돌아오는 기차 안에서 그웬더는 낡아빠진 작은 수첩을 꺼내 읽기 시작했다.
그녀는 페이지를 넘겼다.
켈빈 헬리데이는 이렇게 쓰고 있었다.

여기 의사들은 자기 할 일이 무엇인지 알고 있는 것일까? 그들이 말하는 게 모두 어이없는 일로 여겨진다. 내가 어머니를 사랑했다고? 아버지를 미워했다고? 그런 일은 조금도 믿어지지 않는다.
이번 일은 단순한 형사 사건이라고 생각하지 않을 수 없다. 형사재판소 문제다. 정신병원의 문제가 아니다.
여기에 있는 몇몇 환자는 아주 정상적이고 이성적이며 다른 모든 사람과 조금도 다르지 않다. 다만 갑작스럽게 기묘한 생각에 부딪칠 때 말고는. 그렇다면 나 또한 기묘한 생각을 갖고 있는 것일지도 모른다.
제임스에게 편지를 썼다. 헬렌과 꼭 연락이 되었으면 좋겠다고. 만일 그녀가 살아 있다면 살아 있는 모습으로 만나러 오게 해달라고……
그는 그녀가 어디에 있는지 모른다고 한다. 그것은 이미 헬렌이 죽었다는 것, 내가 죽인 것을 알고 있기 때문이 아닌가. 그는 좋은 사람이다. 그러나 나는 속지 않아. 헬렌은 죽은 것이다.
나는 언제부터 헬렌을 의심하기 시작했는가. 퍽 오래전부터, 딜머스에 도착한 바로 뒤부터 그녀의 태도는 변했다. 나는 그녀를 지켜보고 있었다. 그래, 그녀도 나를 감시하고 있었던 것이다.

그녀는 내 식사에 마약을 넣었을까? 저 밤마다 나타나는 기묘한 꿈. 그건 예사로운 꿈이 아니었다. 실감 나는 악몽이었다.

나는 그것이 마약 때문이라는 것을 알고 있다. 그렇게 할 수 있는 것은 그녀뿐이다. 그러나 무엇 때문에? 누군가 남자가 있는 것이다. 그녀가 두려워하는 남자가…….

솔직하게 말하리라. 그렇다, 나는 그녀에게 애인이 있다고 의심했던 것이다. 누군가가 있었던 것이다. 누군가가 있었다는 것은 알고 있다. 배 위에서 거기까지는 말해 주었다. 사랑하면서도 결혼할 수 없는 남자가 있었다고…….

그것은 우리 둘 다 마찬가지였다. 나는 미건을 잊을 수 없었다.

어린 그웨니는 미건과 꼭 닮아 보이는 일이 있다.

헬렌은 배 안에서 그렇듯 다정하게 그웨니와 놀아 주었다. 헬렌, 당신은 참으로 아름답소. 헬렌…….

헬렌은 살아 있는가? 아니면 내가 그녀의 목을 졸라 목숨을 빼앗았는가? 나는 거실문을 지나 그녀가 써놓은 종이쪽지를 보았다. 책상 위에 세워져 있었지.

그리고 그 다음…… 그 다음은…… 모든 것이 캄캄하다. 정말이지 캄캄하다. 그러나 틀림없다. 내가 그녀를 죽인 것이다.

고맙게도 그웨니는 지금 무사히 뉴질랜드에 있다. 모두 좋은 사람들이다. 미건을 위해서라도 그웨니를 사랑해 줄 것이다. 미건…… 미건, 당신이 여기에 있어 준다면…….

그것이 가장 좋은 일이다. 스캔들과 관계없다는 것이 그 아이를 위해 가장 좋은 일이다. 나는 이제 살아 있을 수 없다. 이렇게 세월을 쌓아 간다는 것은 도저히…….

지름길로 가야만 해. 그웨니는 이 일에 대해 아무것도 알지 못할 것이다. 영원토록 모르는 채 있을 것이다. 아버지가 살인자였다는 것을…….

그웬더는 눈물이 앞을 가려 아무것도 보이지 않았다. 건너편에 앉은 자일스에게로 눈길을 돌렸다. 그러자 자일스의 눈은 반대편 구석에 못박힌 듯 움직일 줄 몰랐다.

그웬더가 뚫어지게 자신을 보고 있다는 것을 알아차리자 그는 머리를 조금 움직였다.

그들과 같은 자리에 앉은 손님은 저녁 신문을 읽고 있었다. 그 바깥쪽 페이지의 그들에게도 똑똑히 보이는 곳에 멜로드라마 같은 표제가 실려 있었다.

'그녀 생애의 남자들은 누구인가?'

그웬더는 천천히 고개를 끄덕였다. 그녀는 다시 일기를 들여다보았다.

누군가가 있었던 것이다. 누군가가 있었다는 것은 알고 있다.

The Men in Her Life
# 헬렌의 남자들

1

 미스 마플은 바닷가 산책길을 건너 포 거리를 따라 걷다가 아케이드 부근에서 언덕 쪽으로 올라갔다. 이 부근엔 예스러운 가게뿐이었다. 털실과 수예용품 가게, 과자 가게, 빅토리아 왕조풍의 여성 장신구점, 의상 전문점, 그 밖에 비슷비슷한 느낌을 주는 가게들이 늘어서 있었다.

 미스 마플은 수예용품점 진열장 안을 들여다보았다. 젊은 두 점원이 손님을 응대하고 있었으나, 가게 안쪽에 있는 나이 지긋한 부인은 아무 일도 하지 않고 있었다.

 미스 마플은 문을 밀고 안으로 들어갔다. 카운터에 앉아 있던 은빛 머리의 인상 좋은 여점원이 물었다.

 "뭘 찾으세요, 부인?"

 미스 마플은 갓난아기 재킷을 짤 연푸른색의 털실을 달라고 말했다. 그녀는 천천히 시간을 들여 골랐다. 재킷 모양에 대해서도 이런저런 이야기를 나누었다. 여러 가지 어린이용 편물책을 보며 조카 아이들의 이야기를 하기도 했다.

그녀도 여점원도 서두르는 빛을 보이지 않았다. 이 가게 여점원은 오랜 세월 동안 미스 마플 같은 손님을 상대해 왔다. 자신에게 무엇이 필요한지도 모르면서 싸고 칙칙한 것에 눈길을 돌리는 성급하고 버릇없는 젊은 어머니보다는 이렇게 이런저런 이야기를 늘어놓는 한가한 노부인이 훨씬 좋았다.

미스 마플이 말했다.

"이걸로 하지요. 스토크렉 표라면 언제나 틀림없어요. 줄어들거나 하지도 않고. 2온스 더 살까 봐요."

여점원은 물건을 싸면서 오늘은 바람이 매우 차다고 말했다.

"정말 그래요. 바닷가 산책길을 걸어올 때 그렇게 생각했어요. 딜머스도 무척 달라졌더군요. 이곳은 정말 오랜만이에요. 그래요, 아마 19년쯤 됐을 거예요."

"어머나, 그러세요, 부인? 그럼, 무척 많이 변했다고 생각되시겠어요. 저 수퍼브의 빌딩도 그때는 없었을 테고, 사우스뷰 호텔도 아직 없었을 거예요."

"네, 물론이지요. 정말 조그만 곳이었는걸요. 나는 친구집에 있었지요. 세인트캐서린이라고 불리던 집이었어요. 아는지 모르겠네요? 리험프튼 거리에 있지요."

그러나 여점원은 딜머스에 온 지 아직 10년쯤밖에 되지 않았다.

미스 마플은 고맙다고 말하며 털실 꾸러미를 받아 들고 바로 옆집인 장식품 가게로 갔다. 여기서도 그녀는 또 나이 지긋한 점원을 상대로 골라잡았다. 여름 조끼에 대해 이야기하며 앞서와 같은 과정을 더듬었다.

이번 점원은 적극적인 반응을 보였다.

"분명 핀디슨 부인집이었지요?"

"아, 네, 그래요. 내 친구가 가구째 세를 얻었지요. 핼리데이 소령 부부와 여자 아기였어요."
"네, 그랬어요. 그분들은 1년쯤 그 집에 사셨을 거예요."
"그랬어요. 소령은 그때 인도에서 돌아온 참이었지요. 그 댁에 아주 솜씨 좋은 요리사가 있었어요. 훌륭한 구운 사과 만드는 법을 가르쳐 주었지요. 그리고 진저 브레드 만드는 법도 가르쳐 주었고요. 그 사람은 지금 어떻게 지내고 있을까 곧잘 생각한답니다."
"이디스 패짓 말씀이세요, 부인? 그녀라면 아직 딜머스에 살고 있답니다. 지금은 윈드러시 로지에서 일하고 있지요."
"그리고 그 밖에도 몇 사람 더 있었지요. 페인 씨 집안, 아마 변호사였다고 생각되는데요."
"주인 어른은 몇 해 전에 돌아가셨어요. 그 아드님인 월터 페인은 어머니와 함께 살고 있지요. 그분은 끝내 결혼하지 않았어요. 지금은 소장님이지요."
"어머나, 그래요? 월터 페인은 인도에 간 줄로만 알았어요. 차를 재배한다던가 하는 일로 말예요."
"틀림없이 그랬지요, 젊었을 때는 말예요. 하지만 1년인지 2년 뒤 돌아와 변호사 사무소에 들어갔답니다. 그 방면에서는 가장 좋은 일을 하는 사무소였지요. 변호사들은 모든 사람들의 존경을 받아요. 조용하고 점잖은 신사랍니다, 월터 페인은. 그분을 싫어하는 사람은 아무도 없어요."
미스 마플은 큰 소리로 말했다.
"그렇겠지요, 물론. 그는 케네디 양과 약혼했었지요, 아마? 그랬는데 그녀가 약혼을 깨뜨리고 핼리데이 소령과 결혼했다더군요."
"네, 그랬답니다. 그녀는 페인 씨와 결혼하러 인도까지 갔었는데, 그만 마음이 달라져 다른 남자와 결혼한 모양이더군요."

점원의 목소리에 좀 비난하는 투가 섞였다.

미스 마플은 몸을 앞으로 내밀고 목소리를 낮추었다.

"나는 줄곧 그 가엾은 핼리데이 소령——그의 어머니를 잘 알고 있었지요——과 그의 어린 딸 일이 걱정되었어요. 두 번째 부인은 소령을 버렸다지요? 어떤 남자와 달아났다던가요? 좀 바람기 있는 타입이었나요?"

"네, 그녀는 바람둥이였답니다. 오빠이신 박사님은 정말 좋은 분이었는데 말예요. 그분이 내 무릎의 류머티즘을 깨끗이 고쳐 주셨지요."

"그녀는 대체 누구와 달아났나요? 나는 듣지 못했거든요."

"글쎄요, 그건 모르겠어요. 그 집에 머무르던 여름 손님 가운데 하나라는 소문도 있었지요. 아무튼 핼리데이 소령은 몹시 낙심했었나 봐요. 그 집을 나간 뒤로 건강이 나빠졌다더군요. 자, 거스름돈이에요."

미스 마플은 거스름돈과 물건을 받아 들었다. 그녀가 말했다.

"이디스 패짓이라고 했었지요? 아직도 진저 브레드를 맛있게 만드는 방법을 가르쳐 줄지 모르겠군요. 일부러 애써 써줬었는데 잃어버렸지 뭐예요. 하기야 우리 집 하녀가 부주의해서 잃어버린 거지만요. 아무튼 나는 맛있는 진저 브레드를 굉장히 좋아한답니다."

"틀림없이 가르쳐 줄 거예요. 실은 우리 옆집에 그녀의 언니가 살고 있거든요. 과자집 마운트포드 씨의 부인이 되었어요. 이디스는 외출하는 날이면 대개 그 댁에 오곤 한답니다. 마운트포드 부인에게 말해 두면 틀림없이 전해 줄 거예요."

"아주 좋은 생각이군요. 정말 여러 가지로 고마워요."

"뭘요, 별 말씀을······."

미스 마플은 밖으로 나왔다. 그녀는 혼잣말을 했다.

"예스러운 가게군. 게다가 이 조끼는 정말 멋있어. 돈을 헛되이 쓰지는 않은 것 같아."

그녀는 옷 끝에 핀으로 달아 놓은 연한 푸른빛 에나멜 회중시계를 흘끗 보았다.

"진저캣에서 그 두 젊은이를 만날 시간까지 꼭 5분 남았군. 요양소에서 언짢은 일이나 없었으면 좋으련만."

2

자일스와 그웬더는 진저캣의 구석 테이블에 앉아 있었다.

두 사람 사이의 테이블 위에는 검고 작은 수첩이 놓여 있었다.

미스 마플은 큰길에서 들어와 그 테이블에 앉았다.

"뭘 드시겠어요, 제인 아주머니? 커피로 하시겠어요?"

"그러지요. 아니, 케이크는 괜찮아요. 버터 바른 핫케이크면 돼요."

자일스가 주문했다. 그웬더는 조그만 검은 수첩을 미스 마플 앞으로 밀어 주었다.

"우선 이걸 좀 읽어 보세요. 그런 다음 말씀드리겠어요. 아버지가 요양소에 계시는 동안 손수 쓰신 거예요. 아, 하지만 자일스, 그 전에 펜러즈 박사가 한 말을 그대로 제인 아주머니에게 들려드리세요."

자일스가 이야기했다. 이야기를 모두 들은 미스 마플은 조그만 검은 수첩을 폈다.

웨이터가 연한 커피 석 잔과 버터 바른 핫케이크와 케이크 접시를 가져왔다. 자일스와 그웬더는 말없이 수첩을 읽는 미스 마플을 가만히 바라보고 있었다.

조금 뒤 그녀는 수첩을 덮어 테이블 위에 놓았다. 그녀의 표정은 헤아리기 어려웠다. 그 얼굴에 나타난 것은 노여움이라고 그웬더는 생각했다. 미스 마플의 입술이 굳게 다물어지고 눈은 그 나이로 보아 이상할 만큼 빛나고 있었다.
"그랬었군요, 역시."
그리고 그녀는 다시 한 번 되풀이했다.
"그랬었군요."
그웬더가 말했다.
"아주머니께서 전에 충고해 주셨지요, 기억하세요? 계속 파고드는 걸 그만두라고요. 아주머니가 왜 그렇게 말씀하셨는지 이제야 알겠어요. 하지만 우리는 계속하고 말았어요. 그리고 가 닿은 곳이 여기예요. 이제야 비로소 그럴 마음만 먹으면 그만둘 수 있는 곳에 와 버린 것 같아요. 아주머니는 끝내야 한다고 생각하세요? 아니면 계속해도 될까요?"
미스 마플은 천천히 머리를 저었다. 그녀는 괴로움과 곤혹을 느끼고 있는 듯 보였다.
"모르겠군요. 정말 모르겠어요. 그렇게 하는 편이 좋을지도 모르지요. 그편이 훨씬 좋을지도 몰라요. 왜냐하면 이렇게 오랜 세월이 지난 뒤고 보니 당신들이 할 수 있는 일은 아무것도 없잖겠어요? 다시 말해서 밝혀낼 수 있는 일이 아무것도 없을지 몰라요."
"아주머니 말씀은 이렇게 오랜 세월이 지났으니 우리가 발견할 수 있는 건 아무것도 없다는 거지요?"
"아니에요, 내 말은 그런 뜻이 아니에요. 19년은 그리 오랜 세월이 아니에요. 아직 여러 가지로 기억하고 있는 사람이 있겠지요. 질문에 대답해 줄 사람도 많을 거예요. 이를테면 고용인들이라든가.
그 무렵 그 집에는 적어도 하녀가 둘은 있었을 거예요. 그리고 아기 보는 여자와 아마 정원사도 있었겠지요. 조금만 시간을 들여

애쓰면 그런 사람들을 찾아 이야기를 들을 수 있을 거예요. 실제로 나는 그들 가운데 한 사람을 벌써 찾아냈어요, 요리사였던 사람을.

그러니 내가 말하고 싶은 것은 그런 일이 아니에요. 당신들이 해보아서 실제로 어떤 유익이 있느냐 하는 점이에요. 나는 이렇게 말하고 싶군요. 아무 소용도 없는 일이라고. 하지만……."
그녀는 말을 끊었다가 다시 이었다.
"아무래도 하지만이란 말이 나오고 마는군요. 나도 도무지 생각이 정리되지 않아요. 하지만 역시 뭔가가 있다는 느낌이 들어요. 분명히 잡히지 않는 뭔가가. 위험을 무릅쓰기에 충분한 것. 비록 위험을 무릅써야 할 어려운 입장이 된다 할지라도. 그렇지만 그건 말로는 잘 표현할 수 없는……."
자일스가 말을 꺼냈다.
"내 생각에는……."
그리고는 입을 다물었다.
미스 마플의 감사 어린 눈길이 그에게로 향했다. 그녀가 말했다.
"남자분들은 언제나 무슨 일이건 분명히 정리해 볼 수 있을 거예요. 당신은 틀림없이 생각이 정리되었을 거라고 생각해요."
"내 나름으로 생각을 정리해 보았습니다. 내게는 도달할 결론이 두 가지밖에 없는 것 같습니다.

하나는 앞서 말한 것과 같습니다. 헬렌 핼리데이가 홀에 쓰러져 있는 것을 그웨니가 보았을 때에는 사실 죽지 않았습니다. 그녀는 살아서 애인과 함께 달아났습니다. 연인이 누구인가 하는 건 어떻든 말입니다.

이 생각은 우리가 알고 있는 사실과 그런대로 들어맞습니다. 자신이 아내를 죽였다고 말하는 켈빈 핼리데이의 끈질긴 확신과도 들어맞고, 없어진 여행 가방과 옷가지, 그리고 케네디 박사가 발견한 편지와도 앞뒤가 맞습니다.

그러나 설명되지 않는 몇 가지 문제가 남아 있습니다. 켈빈 핼리데이가 어째서 침실에서 아내를 목졸라 죽였다고 믿고 있는가 하는 것은 설명할 수 없습니다. 그리고 나로서는 어떻게도 할 수 없는 의문, 헬렌 핼리데이는 지금 어디 있는가 하는 것을 해명하는 데에도 도움이 되지 않습니다.

헬렌으로부터 그 뒤 어떤 소식이나 풍문도 들려 오지 않았다는 것은 도무지 납득이 되지 않는 일입니다. 비록 그녀가 쓴 두 통의 편지가 진짜였다 할지라도 그 다음에는 어떻게 되었을까요? 어째서 그녀는 그 뒤로 편지를 쓰지 않았을까요?

그녀는 오빠와 사이가 좋았고, 케네디 박사도 분명 여동생을 사랑했으며 그 뒤로도 내내 사랑했습니다. 여동생의 행동을 비난했을지는 모르지만, 그것이 더 이상 연락하지 않을 이유가 될 수는 없습니다. 그리고 아시겠습니까? 이 점이야말로 분명 케네디 박사 자신도 고민하고 있는 일입니다. 이를테면 우리에게 들려준 이야기를 그는 그때 그대로 받아들였습니다.

여동생은 떠나고 켈빈은 신경쇠약이 되었습니다. 그러나 그는 여동생에게서 그 뒤로 편지가 오지 않을 거라는 생각은 하지 않았습니다. 그런데 여러 해가 지나도 여전히 편지는 오지 않았습니다.

켈빈 핼리데이는 망상을 계속 믿다가 끝내 자살해 버렸습니다. 그러자 끔찍스러운 의혹이 케네디 박사의 마음에 살며시 파고든 게 아닐까요?

어쩌면 켈빈의 이야기가 사실이었던 게 아닐까? 켈빈은 정말로 헬렌을 죽여 버린 게 아닐까? 여동생으로부터는 아무 소식도 없습니다. 만일 외국 어디에선가 죽어 버렸다면 오빠에게는 소식이 올 게 아니겠는가?

이상과 같은 일은 우리의 광고를 보았을 때 케네디 박사가 나타낸 열성을 설명하고 있다고 생각합니다. 그는 광고를 보고 혹시나 여동생이 어디에 있으면서 무엇을 했는지 실마리가 잡힐지도 모른다고 생각했답니다.

나로선 누군가가 헬렌처럼 감쪽같이 사라져 버린다는 것이 아주 이상하게 여겨집니다. 그 자체가 무척 의아스럽습니다."
미스 마플이 말했다.
"나도 같은 생각이에요. 그럼, 다른 한 가지는 어떤 거지요, 자일스?"
자일스는 천천히 말했다.
"나는 또 하나의 경우도 끝까지 생각해 보았습니다. 이쪽은 꽤나 엉뚱해서 훨씬 더 무서울 정도입니다. 왜냐하면 그 경우에 문제가 되는 것은…… 뭐라고 해야 좋을까…… 어떤 악의입니다."
그웬더가 말했다.
"그래요. 악의라는 말이 꼭 맞아요. 옳은 정신으로 한 짓이 아니라고 해도 좋을 만큼……."
그녀는 몸을 떨었다. 미스 마플이 말했다.
"그런 일도 있을 수 있을 거예요. 세상에는 참으로 많은, 뭐랄까, 이상한 일이 사람들이 상상하는 것보다 훨씬 많아요. 나도 이제까지 몇 번 보아 왔지요."
그녀의 얼굴은 심각했다. 자일스가 말했다.
"그 경우에는 정상적인 해석이 없습니다. 이를테면 켈빈 핼리데이는 아내를 죽이지 않았지만 마음속으로는 자신이 했다고 여기고 있었다는 엉뚱한 가설을 생각해 보기로 합시다.

이것이야말로 펜러즈 박사, 그는 착실한 사람으로 여겨집니다만 그가 믿고 싶어했던 일입니다. 그가 핼리데이로부터 받은 첫인상

헬렌의 남자들 125

은, 자기 아내를 죽인 사람으로서 경찰에 몸을 맡기고 싶어한다는 것이었습니다.

 그리고 그 뒤 그는 결코 그렇지 않다는 케네디 박사의 말을 믿어야만 했습니다. 핼리데이는 콤플렉스 또는 고정관념——전문적인 용어로 뭐라고 하는지 모르겠습니다만——의 희생자라고 억지로 믿으려 했습니다.

 그러나 실은 이 결론이 그의 마음에 들지 않았습니다. 그는 그런 타입의 환자를 다뤄 본 경험이 많았지만, 핼리데이는 거기에 들어맞지 않았던 겁니다. 더욱이 핼리데이를 한층 더 잘 알게 됨에 따라 아무리 격분한다 해도 여자를 목졸라 죽일 타입의 사람은 못 된다고 확신하기에 이르렀지요.

 펜러즈 박사는 일단 고정관념이라는 설을 받아들이긴 했지만 불안함이 늘 따라다녔습니다. 그렇게 되면 이 경우 들어맞는 이론은 하나밖에 없습니다. 핼리데이가 스스로 아내를 죽였다고 믿도록 누군가 다른 사람이 꾸민 겁니다. 여기서 X가 등장하게 됩니다.

 사실을 면밀히 조사해 보면 이 가설은 적어도 가능성이 있습니다. 핼리데이 자신의 말에 의하면, 그날 밤 집에 돌아와 식당으로 들어가 여느때와 다름없이 술을 한잔 마셨다. 그리고 옆방으로 가서 책상 위에 놓인 편지를 보았다. 그리고 의식을 잃었다고 했습니다.”

자일스는 말을 멈췄다. 미스 마플은 고개를 끄덕여 찬성의 뜻을 나타냈다.

그는 다시 말을 이었다.

"그것은 단순한 의식 상실이 아니라 실은 약, 위스키에 섞어 놓은 최면약 때문이었습니다. 그러면 다음 단계는 절로 분명해집니다.

 X는 우선 홀에서 헬렌을 목졸라 죽였습니다. 그런 다음 시체를

2층으로 옮겨 치정으로 이뤄진 범죄로 보이도록 교묘하게 침대 위에 눕혔습니다.

켈빈이 의식을 되찾은 것도 그 방이었습니다. 가엾게도 헬렌에 대한 질투로 늘 괴로워했던 그는 자기가 죽인 줄 알았습니다. 그리하여 다음에 어떻게 했는가? 처남인 케네디 박사를 찾아갔습니다. 걸어서 이 고장 반대쪽까지.

따라서 X가 다음 트릭을 쓸 시간이 생깁니다. X는 여행 가방에 옷가지를 넣어 짐을 옮기고 시체도 옮겼습니다. 그러나 그 시체를 어떻게 했는가 하는 점에서는……."
자일스는 답답한 듯 말을 끝맺었다.
"나는 정말 어떻게 해야 할지 모르겠습니다."
미스 마플이 말했다.
"당신이 그런 말을 하다니 믿을 수 없군요. 이 문제에는 그리 어려운 점이 없을 거예요. 하지만 그 다음을 이야기해 봐요."
자일스가 말했다.
"'그녀 생애의 남자들은 누구인가?' 이것은 돌아오는 기차에서 우연히 넘겨다보게 된 신문의 표제입니다. 거기서 문득 이거야말로 이 사건의 수수께끼라는 생각을 했지요.

만일 우리가 생각하듯 X라는 남자가 있다고 한다면, 우리가 아는 건 헬렌을 열광적으로, 글자 그대로 열렬히 사랑했었을 거라는 것뿐입니다."
"그러니까 우리 아버지를 미워했던 거예요. 그래서 아버지를 괴롭히고 싶었던 거지요."
"우리의 생각이 가 닿는 곳은 바로 거기입니다. 우리는 헬렌이 어떤 여자였는지 알고 있습니다."
그는 좀 머뭇거렸다.

헬렌의 남자들 127

그웬더가 덧붙여 말했다.
"남자에 미쳐 있었어요."
 미스 마플은 뭔가 말하려는 듯 별안간 눈을 번쩍 들었으나 잠자코 있었다.
"그리고 아름다웠을 겁니다. 그러나 그녀 생애에 남편 이외에 어떤 남성이 있었는지를 알아낼 단서는 없습니다. 많은 남자가 있었을지도 모릅니다."
 미스 마플은 고개를 저었다.
"그리 많지는 않았을 거예요. 그녀는 아직 매우 젊었으니까. 그리고 당신 말은 정확하지 않군요, 리드 씨. 당신이 말하는 '그녀 생애의 남자들'에 대해 우리가 아는 게 있을 거예요. 그녀가 외국으로 가서 결혼하려고 했던 남자……"
"아, 네, 그렇습니다. 변호사였지요? 이름이 뭐라고 했더라?"
"월터 페인이에요."
"그렇습니다. 하지만 그는 그 안에 들지 않을 겁니다. 말레이시아인지 인도인지에 가 있었으니까요."
"그가 말인가요? 하지만 내내 차 재배만 했던 건 아니었지요. 이곳으로 돌아와 변호사 사무소에 들어갔다더군요. 그리고 지금은 소장이라던걸요."
 그웬더가 외쳤다.
"틀림없이 그녀 뒤를 쫓아 이곳에 돌아온 거겠지요?"
"그랬을지도 몰라요, 잘은 모르겠지만."
 자일스는 호기심이 솟은 듯 노부인을 보았다.
"그런 것을 어떻게 알아내셨습니까?"
 미스 마플은 변명하듯 빙그레 웃었다.
"가게에서 이런저런 이야기를 좀 나누고 왔어요. 그리고 버스를 기다리는 동안에도, 할머니들이란 뭐든지 궁금해 하는 줄로 모두들 생각하거든요. 그러니 이 지방의 뉴스거리를 얼마든지 물어볼 수 있어요."
자일스가 곰곰이 생각하며 말했다.
"월터 페인이라……. 헬렌에게 거절당해 그것이 깊은 상처가 되었을지도 모릅니다. 그는 결혼했습니까?"
"아니에요. 어머니와 함께 살고 있어요. 이번 주말에 그분 댁으로 차 대접을 받으러 가게 되어 있어요."
그웬더가 별안간 말했다.
"그 밖에도 아직 우리가 아는 남자가 있어요. 그녀가 약혼했었다든가 무슨 문제를 일으켰었다든가 하는 사람을 기억하고 있지요? 학교를 졸업했던 무렵에 말예요. 바람직하지 못한 남자였다고 케네디 박사가 말했어요. 어째서 바람직하지 못하다고 생각했을까요?"
자일스가 말했다.
"그 사람까지 둘이군요. 그 둘 가운데 어느쪽인가가 원한을 품고 있었을지도 모릅니다. 내내 원망스럽게 여겨 언제까지나 잊지 못했는지도 모르지요. 아마 첫 번째 남자는 어두운 과거의 추억을 갖고 있었을지도 모릅니다."
그웬더가 말했다.
"케네디 박사에게 물으면 가르쳐 주겠지만, 묻기가 좀 거북해요. 거의 기억에도 없는 계모에 대해 뭔가 묻는 건 그런대로 괜찮다 하더라도, 젊었을 때의 연애 문제까지 알아내려면 그만한 이유가 필요해요. 그리 잘 알지도 못하는 계모에게 너무 흥미를 갖는 것 같아서요."
미스 마플이 말했다.
"아마 달리 무슨 방법이 있을 거예요. 그래요, 참을성 있게 시간을 들여 알아보면 필요한 정보를 얻을 수 있을 테지요."
자일스가 말했다.
"아무튼 두 가지 가능성이 있습니다."
그러자 미스 마플이 말했다.
"세 번째 가능성도 생각할 수 있어요. 물론 이건 어디까지나 가설이지만, 상황에 따라서는 옳은 길이 될지도 몰라요."
그웬더와 자일스는 좀 놀라며 그녀를 보았다. 미스 마플은 얼굴을 살짝 붉혔다.
"정말 아무것도 아닌 억측일지 모르지만, 헬렌 케네디는 월터 페인과 결혼하려고 인도에 갔었어요. 그렇다면 그녀는 그를 열렬히 사랑하지는 않았더라도 좋아했던 것만은 틀림없으며, 한평생 그와 살려고 마음먹었던 것도 사실일 거예요. 그런데 그곳에 닿자 곧 약혼을 깨뜨리고 오빠에게 돌아갈 여비를 보내 달라고 전보를 쳤다고 했지요? 이건 어떻게 된 일일까요?"
"아마도 마음이 달라졌나 보지요."
미스 마플과 그웬더는 가벼운 경멸을 담은 눈으로 그를 보았다.
"물론 마음이 달라진 거겠지요. 그건 알고 있어요. 제인 아주머니가 말씀하시는 건 어째서 마음이 달라졌는가 하는 거예요."
자일스가 애매하게 말했다.
"어린 여자들이란 마음이 변하기 쉬운 법 아니오?"
미스 마플이 말했다.
"어떤 상황 아래에서는 그렇기도 하겠지요."
그녀의 목소리에는 나이 지긋한 부인이 최소한의 말로 표현할 수 있는 신랄한 빈정거림이 담겨 있었다.
"그가 한 어떤 짓이……."
자일스가 애매하게 자신의 생각을 이야기하자 그웬더는 날카롭게 말을 가로챘다.

"뻔하잖아요? 다른 남자가 나타난 거예요!"

그웬더와 미스 마플은 서로 얼굴을 마주보았다. 두 사람의 얼굴에는 남자를 제쳐놓은 여자들끼리의 말없는 신뢰가 떠올라 있었다. 그웬더는 확신을 갖고 덧붙여 말했다.

"배 위에서! 지나가던 길에!"

미스 마플이 말했다.

"두 사람만의 세계."

"갑판을 비추는 달빛. 단순한 장난이 아니라 무척 진지했을 거예요."

"그래요. 진지했으리라고 나도 생각돼요."

자일스가 물었다.

"만일 그렇다면 어째서 그 남자와 결혼하지 않았소?"

그웬더는 고개를 저으며 천천히 말했다.

"아마 남자 쪽에서는 정말로 좋아하지 않았는지도 모르지요. 아니, 그렇다면 그녀는 역시 월터 페인과 결혼했겠지요. 아, 알았어요. 난 정말 바보예요. 그는 결혼한 남자였어요."

그녀는 의기양양한 얼굴로 미스 마플을 보았다.

"맞았어요. 내 생각도 같아요. 두 사람은 서로 사랑했지요. 아마도 열렬히 사랑했을 거예요. 하지만 만일 그가 결혼한 남자였다면 틀림없이 아이도 있었겠지요. 그리고 존경할 만한 타입의 사람이었다면 모든 것은 끝이에요."

그웬더가 말했다.

"아무튼 그녀는 이미 월터 페인과 결혼할 마음이 없어졌어요. 그래서 오빠에게 전보를 쳐서 돌아왔지요. 그래요, 이것으로 앞뒤가 모두 들어맞아요. 그리고 돌아오는 배에서 그녀는 우리 아버지를 만난 거예요……. 열렬한 사랑은 아니었지만, 그래도 마음이 끌린 거지요……. 그리고 내가 있었어요.

헬렌도 아버지도 둘 다 불행했어요. 그래서 서로 위로했겠지요. 아버지는 세상 떠난 우리 어머니 이야기를 했고, 그녀는 그 남자 이야기를 했겠지요. 그래요, 틀림없이 그랬을 거예요."
그웬더는 일기의 그 부분을 가볍게 두드리며 말을 이었다.
"'누군가가 있었다는 것은 알고 있다. 배 위에서 거기까지는 말해 주었다. 사랑하면서도 결혼할 수 없는 남자가 있었다고……' 그래요, 바로 이것이었어요.

헬렌과 아버지는 서로 비슷한 처지에 놓여 있다고 느낀 거예요. 게다가 돌봐 줘야 할 내가 있었어요. 그녀는 아버지를 행복하게 해 줄 수 있다고 생각했겠지요. 틀림없이 결국은 자신까지도 행복해질 수 있다고 여겼을 거예요."
그녀는 말을 멈추더니 미스 마플에게 세게 고개를 끄덕여 보이며 힘차게 물었다.
"내 말이 맞지요?"
자일스가 안타까운 표정을 지었다.
"그웬더, 당신은 이야기를 모두 마음대로 지어내고는 마치 정말로 있었던 일처럼 말하는구려."
"정말로 일어난 거예요. 틀림없이 그랬을 거예요. 그래서 X의 후보자로서 세 번째 남자가 생겨난 셈이에요."
"그건 또 무슨 말이오?"
"결혼한 남자지요. 그가 어떤 사람이었는지는 모르겠어요. 조금도 훌륭하지 않았을지도, 좀 이상했을지도 몰라요. 그녀 뒤를 쫓아 여기까지 왔을지도 모르지요."
"당신은 조금 전 그 남자는 인도로 가는 도중이었다고 설정했었잖소"
"하지만 인도에서는 언제나 돌아올 수 있잖겠어요? 월터 페인도 돌아왔어요, 1년쯤 뒤에. 나는 이 세 번째 남자도 돌아왔다는 말은 하지 않았어요. 그는 다만 하나의 가능성이에요. 당신이 그녀 생애의 남자들은 누구냐고 거듭 말했기 때문이지요.

이제 그 가운데 세 사람을 알았어요. 월터 페인, 이름을 알지 못하는 어떤 젊은이, 그리고 결혼한 남자……."
자일스가 결론지었다.
"결국 존재하는지 어떤지도 알 수 없는 남자요."
"찾아내게 될 거에요. 그렇지요, 제인 아주머니?"
미스 마플이 말했다.
"참을성 있게 시간을 들여 알아본다면 아마도 많은 것을 알아내게 되겠지요. 나도 도울 수 있어요. 오늘 갔던 장식품 가게에서 이야기가 잘 진전되어 이디스 패짓이 아직 딜머스에 살고 있다는 것을 알았어요. 이 사람은 우리가 알고 싶어하는 그 시기에 세인트캐서린에서 요리사로 있었던 여자예요. 그녀 언니는 이곳 제과점 주인과 결혼했다더군요.

그웬더, 당신이 패짓을 만나고 싶어하는 것은 아주 당연한 일이라고 생각해요. 그녀에게서 여러 가지 이야기를 들을 수 있지 않을까요?"
"어머나, 좋아요."
그웬더는 이렇게 대답하고 다음과 같이 덧붙였다.
"나는 다른 생각을 했어요. 나는 새로운 유언장을 만들 생각이에요. 여보, 그렇게 심각한 얼굴 하지 마세요. 나는 아직 당신에게 돈을 남겨 드릴 수 있어요. 다만 월터 페인에게 유언장을 만들어 달라고 할 생각이에요."

자일스가 말했다.

"그웬더, 좀 신중하구려."

"유언장을 만드는 건 아주 예사로운 일이 아니겠어요? 그에게 다가가는 아주 좋은 방법이라고 생각해요. 아무튼 그를 만나 보고 싶어요. 그가 어떤 사람인지 알고 싶어요. 그리고 내 생각으로는……."

그녀는 도중에 말을 끊었다. 자일스가 말했다.

"내가 놀라고 있는 건 우리가 낸 광고에 아무도 회답을 주지 않았다는 일입니다. 이를테면 그 이디스 패짓이라든가……."

미스 마플이 고개를 저었다.

"이런 시골에서는 그런 결심을 하려면 누구나 시간이 걸리지요. 모두 의심이 많아요. 뭐든지 깊이 생각해 보기를 좋아하는 모양이에요."

## Lily Kimble
# 릴리 킴블

 릴리 킴블은 프라이팬에서 지직거리는 포테이토칩의 기름을 빼려고 부엌 테이블에 헌 신문지를 두세 장 펼쳐 놓았다. 그녀는 곡조도 맞지 않는 유행가를 흥얼거리며 몸을 내밀어 눈앞에 펴놓은 신문 활자를 무심히 바라보았다.
 그녀는 흥얼거리기를 멈추고 별안간 소리를 질렀다.
 "짐, 짐, 들어 봐요, 잠깐."
 짐 킴블은 말수가 적은 중년 남자로 부엌 개수대에서 뭔가를 씻고 있었다. 그는 늘 하는 한 마디로 대답했다.
 "음?"
 "신문 광고예요. '헬렌 스펜러브 핼리데이에 대해 뭔가 아시는 분은 아래로 연락해 주십시오. 사우샘프턴 거리 리드 앤드 하디 상회'라고 씌어 있어요!
 내가 세인트캐서린에서 일했던 때의 핼리데이 부인을 말하는 건지도 모르겠어요. 그들은 핀디슨 부인의 집을 빌려서 살았지요.
 그녀의 이름은 분명 헬렌이라고 했어요. 맞아요. 케네디 박사의 여동생이었지요. 나더러 곧잘 아데노이드 수술을 해야 한다고 했던 그 의사의 여동생 말예요."

거기서 잠시 사이를 두고 킴블 부인은 익숙한 손놀림으로 튀겨 낸 포테이토칩을 휘저었다. 짐 킴블은 종이 타월로 얼굴의 땀을 닦으며 콧소리를 울렸다.

킴블 부인이 다시 말했다.

"물론 이건 헌 신문이지만 말예요."

그녀는 날짜를 확인했다.

"1주일도 더 되었군요. 무엇 때문일까요? 돈에 관한 일일까요, 짐?"

짐 킴블은 그렇다는 건지 아니라는 건지 모르게 말했다.

"음."

부인은 골똘히 생각에 잠겼다.

"유언이나 뭐 그런 일일지도 모르겠군요. 퍽 옛날 일이에요."

"음."

"18년이나 좀더 전일 거예요. 틀림없이…… 이제 와서 무슨 일로 그런 걸 파헤치고 있을까요? 경찰이라고는 생각되지 않아요. 그렇지요, 여보?"

짐 킴블이 물었다.

"어째서?"

킴블 부인은 까닭이 있는 듯한 얼굴로 말했다.

"저, 내가 언제나 생각했던 일 아시잖아요? 그 무렵 당신에게 말했었지요. 부인이 어떤 남자와 함께 달아났다는 건 어디까지나 그렇게 보이도록 꾸민 거라고 말예요. 그건 남편이 부인을 죽여 버렸을 때 곧잘 하는 말이지요.

그건 살인이었어요. 당신에게도 말했고 이디에게도 말했지만, 이디는 아무래도 정말로 믿지 않았지요. 이디에게는 상상력이라는 게 없었으니까요.

부인이 달아날 때 가져간 것으로 되어 있는 옷은, 틀림없이 그건 사실이 아니었을 거예요. 여행 가방과 가방이 없어지고 거기에 넣을 만큼의 옷도 없어졌었지요. 하지만 그건 사실이 아니었다니까요. 나는 이디에게 말했어요.

'틀림없이 주인 어른이 죽여서 지하실에 묻은 걸 거야.'

다만 정말은 지하실이 아니었지만 말예요. 왜냐하면 아기 보는 스위스 여자인 레어니가 뭔가를 보았거든요. 창문으로 말예요.

나와 함께 영화 구경갔다 오다가 봤어요. 그녀는 결코 아기 방을 떠나서는 안 되게 되어 있었지만요. 아기는 결코 깨지 않을 거라고 내가 말했기 때문이에요. 밤에 잠자리에 들기만 하면 아주 얌전한 아기였어요.

'부인은 밤에 아기 방으로 결코 올라오지 않으니 나와 함께 살짝 빠져 나간다 해도 아무도 모를 거야'라고 했지요. 그래서 그녀는 나와 함께 영화 구경을 갔어요.

돌아오니 글쎄 그런 복잡한 일이 일어났지 뭐예요. 박사님이 와 있고 주인 어른은 보기 흉한 모습으로 화장실에서 잠들어 있었지요. 박사님이 보살펴 주고 있다가 그때 나에게 옷에 대해 물으셨어요.

그때는 부인이 흠뻑 반해 있던 남자와 달아난 거라고 생각해서 아무 문제가 없는 것으로 보였지요. 그 결혼한 남자와 좋아했었거든요. 그리고 이디는 무슨 일이 있어도 이혼 소송에만은 말려들고 싶지 않다고 했어요.

그런데 그 남자 이름이 뭐였더라? 생각나지 않아요. M으로 시작되었는지, 아니면 R로 시작되었는지? 아, 한심해. 까맣게 잊기를 잘하지 뭐예요."

짐 킴블은 개수대에서 돌아와 그에게는 별로 중요하지 않은 그런 문제를 깡그리 무시해 버리고 저녁 식사 준비는 아직 안 되었느냐고 물었다.

"이 포테이토칩 기름만 빼면 되니까 기다리세요. 신문을 한 장 더 가져올게요. 이건 잘 넣어 둬요. 경찰은 아닐 테지요? 그토록 오래된 일인걸요.

어쩌면 변호사일지 모르겠어요. 그렇다면 돈이 얽혀 있을지도 몰라요. 광고에는 아무 이득이 될 만한 말이 없지만 말예요. 하지만 아무려면 어때요. 이 일을 의논할 만한 사람이 있으면 좋겠군요.

런던 어딘가의 주소로 편지해 달라고 씌어 있군요. 하지만 내가 그렇게 해도 좋을지 모르겠어요. 런던에 있는 사람들에게 말예요. 당신은 어떻게 생각해요?"

짐 킴블은 몹시 고픈 배를 안고 생선과 포테이토칩을 바라보며 대답했다.

"음."

의논은 뒤로 미뤄졌다.

Walter Fane
# 월터 페인

1

그웬더는 폭넓은 마호가니 책상 너머로 월터 페인 씨를 바라보았다.

그녀가 마주하고 있는 사람은 좀 지쳐 보이는 50살 안팎의 남자로 차분하고 이렇다 할 특징 없는 얼굴을 하고 있었다. 우연히 만난 것뿐이라면 기억에 잘 남지 않을 사람이라고 그웬더는 생각했다. 현대식으로 말하면 개성이 없는 남자였다. 말투는 느릿하고 신중하여 느낌이 좋았다. 퍽 믿음직스러운 변호사일 거라고 그웬더는 생각했다.

그웬더는 이 사무소의 소장실을 살며시 둘러보았다. 월터 페인에게 어울리는 방이라고 그녀는 생각했다. 참으로 예스럽고, 가구는 낡아빠졌지만 훌륭하고 탄탄한 빅토리아 왕조풍이었다.

벽에는 서류 정리함이 수북이 쌓여 있었다. 주(州)의 명문 집안들 이름이 씌어 있는 서류함이었다. 존 배버새워 트렌치 경, 레이디 제섭, 고(故) 아서 폭스.

유리가 좀 지저분하지만 커다란 창문을 통해 17세기풍으로 지어진 옆집의 튼튼해 보이는 벽에 잇닿은 네모난 뒤뜰이 보였다.

현대적인 멋을 풍기는 것은 하나도 없었지만, 답답해 보이는 데도 없었다. 쌓아 놓은 서류함이며 종이가 어지럽게 널려 있는 책상, 선반에 아무렇게나 꽂은 법률 서적 등 겉으로는 난잡한 방으로 보였다. 그러나 실제로는 주인이 손을 내밀면 곧 필요한 것을 뽑아낼 수 있게 되어 있는 방이었다.

월터 페인의 펜을 달리는 소리가 멎었다. 그는 보기 좋게 여유 있는 미소를 떠올렸다.

"이것으로 모두 되었습니다, 리드 부인. 매우 간단한 유언장입니다. 언제 서명해 주시겠습니까?"

그웬더는 언제든 그쪽 형편이 좋을 때 하겠다고 대답했다. 특별히 서두르지 않아도 되었다.

"저 아래쪽에 집을 샀어요. 힐사이드지요."

월터 페인은 서류를 들여다보며 말했다.

"네, 조금 전에 써주신 그 주소로군요……."

그의 부드럽고 낮은 목소리에는 아무 변화도 없었다.

"아주 좋은 집이에요. 우린 무척 마음에 들어요."

월터 페인이 빙그레 웃었다.

"그러십니까? 바닷가인가요?"

"아니에요. 아마 집 이름이 바뀌었다지요. 예전에는 세인트캐서린이라고 불렀다더군요."

월터 페인은 코안경을 벗었다. 비단 손수건으로 안경을 닦으며 그는 책상을 내려다보았다.

"아, 네, 알겠습니다. 리험프튼 거리에 있지요?"

그는 눈을 들었다. 늘 안경을 쓰고 있는 사람이 그것을 벗으면 전혀 달라 보이듯이 그도 그랬다. 그의 눈은 연한 잿빛으로, 묘하게도 초점이 흐려 보였다.

안경을 벗은 그의 얼굴은 마치 그가 실제로는 존재하지 않는 것처럼 보인다고 그웬더는 생각했다.

월터 페인은 다시 코안경을 썼다. 그는 빈틈없이 꼼꼼한 변호사의 목소리로 되돌아와 말했다.

"당신은 결혼을 하면서 새로 유언장을 만들고 싶어졌다고 하셨지요?"

"네, 그래요. 전에 만든 유언장에서 뉴질랜드의 여러 친척들에게 유산을 남기는 것으로 했지만, 그 후에 돌아가신 분이 생겨서요. 그래서 아예 유언장을 새로 만드는 편이 간단하겠다고 생각했지요. 이제부터는 내내 영국에서 살 생각이에요."

월터 페인은 고개를 끄덕였다.

"확실히 합리적인 생각입니다. 자, 그럼 이것으로 모든 일이 잘되었으리라고 생각합니다, 리드 부인. 모레 와주시겠습니까? 11시쯤이면 어떻겠습니까?"

"네, 알겠어요. 좋아요."

그웬더는 자리에서 일어났다. 월터 페인도 일어섰다. 그웬더는 미리 연습한 대로 좀 다급하게 말했다.

"저, 제가 특별히 당신께 부탁드리러 온 것은 이렇게 생각했기 때문이에요. 당신은 옛날에 알던 분이 아닐까 하고요. 나의, 나의 어머니를 말예요."

"그래요? 정말입니까?"

월터 페인의 태도에 좀 친밀한 따스함이 더해졌다.

"어머니의 이름은?"

"핼리데이예요. 미건 핼리데이. 사람들이 그러는데, 들었어요. 당신은 옛날에 우리 어머니와 약혼하셨다던데요?"

벽시계가 시간을 새기고 있었다. 째각째각 째각째각 째각째각.
그웬더는 별안간 가슴의 고동 소리가 좀 빨라진 것을 깨달았다.
'월터 페인은 어쩌면 이렇듯 표정이 조용하단 말인가? 이런 얼굴처럼 생긴 집이 있을지도 모르지. 블라인드를 모조리 내려 버린 집. 누군가 죽은 사람이 있는 집…… 무슨 그런 바보 같은 생각을 하는 거지, 그웬더!'
월터 페인은 조금도 달라지지 않은 차분한 목소리로 말했다.
"아닙니다. 나는 부인의 어머니를 전혀 알지 못합니다, 리드 부인. 그러나 옛날에 아주 짧은 동안 헬렌 케네디와 약혼했었지요. 나중에 핼리데이 소령과 결혼해서 두 번째 부인이 된 여자였습니다."
"어머나, 알겠어요. 제가 왜 이렇게 어리석었을까요. 완전히 잘못 알았어요. 새어머니였던 헬렌의 일이었군요.

물론 그런 일은 모두 내가 철들기 훨씬 전의 일이었어요. 아버지의 두 번째 결혼 생활이 끝난 것도 내가 아직 무척 어렸을 때였지요.

하지만 당신이 옛날 인도에서 핼리데이 부인과 약혼했던 일이 있었다는 이야기를 들었기 때문에 나는 물론 친어머니를 말하는 줄 알았어요. 인도라고 해서 말예요. 아버지는 인도에서 어머니를 만났거든요."
월터 페인이 말했다.
"헬렌 케네디는 나와 결혼하기 위해 인도로 왔었습니다. 그런데 마음이 달라졌지요. 그리고 돌아오는 배 안에서 당신 아버지를 만난 겁니다."
그렇게 말하는 그의 말투에는 아무 감정도 묻어나지 않았다.
그웬더는 또다시 그로부터 블라인드를 모두 내린 집 같은 인상을 받았다.

"미안해요. 깊이 파고들어 여러 가지로 여쭤 봐서 기분 나쁘셨지요?"

월터 페인은 빙그레 웃음을 띠었다, 보기좋은 느긋한 미소를. 블라인드가 다시 걷혀 올라갔다.

"19년, 아니 20년도 더 지난 옛날 일입니다, 리드 부인. 젊었을 때의 고생이나 분별 없었던 일도 그만한 세월이 지나고 나면 아무렇지도 않게 되고 말지요. 당신이 핼리데이 소령의 따님이셨군요. 아버지와 헬렌이 실제로 이 딜머스에 얼마 동안 살았던 것을 아셨던가요?"

그웬더가 말했다.

"네, 그렇답니다. 우리가 이곳으로 온 것도 실은 그 때문이었어요. 물론 나는 똑똑히 기억하고 있지는 못해요. 하지만 영국 어딘가에 살 곳을 정해야 하게 되어 나 혼자 먼저 딜머스로 왔지요. 실제로 어떤 곳인지 보고 싶어서였어요.

그런데 이곳이 너무나도 매력적이어서 우리가 오래 자리잡고 살 곳은 진정 여기밖에 없다고 생각했어요. 그리고 운명인지 우연히 내 가족이 오래전에 살았던 그 집을 사게 된 거지요."

월터 페인이 말했다.

"그 집에 대해 기억하고 있습니다."

그리고 다시 그 느긋하고 보기 좋은 미소를 떠올리며 말을 이었다.

"당신은 기억하지 못할지도 모릅니다만, 리드 부인, 나는 곧잘 당신을 업어 드린 것 같습니다."

그웬더가 웃었다.

"정말인가요? 그럼, 당신은 아주 오랜 친구였군요. 당신을 기억하고 있는 체할 수는 없지만 말예요. 왜냐하면 그 무렵 나는 아직 두 살 반이나 세 살쯤 되었을 테니까요. 인도에서는 휴가로 돌아오셨었나요?"

"아닙니다. 인도와는 영원히 작별했지요. 나는 차 재배를 하려고 갔었습니다만, 그곳 생활이 내게 맞지 않았습니다.

나에게는 아버지 뒤를 이어 심심하고 지루한 시골 변호사가 되는 게 어울렸지요. 법률 시험은 전에 모두 합격했기 때문에 돌아와서 이 사무소에 그냥 들어오기만 하면 되었습니다."

그는 잠시 사이를 두었다가 다시 말을 이었다.

"그 뒤로 줄곧 여기에 살고 있습니다."

또다시 잠시 사이를 두고 그는 낮은 목소리로 거듭 말했다.

"그렇지요. 그 뒤로 내내……"

그웬더는 생각했다.

'하지만 18년은 그리 긴 세월도 아니야……'

월터 페인은 조금 전과는 다른 태도로 그웬더와 악수하며 말했다.

"우리는 옛 친구인 모양이니 부디 언제 한번 바깥 어른과 함께 우리 집에 오셔서 어머니와 더불어 차라도 드시도록 하십시오. 어머니에게 초대 편지를 내도록 말씀드리겠습니다. 그럼, 목요일 11시, 괜찮겠지요?"

그웬더는 사무소에서 나와 층계를 내려갔다. 층계 한구석에 거미줄이 쳐져 있었다. 거미줄 한복판에 푸르스름한, 이름을 알 수 없는 거미가 있었다.

그웬더는 그것이 진짜 거미같지 않았다. 파리를 잡아먹는 살찌고 재빠른 거미가 아니라 마치 거미의 유령 같았다. 그것은 흡사 월터 페인처럼 보였다.

2

자일스는 바닷가 산책길에서 아내와 만났다.

"어땠소?"
그웬더가 말했다.
"그 사람은 그때 딜머스에 있었어요. 인도에서 이미 돌아와 있었던 거예요. 종종 나를 업어 주었다더군요. 하지만 그는 사람을 죽이는 일 따위는 도저히 못할 것 같아요. 도저히 무리예요. 아주 조용하고 지나치게 점잖아요. 정말 좋은 분이에요. 전혀 남의 눈에 띄지 않을 것 같은 사람이더군요. 파티에 와도 언제 돌아갔는지 알 수 없는 그런 사람 말예요. 무척 진실되며 어머니께 효도하는 모범생일 거예요.

하지만 여자의 입장에서 보면 몹시 지루한 사람이지요. 어째서 그가 헬렌의 마음을 사로잡지 못했는지 알 수 있을 것 같아요. 결혼 상대로 나무랄 데 없이 안전한 사람, 그러나 결코 결혼하고 싶은 마음이 들지 않는 그런 사람이에요."
"참 딱한 남자로군. 그는 정말로 헬렌에게 열중했던 것 같구려."
"글쎄요, 모르겠어요. 그렇게 생각되지는 않지만, 아무튼 우리가 찾고 있는 악의 있는 살인범이 아닌 것만은 확실해요. 내가 생각하고 있는 살인범과 전혀 달라요."
"하지만 당신은 살인범을 그렇게 여럿 알지는 못하잖소, 안 그러오, 그웬더?"
"그건 무슨 말이지요?"
"음. 나는 조용한 리지 보든을 생각했었소. 살인범이 아니라고 생각한 것은 배심원뿐이었다는 그 여성 말이오. 그리고 월리스, 그도 점잖은 남자로 배심원들은 그가 아내를 죽였다고 평결했지만, 상고심에서 기각되었소. 그리고 암스트롱, 오랜 세월 모두들 그야말로 친절하고 조심성 있는 남자라고 여겼었소. 살인범이란 결코 특수한 사람이 아니라고 생각하오."

월터 페인

"나로선 도저히 믿을 수 없어요. 월터 페인이……."
그웬더는 말을 끊었다.
"왜 그러오?"
"아무것도 아니에요."
그러나 그녀는 조금 전 세인트캐서린이라는 이름을 처음으로 말했을 때 월터 페인이 코안경을 닦으며 초점이 흐려진 이상한 눈길로 허공을 지켜보던 모습이 생각났다.

그녀는 자신없는 목소리로 말했다.
"아마도 그는 헬렌에게 열중했었던가 봐요……."

Edith Pagett
# 이디스 패짓

마운트포드 부인의 가게 안쪽에 있는 응접실은 쾌적한 방이었다. 테이블보를 씌운 둥근 테이블이 있고, 예스러운 팔걸이의자 몇 개와 딱딱하게 느껴지지만 뜻밖에 푹신한 소파가 벽가에 놓여 있었다.

벽난로 위에는 사기로 만든 사자 등의 장식물이며 액자에 든 엘리자베스 여왕과 마거릿 로즈 왕녀의 채색 초상화가 놓여 있었다.

반대쪽 벽에는 해군 장교 제복 차림인 조지 국왕 사진과, 빵굽는 동료들과 함께 찍은 마운트포드의 사진이 장식되어 있었다.

자개로 세공한 그림이며 카프리 섬의 짙은 초록빛 바다를 그린 수채화도 있었다. 그 밖에도 여러 가지가 있었으나, 어느 것 하나 아름답다거나 고상한 생활을 나타내는 것은 없었다.

그러나 그 결과 누구든 시간만 있으면 앉아서 즐길 수 있을 것 같은 아늑하고 기분 좋은 방이 되어 있었다.

마운트포드 부인——옛 성(姓)은 패짓이다——은 키가 작고 통통하며, 검은 머리칼에는 흰빛이 섞여 있었다.

동생 이디스 패짓은 가무잡잡하고 키가 크며 호리호리했다. 그녀는 벌써 50살이 다 되었는데도 머리에 전혀 흰빛이 섞여 있지 않았다.
이디스 패짓이 입을 열었다.
"어머나, 놀랐어요, 그웨니 아가씨. 죄송해요, 부인, 이렇게 불러서. 하지만 이렇게 부르니 옛날 일이 생각나는군요. 아가씨는 걸핏하면 제가 있는 부엌으로 오셨어요. 정말 귀여웠지요. '위니'라고 곧잘 말했어요.

건포도를 그렇게 부르셨답니다. 건포도를 왜 위니라고 했는지는 저도 모르겠어요. 하지만 아가씨가 '위니'라는 이름으로 부른 것은 건포도였고 제가 드린 것도 씨 없는 건포도였답니다. 씨가 있으면 위험하니까요."

그웬더는 등을 편 상대의 붉은 뺨과 검은 눈을 뚫어지게 바라보며 생각해 내려고 애썼다. 그러나 아무것도 떠오르지 않았다. 기억은 마음먹은 대로 되지 않는 모양이다. 그웬더가 입을 열었다.

"안타깝게도 생각나지 않아요."
"어려운 일이지요. 아주 어린 귀여운 아기였으니까요. 요즘은 모두들 아기 있는 집에선 일하려 하지 않더군요. 왜 그러는지 모르겠어요. 아기가 있으면 온 집안에 활기가 넘치는 것 같은데. 아기의 식사로 언제나 좀 시끄러워지곤 하지만 말예요. 아, 내 말은 아기를 말하는 게 아니라 아기 보는 사람을 말하는 거랍니다. 아기 보는 사람이 하는 일이란 대체로 어렵기 마련이지요. 쟁반을 들고 다녀야 하고, 이런 일 저런 일 보살펴 줘야 하니까요.

레어니를 기억하세요, 그웨니 아가씨? 어머나, 죄송해요, 리드 부인이라고 하셨지요?"
"레어니? 나를 돌봐 주는 사람이었나요?"
"스위스 소녀였지요. 영어를 잘 할 줄 몰랐고 아주 감수성이 예민했었지요. 릴리가 뭔가 화나는 말이라도 하면 곧잘 울어 버리곤 했어요.

 릴리는 심부름하는 아이였답니다. 릴리 애벗이에요. 어린 소녀로 활발하고 좀 멋대로 구는 데가 있었지요. 릴리는 아가씨와 여러 가지 장난을 하며 놀았어요. 그웨니 아가씨. 층계에서 숨바꼭질 놀이도 했답니다."
그웬더는 저도 모르게 흠칫했다.
층계……
그웬더는 불쑥 말했다.
"릴리는 생각나요. 고양이에게 리본을 달아 주었어요."
"어머나, 놀라워라. 그걸 기억하시다니! 아가씨의 생일이었지요. 릴리가 토머스에게 리본을 달아 주겠다고 말했지요. 그리고 초콜릿 상자에서 리본을 떼어 달아 주었어요.

 토머스는 싫어서 미친 듯이 펄쩍펄쩍 뛰며 정원으로 달아나 정원수 사이로 몸을 비벼대어 끝내 리본을 떼어 버리고 말았지요. 고양이란 장난감 노릇하기를 가장 싫어하는 모양이더군요."
"검은빛과 흰빛이 섞인 얼룩고양이였지요?"
"그렇답니다. 가엾은 토미, 쥐를 아주 잘 잡았었는데. 정말 쥐를 잘 잡는 고양이다운 고양이였지요."
이디스 패짓은 이야기를 멈추고 얌전하게 기침을 했다.
"정말 죄송해요. 이렇게 수다를 떨어서. 하지만 수다를 떨다 보니 옛날 일이 생각나는군요. 저에게 뭐 물어보고 싶은 일이 있으시다지요?"
그웬더가 말했다.
"옛날 일을 이야기해 줘서 참 기뻐요. 내가 묻고 싶었던 건 바로 그것이었어요. 나는 뉴질랜드에 사는 이모집에서 자랐잖아요? 당연하지만 어릴 때 이야기는 아무것도 듣지 못했어요. 아버지며 새어머니 이야기도. 새어머니는 좋은 분이었나요?"
"아가씨를 굉장히 귀여워하셨어요. 네, 그렇고말고요. 그분은 곧잘 아가씨를 바닷가에 데려가고 뜰에서 함께 놀아 주셨답니다. 아직 무척 젊은 나이였는데 말예요. 정말 소녀라고 해도 좋을 정도였어요. 아가씨와 마찬가지로 노는 게 정말로 즐거운 게 아닐까 하고 곧잘 생각했었어요.

그분은 말하자면 외톨이 같았어요. 오빠인 케네디 박사는 나이가 훨씬 위였고 언제나 책에만 파묻혀 계셨으니까요. 그래서 그분은 학교에 가시거나 아니면 언제나 혼자서 놀아야만 했답니다……."
벽가에 앉아 있던 미스 마플이 차분하게 물었다.
"당신은 이제까지 줄곧 딜머스에서 살았나요?"
"네, 그렇답니다, 부인. 저의 아버지는 언덕 너머에서 농장을 하고 있었지요. 라일런즈라고 불리던 곳이에요. 그런데 아들이 없었어요. 아버지가 돌아가신 뒤로 어머니 혼자 힘으로 해나갈 수 없어 그곳을 팔아 버리고 하이스트리트 1번지에 있는 보잘것없는 잡화점을 샀답니다. 그래요, 저는 태어나서부터 줄곧 거기서 살았어요."
"그럼 딜머스 사람들을 모두 알겠군요?"
"네, 물론이지요. 그 무렵에는 좁은 고장이었고 제가 기억하는 한 여름에 손님이 많이 찾아오셨지만, 웬만한 사람은 다 알아요. 해마다 찾아오시는 분은 조용하고 좋은 분들이어서 요즘처럼 그날로 돌아가는 손님이나 유람 버스를 타고 노는 관광객과는 달랐답니다. 좋은 가족 단위 손님들뿐이었는데, 해마다 같은 방을 빌려 쓰셨지요."
자일스가 끼어들었다.
"아마도 헬렌 케네디를 헬리데이 부인이 되기 전부터 아셨겠지요?"
"네, 그분에 대해서는 들어서 알고 있었고 만나뵌 적도 있었을 거예요. 그러나 그 댁에서 일하게 될 때까지는 잘 알지 못했어요."
미스 마플이 말했다.
"당신은 그분을 좋아하셨군요."
이디스 패짓은 미스 마플 쪽으로 돌아앉았다.
"네, 부인."
이디스의 태도에는 좀 반항적인 데가 있었다.
"저는 좋아했어요, 누가 뭐라고 해도. 그분은 저에게 늘 잘해 주셨어요. 그분이 그런 짓을 하시다니 생각도 못한 일이어서 저는 숨이 멎을 만큼 놀랐답니다. 그렇게 되기 전에도 소문은 났었습니다만……."
그녀는 별안간 이야기를 멈추고 허둥지둥 변명하듯 그웬더를 흘끗 보았다.

그웬더는 감정을 누르지 못하고 본능적으로 입을 열었다.
"난 알고 싶어요. 제발 부탁이에요. 당신이 무슨 말을 하든 내가 걱정할 거라고 여기지 말아요. 그분은 내 친어머니도 아니었고……."
"네, 확실히 그 말씀대로예요, 부인."
"그래서 우리는 어떻게든 그녀를 찾아내고 싶어요. 그분은 여기서 나가셨어요. 그리고 완전히 모습을 감춰 버린 것 같아요. 지금 어디에 살고 있는지, 살아 있는지 어떤지조차 알지 못해요. 하지만 우리는 그녀를 찾고 싶어요. 그 이유는……."
그녀가 망설이자 자일스가 재빠르게 말했다.
"법률상의 이유가 있습니다. 죽은 거라고 가정해도 될지, 그렇지 않으면 어떻게 생각해야 좋을지 알 수 없어서 그러는 겁니다."

이디스 패짓 151

"아, 네, 잘 알겠어요, 나리. 제 사촌언니 남편이 행방불명되어——이플리즈의 독가스 사건이 있은 뒤였는데——죽었는지 어떤지 알 수 없어 무척 애를 먹었답니다. 사촌언니는 굉장히 슬퍼했지요.
 물론 제가 아는 일로서 도와드릴 일이 있다면 모두 말씀드리겠어요. 두 분은 처음 뵙는 것 같은 느낌이 들지 않는걸요. 그웨니 아가씨가 '위니'라는 말을 했을 때 얼마나 우스웠는지 몰라요."
자일스가 말했다.
"정말 친절하게 대해주어 고맙군요. 괜찮다면 곧 시작해 주었으면 합니다. 핼리데이 부인은 갑자기 집을 나갔습니다. 그렇게 생각해도 되겠지요?"
"그래요, 나리. 우리 모두에게 굉장한 충격이었어요. 가엾게도 핼리데이 소령님은 특히 더했지요. 소령님은 완전히 침울해지셨어요."
"솔직하게 묻겠는데, 그녀와 함께 달아났다는 남자가 누군지 짐작되는 바 없습니까?"
이디스 패짓은 고개를 저었다.
"케네디 박사께서도 그렇게 물으셨지만 저로선 대답해 드릴 수가 없었어요. 릴리도 그랬어요. 물론 레어니는 외국인이라 그 일에 대해 아무것도 알지 못했지요."
"당신들 모두 알지 못했었군요. 그러나 짐작도 할 수 없을까요? 퍽 오래전 일이니 이젠 괜찮을 것으로 생각됩니다. 비록 그 짐작이 틀렸다 하더라도 당신들은 틀림없이 뭔가 의심스럽게 여겼던 일이 있었을 겁니다."
"네, 의심한 일은 있었어요. 하지만 어디까지나 의심이었을 뿐 그 이상은 아니었지요. 나는 아무것도 보지 못했으니까요. 하지만 아까도 말씀드렸듯이 릴리는 민감한 소녀여서 뭔지 알아차린 것 같았어요, 훨씬 전부터. 그녀는 곧잘 이렇게 말하곤 했지요.

'저, 아세요? 저 남자분이 우리 아씨를 좋아하는 모양이에요. 아씨가 차를 따르실 때 그 남자분의 얼굴을 보면 금방 알 수 있어요. 그리고 그 남자분의 부인은 무서운 얼굴로 아씨를 노려보고 있다니까요!'라고요."
"과연. 그래, 누구였습니까, 그 남자분이라는 사람은?"
"죄송합니다만, 지금 아무래도 그 이름이 생각나지 않는군요. 아주 까마득한 옛날 일이라서요. 육군 대위 '에스딜'도 아니고…… '에멀리'도 아니에요. 뭔지 E로 시작되는 이름이었던 것 같은데요. 아니면 H였던가? 좀 희한한 이름이었어요. 16년 동안이나 그에 대해서는 전혀 생각해보지도 않아서 기억이 잘 나지 않네요. 그분은 부인과 함께 로열 클레런스 호텔에 묵으셨지요."
"여름 손님이었군요?"
"네, 하지만 그 내외분 모두 아마도 전부터 핼리데이 부인을 알고 계셨던 것 같아요. 그분들은 자주 핼리데이 씨 댁으로 왔었지요. 아무튼 릴리의 이야기로는, 그 남자분이 핼리데이 부인을 좋아한다는 거였어요."
"그리고 그의 아내는 그것을 못마땅해했군요."
"그렇습니다, 나리. 하지만 아시겠지요? 나는 한순간도 무슨 좋지 못한 일이 있었다고는 생각지 않았어요. 지금도 어떻게 생각해야 좋을지 모르겠어요."
그웬더가 물었다.
"그들은 그때 이곳에 있었나요? 로열 클레런스 호텔에 말예요. 그 '헬렌', 내 새어머니가 없어졌을 때에도 말예요."
"내 기억으로는 그분들도 같은 무렵에 떠나셨어요. 하루 일렀는지 늦었는지 아무튼 여러 사람들의 이야깃거리가 될 만큼 가까운 날이었어요. 하지만 나는 분명한 이야기는 아무것도 듣지 못했어요. 만일 그런 일이 있었다 해도 완전히 비밀로 했을 테니까요.

핼리데이 부인이 집을 나가신 것은 그토록 너무도 갑작스러워서 사람들의 소문은 그럭저럭 곧 잊혀지고 말았어요. 그렇지만 핼리데이 부인은 바람기 있는 여자라고 모두들 말했었지요. 나 자신은 그와 같은 일을 아무것도 본 적이 없었지만요. 만일 그랬다면 내외분이 함께 노픽으로 옮겨 가시려는 생각 따위는 하지도 않으셨을 거예요."

한순간 세 사람은 뚫어지게 패짓을 바라보았다. 자일스가 물었다.

"노픽? 그들이 노픽으로 갈 생각이었던가요?"

"네, 그래요. 그곳에 집을 사셨지요. 그 3주일 전에 핼리데이 부인이 내게 말씀하셨어요. 그 사건이 일어나기 3주일 전에 말예요. 부인께서는 옮겨 갈 때 함께 가겠느냐고 물으셔서 나는 따라가겠다고 대답했지요. 결국 나는 딜머스를 떠나게 되지는 않았지만요. 아마도 저는 그때 좀 다른 곳으로 가는 것도 좋겠다고 생각했던 모양이에요. 그 가족들을 좋아했으니까요."

자일스가 말했다.

"노픽에 집을 샀다는 말은 못 들었는데요."

"네, 들으셨다면 오히려 이상하지요, 나리. 핼리데이 부인께선 그걸 무척 숨기려 하시는 것 같았으니까요. 부인께서는 그런 이야기를 누구에게도 결코 하지 말라고 나에게 말씀하셨어요. 나는 물론 말하지 않았지요.

부인께선 그 얼마 전부터 딜머스를 떠나고 싶어하신 것 같았어요. 핼리데이 소령님께 그렇게 하자고 조르셨지만 소령님께선 딜머스를 마음에 들어하셨답니다.

아마도 소령님께서는 핀디슨 부인, 세인트캐서린의 소유주인 핀디슨 부인에게 그 집을 팔 생각이 없느냐고 묻는 편지를 쓰셨을 거예요. 하지만 핼리데이 부인은 아주 반대하셨지요. 부인께서는 딜머스가 아주 싫어진 것처럼 보였어요. 마치 딜머스에 머물러 있기를 무서워하는 것 같았답니다."

그 말은 아주 무심하게 나왔으나, 그 말을 들은 세 사람은 긴장하며 몸을 굳혔다.

자일스가 말했다.

"핼리데이 부인이 노퍽으로 가고 싶어한 것은 이름이 생각나지 않는 그 남자 가까이로 가기 위해서였다고 여겨지지는 않습니까?"

이디스 패짓은 난처한 표정을 지었다.

"어머나, 나리, 저는 그렇게 생각하고 싶지 않아요. 한순간일지라도 그렇게 생각하고 싶지 않아요. 그 까닭은 지금 생각났습니다만 그 두 분은 북부 어딘가에 살고 계셨으니까요. 노섬벌랜드였던 것 같아요. 아무튼 그 내외분은 휴가 동안 남부로 오고 싶어하셨던 거예요. 이쪽이 더 기후가 좋으니까요."

그웬더가 말했다.

"헬렌이 뭔가를 무서워했다고 했지요? 또는 누군가를? 우리 새어머니가?"

"아가씨께서 그렇게 말씀하시니 생각나는군요."

"어머나, 그래요?"

"릴리가 어느 날 부엌으로 들어오더니 말했어요. 그녀는 층계를 청소하고 있던 참이었답니다.

'부부 싸움이에요!'

그 아이는 이따금 점잖지 못한 말을 쓰곤 했지요. 릴리 말예요. 용서하세요.

그래서 제가 무슨 일이냐고 물으니, 그녀가 말하기를 부인께서

이디스 패짓 155

소령님과 함께 거실로 들어왔을 때 홀과의 사이에 있는 문이 열려 있어 릴리는 두 분의 이야기를 들어 버린 모양이더군요. 핼리데이 부인께서 '당신이 무서워요'라고 말씀하셨다는 것이었어요. 부인께서 겁먹고 계신 것 같더라고 릴리가 말했지요.

'오랫동안 당신이 무서웠어요. 당신은 미쳤어요. 예사 사람이 아니에요. 나가요, 그리고 나를 좀 내버려둬 주세요. 당신은 나를 내버려두셔야 해요. 나는 무서워요. 마음속으로는 언제나 당신이 무서웠어요……'

뭐, 그런 내용이었는데, 물론 지금 그 말이 정확하게는 생각나지 않아요. 하지만 릴리는 그것을 매우 심각하게 생각하고 있었어요. 그 때문에 릴리는 그 사건이 일어난 뒤로……"

이디스 패짓은 갑자기 입을 다물어 버렸다. 알 수 없는 겁먹은 표정이 그녀의 얼굴에 떠올랐다.

그녀는 다시 말하기 시작했다.

"저는 그럴 생각은 아니었어요. 정말이에요. 죄송합니다, 부인. 그만 저도 모르게 제멋대로 지껄여대고 말았군요."

자일스가 차분하게 말했다.

"이디스, 부디 말해 주십시오. 우리는 모든 걸 알아야 해요. 이미 무척 오래된 일이지만, 그래도 알아야 합니다."

이디스는 매우 난처한 듯 말했다.

"전 말씀드릴 수 없어요. 정말이에요."

미스 마플이 물었다.

"릴리가 믿지 않았던 것 또는 믿고 있었던 일은 무엇이었지요?"

이디스 패짓은 변명하듯 말했다.

"릴리는 언제나 뭔가를 공상하는 소녀였어요. 하지만 저는 그런 일에 마음쓰지 않았지요. 그 아이는 영화 보러 가기를 좋아해서 언제나 영화 속에서와 같은 얼빠진 멜로드라마 상상만 했답니다.

 그 사건이 일어났던 날 밤에도 릴리는 영화를 보러 갔었어요. 혼자 간 게 아니라 레어니까지 함께 데리고 가길래 그건 좋지 못한 일 같다고 말해 주었지요. 그러나 그 아이는 괜찮다는 것이었어요.

 '집안에 아기만 혼자 두고 가는 게 아닌걸요. 아줌마는 아래층 부엌에 계실 것 아니에요? 나리도 마님도 조금 뒤 돌아오실 테고, 어쨌든 저 아기는 한번 깊이 잠들면 결코 깨어나지 않으니까요.'

 하지만 그것은 좋지 못한 일이라서 나는 똑똑히 말해 주었지요. 결국 레어니도 갔다는 것은 나중에야 알았답니다.

 만일 알고 있었다면 저는 급히 2층으로 올라갔을 거예요. 아기가──부인 말예요, 그웬더──잘 자고 있는지 어떤지 살펴보았을 거예요. 헝겊을 바른 두꺼운 문을 닫아 버리면 부엌에선 아무 소리도 들리지 않거든요."
이디스 패짓은 숨을 크게 쉬고 다시 말을 이었다.
"저는 다림질을 하고 있었어요. 그날 밤은 시간이 무척 빨리 흘러 문득 정신을 차려 보니 케네디 박사께서 부엌에 들어와 릴리는 어디 있느냐고 물으셨지요. 오늘 저녁은 그녀의 외출날인데 이제 돌아올 때가 되었다고 말씀드렸어요.

 그 말대로 그녀는 곧 돌아와서 박사님은 릴리를 2층의 부인 방으로 데려가셨지요. 부인께서 옷가지를 꾸려 가지고 가셨는지 알고 싶었던 모양이에요.

 릴리는 방안을 두루 살펴보고 박사님께 말씀드린 다음 내게로 내려왔어요. 그리고 법석을 떨며 이렇게 말했지요.

 '마님이 달아났어요. 어떤 남자와 함께 달아난 거예요. 나리는 잠들어 계세요. 발작인지 뭔지를 일으킨 거지요. 굉장한 충격이었을 거예요, 틀림없이. 나리는 설마 하고 방심한 거예요. 이렇게 되

리라는 걸 예상하셨어야 했는데.'

그래서 내가 그랬어요.

'그런 식으로 말하는 게 아니야. 아씨 마님께서 어떤 사람과 몰래 달아났다는 걸 어떻게 알지? 어쩌면 갑자기 병난 친척에게서 전보가 왔는지도 모르잖아?'

그러자 릴리가 말했어요.

'병난 친척이라니요. 기가 막히는군요.'

아까도 말씀드렸듯 그 애는 언제나 점잖지 못한 말을 쓰곤 했답니다. 릴리가 '마님은 편지를 써놓고 갔어요'라고 하길래 제가 '누구와 달아났다는 거지?' 하고 물었죠.

그러자 릴리가 되묻더군요.

'아줌마는 누구라고 생각해요? 저 고지식한 페인 씨는 아닐 거예요. 언제나 추파를 던지며 마님 둘레를 개처럼 뒤쫓아다니기는 했지만 말예요.'

그래서 내가 '그렇다면 저…… 이름은 잊었지만…… 대위님이라고 생각하는 모양이구나?' 하고 물었더니 릴리는 '그 대위님이 분명해요. 내기를 해도 좋아요. 번쩍거리는 자동차를 타고 찾아오곤 하는 그 수수께끼의 남자가 아니라면 말예요'라고 말했어요.

내가 '믿을 수 없어. 핼리데이 부인은 그럴 분이 아니셔'라고 말하자 릴리는 '하지만 아무래도 그런 것 같아요'라고 했죠.

사건이 일어난 처음에는 대강 이러했어요. 하지만 나중에, 갑자기 2층 침실에서 자고 있는 나를 릴리가 일으켜 앉혔어요. 그리고 이렇게 말하더군요.

'저, 그건 모두 엉터리예요.'

'뭐가 엉터리라는 거지?'

'그 옷 말예요.'

'무슨 말이지?'

제가 묻자 그녀는 대답했어요.

'이디 아줌마, 글쎄 들어 봐요. 박사님이 부탁하셔서 나는 아씨 마님의 옷을 살펴보았어요. 분명 여행 가방과 거기에 넣을 수 있을 만큼의 옷가지가 없어졌더군요. 하지만 바로 그게 엉터리 같아요.'

'그건 또 무슨 말이지?'

'우선 이브닝 드레스를 한 벌 가져갔는데, 그 잿빛과 은빛 나는 것 말예요. 이브닝 드레스의 벨트며 브래지어를 가져가지 않았어요. 그 드레스에 맞춘 슬립도 그냥 있어요.

그리고 금실로 수놓은 비단으로 만든 이브닝 슈즈를 가져갔지요. 은빛 끈이 달린 게 아니었어요.

초록색 트위드 옷도 없어졌는데, 그건 마님이 가을이 끝날 때까지 결코 입지 않는 옷이에요. 그러면서도 그 이상하게 무늬를 넣어서 뜬 스웨터는 가져가지 않았겠어요? 그리고 외출용 슈트를 입을 때 말고는 입지 않는 레이스 블라우스가 없어졌어요. 아참, 그리고 속옷 셔츠도 없어요. 그건 싸구려 옷인데요.

잘 들어 봐요, 이디 아줌마. 마님은 결코 집을 나간 게 아니에요. 나리가 해치운 거예요.'

그 말에 저는 그만 잠이 번쩍 깨 버렸지요. 일어나서 그 아이에게 대체 무슨 소리를 하는 거냐고 물었어요. 릴리는 말했지요.

'지난 주 〈뉴스 오브 더 월드〉에 나온 것과 아주 똑같아요. 나리께서 마님이 바람 피우는 것을 보고 죽여 버린 다음, 시체를 지하실로 끌고 가 마루 밑에 묻은 거예요. 그곳은 바로 홀 밑이라서 아줌마는 아무 소리도 못 들었겠지만 말예요.

나리는 그렇게 한 거예요. 그런 다음 여행 가방에 옷을 챙겨 마치 마님이 집을 나간 것처럼 꾸몄지요. 하지만 마님은 지하실 마루

밑에 계실 거예요. 마님은 살아서 이 집을 나가시지는 않았어요.'

저는 그런 끔찍스러운 말을 하다니, 하고 그 아이를 야단쳐 주었어요. 하지만 솔직히 말씀드리면 이튿날 아침 저는 아무도 몰래 지하실로 내려가 보았답니다. 그런데 그곳은 여느때와 다름없었고 아무것도 바뀐 게 없었으며, 땅바닥을 파헤친 흔적도 전혀 없었어요.

저는 릴리에게 그런 바보 같은 말을 하면 남들이 웃는다고 해주었어요. 하지만 그 애는 무슨 일이 있어도 나리가 마님을 죽인 거라고 우겼지요. '기억나지요, 이디 아줌마? 마님은 죽을 만큼 나리를 무서워했어요. 나는 마님이 나리께 말씀하시는 걸 들었어요'라고 말이에요. 그래서 내가 이렇게 말해주었죠.

'그건 네가 잘못 안 거야, 릴리. 그 상대는 나리가 아니었는걸. 네가 지난번 그 이야기를 한 바로 뒤 창밖을 보니 나리께서 골프 클럽을 들고 언덕을 내려오시는 참이었지. 그러니까 그때 거실에 마님과 함께 계셨던 사람은 나리가 아니었어. 누군가 다른 남자였던 거야.'"

그 말은 쾌적하고 아늑하며 어디에나 흔히 있는 응접실에 언제까지나 울려 퍼지고 있었다.

자일스가 작은 목소리로 조용히 중얼거렸다.

"누군가 다른 남자······."

## An Address
## 주소

 로열 클레런스는 그 고장에서 가장 오래된 호텔이었다. 건물 정면이 아름다운 반달 모양으로 되어 있으며 예스러운 분위기였다. 지금도 이 호텔은 바닷가에서 한 달쯤 지낼 가족 동반 손님들이 즐겨 찾는 곳이다.
 접수구에 앉은 미스 내러콧은 앞가슴이 풍만한 47살의 여자로 구식 머리 모양을 하고 있었다.
 그녀는 자일스에게 친밀한 태도를 보였다. 그녀의 틀림없는 눈이 자일스를 '이 호텔에 알맞은 점잖은 손님의 한 사람'이라고 판단했기 때문이다.
 자일스는 그럴 생각만 있으면 언제라도 능숙하고 설득력 있는 말투를 쓸 줄 아는 남자였으므로 이때에도 매우 능숙하게 이야기를 지어냈다.
 그는 아내와 내기를 했다, 아내의 부모 대신 이름을 지어준 부인에 대한 일인데, 그 부인이 18년 전 로열 클레런스에 머문 적이 있는가 어떤가 하는 내기다, 아내는 이미 해묵은 숙박부는 당연히 버렸을 것이니 말다툼해도 소용없다고 했지만 자기는 그렇지 않을 거라고 했다, 로열 클레런스 같이 전통있는 호텔은 숙박부를 잘 보존해 두는 법이다, 그러니 백 년 전 것일지라도 틀림없이 있을 거라고……

"어머나, 리드 씨, 그렇게 오래된 것까지는 없지만 우리는 오래된 '손님 명부'를 거의 모두 보관하고 있지요. 그 속에는 매우 흥미있는 이름도 있답니다.

네, 국왕께서 황태자셨을 때 한 번 묵으셨어요. 그리고 홀스타인 레츠 집안의 애딜머 왕녀께서 시녀를 거느리시고 해마다 겨울이면 오셨었지요. 매우 유명한 소설가 분들도 오셨고, 초상화가인 도버리 씨도 오셨었어요."

자일스는 그에 어울리는 흥미와 존경을 보였고, 얼마 뒤에는 문제의 그해에 해당되는 신성한 명부 한 권이 그의 앞에 펼쳐졌다. 미스 내러콧이 갖가지 훌륭한 이름을 하나하나 가리켜 보여 주는 가운데 그는 8월의 페이지를 들췄다.

있었다! 거기에 틀림없이 그가 찾는 이름이 적혀 있었다.

　7월 27일～8월 17일
　노섬벌랜드 주, 데이스, 앤스틸 저택
　리처드 어스킨 소령 부부

"이거 좀 베껴 써도 괜찮을까요?"
"그렇게 하세요, 리드 씨. 종이와 잉크를……. 아, 네, 펜은 가지고 계시는군요. 미안합니다. 저는 잠깐 저편 사무실에 가야만 해서……."

그녀는 숙박부를 펼쳐 놓은 채 갔고, 혼자 있게 된 자일스는 일을 시작했다.

자일스가 힐사이드로 돌아오니 그웬더는 정원 꽃밭 가장자리에 심어진 화초 위로 몸을 구부리고 있었다.

그녀는 허리를 펴고 그에게 묻는 듯한 눈길을 보냈다.

"무슨 좋은 일이 있었나요?"

"암, 있었지. 틀림없이 이거라고 생각하오."

그웬더는 작은 목소리로 씌어 있는 글자를 읽었다.

"노섬벌랜드 주 데이스 앤스틸 저택. 그래요, 이디스 패짓은 노섬벌랜드라고 했어요. 이 사람들은 지금도 거기에 살고 있을까요?"

"무슨 일이 있어도 만나러 가야지."

"네, 그래요. 가는 게 좋겠어요. 언제 가지요?"

"되도록 빨리 갑시다. 내일은 어떻소? 자동차를 세 내어 타고 갑시다. 당신도 영국 구경을 조금은 할 수 있을 거요."

"만일 이미 돌아가셨거나 어딘가로 옮겨 가서 다른 사람이 거기에 살고 있으면 어쩌지요?"

자일스는 어깨를 으쓱해 보였다.

"그때는 돌아와서 또 다른 단서를 찾아봐야지. 그건 그렇고, 나는 케네디 박사에게 편지를 썼소. 헬렌이 행방을 감춘 뒤 보냈다는 편지를 만일 아직도 갖고 있다면 보내 줄 수 없겠느냐고 부탁했지. 그리고 그녀의 필적을 알 만한 견본도."

그웬더가 말했다.

"나는 다른 하녀들에게도 연락할 수 있으면 좋겠다고 생각해요. 릴리라든가, 있잖아요, 토머스에게 리본을 매준 그 사람."

"당신은 정말 우습구려, 그웬더. 갑자기 그런 일을 생각해내다니."

"네, 그럴지도 몰라요. 하지만 나는 토머스가 기억나요. 검은빛과 흰빛이 얼룩덜룩한 고양이로 예쁜 아기 고양이를 세 마리나 낳았지요."

"뭐? 토머스가 말이오?"
"그래요, 그 고양이는 토머스라고 불렸지만 사실은 암고양이로 토머시너였지요. 고양이란 겉보기엔 구별이 잘 안 되잖아요? 릴리는 어떻게 되었을까요? 이디스 패짓은 그녀와 헤어지고 전혀 만난 적이 없는 모양이에요. 그녀는 이 부근 사람이 아니었고, 세인트캐서린 사건으로 모두 뿔뿔이 헤어진 뒤 토키에 일자리를 얻은 모양이더군요.

한두 번 편지가 온 뒤로는 소식이 끊겼대요. 이디스는 그녀가 결혼했다는 말을 들었지만 상대가 누군지는 모르겠다고 했어요. 만일 릴리를 만날 수 있다면 좀더 여러 가지를 알 수 있을지도 모르는데요."
"그리고 레어니도 마찬가지요. 스위스 소녀 말이오."
"그럴 거예요. 하지만 그녀는 외국인이었고, 무슨 일이 일어났는지 잘 알지 못했을 거예요. 나는 레어니에 대해서는 전혀 기억나지 않아요. 우리에게 도움되는 것은 그녀가 아니라 릴리라고 생각해요. 릴리는 머리도 좋았으니까……

아참, 그래요, 자일스, 광고를 하나 더 내도록 해요. 그녀를 찾는 광고를. 릴리 애벗이라는 이름이었어요."
자일스가 말했다.
"그렇군. 하는 데까지 해봅시다. 그리고 내일은 북부로 가서 어스킨 부부에 대해 좀 알아보도록 합시다."

Mother's Son
# 품안의 자식

페인 부인은 먹을 것을 달라고 젖은 눈을 빛내고 있는 스패니얼 개에게 말했다.

"앉아, 헨리!"

그러고는 미스 마플에게 말했다.

"따뜻할 때 핫케이크를 하나 더 드시지요, 미스 마플."

"고맙습니다. 정말 맛있는 핫케이크예요. 댁에는 훌륭한 요리사가 있나 보지요?"

"루이자는 요리를 꽤 잘한답니다. 다만 뭐든 곧잘 잊어버려서 탈이지요. 저런 아이들은 모두 그렇습니다만. 그리고 언제나 같은 푸딩을 만든답니다. 그런데 도로시 야드의 좌골신경통은 요즘 좀 어떤가요? 그 때문에 내내 괴로워했었지요. 대부분 신경 때문이 아닐까요?"

미스 마플은 우선 두 사람이 서로 아는 친구의 병을 자세히 이야기해 주었다.

온 영국 안에 흩어져 있는 많은 친구와 친척 가운데에서 페인 부인을 아는 이를 찾아낼 수 있었던 것은 행운이었다고 미스 마플은 생각했다.

그 부인은 페인 부인에게 편지를 써보내 미스 마플이라는 친구가 지금 딜머스에 머무르고 있으니 기회를 보아 초대해 주면 고맙겠다고 해주었던 것이다.

엘리너 페인은 키가 크고 몸집이 당당한 여자로, 진한 잿빛 눈과 곱슬곱슬한 흰머리를 하고 있었다. 얼굴빛은 갓난아기처럼 분홍빛이 도는 흰빛이었지만, 갓난아기처럼 상냥해 보이는 데는 찾아볼 수 없었다.

두 사람은 도로시의 병 내지 상상에 대해 서로 이야기하고 나서 미스 마플의 건강을 화제로 삼았다. 그리고 딜머스의 공기에 대해서, 마지막으로는 최근의 젊은 세대에서 곧잘 보게 되는 한심한 상태에 이르기까지 이야기가 미쳤다.

페인 부인은 딱 잘라 말했다.

"요즘 젊은 사람들은 어렸을 때부터 식빵 가장자리를 먹는 습관이 없어요. 내가 어렸을 때에는 식빵 가장자리를 남기는 일이 결코 용납되지 않았지요."

"아드님이 또 있나요?"

"셋이나 있답니다. 맏아들 제럴드는 싱가포르의 극동은행에 있지요. 로버트는 육군에 있고요."

페인 부인은 코끝으로 흥 하고 웃으며 의미심장하게 말했다.

"로마 가톨릭 신자인 여자와 결혼했어요. 무슨 뜻인지 아시겠지요? 로버트의 아이들은 모두 가톨릭 신자로 자라고 있어요. 로버트의 아버지는 곧잘 말했었답니다. 자기는 모른다고 말이지요. 그분은 철저한 로처지파였어요.

요즘 로버트는 좀처럼 편지도 보내지 않는답니다. 내가 순수하게 그 아이를 위해서 한 말이 불만스러웠던 거지요. 나는 무슨 일이나 성실하고 진지하게 생각하며, 생각한 대로 말하는 게 옳다고 믿고 있어요.

내 생각으로는 그 아이의 결혼은 매우 불행했어요. 가엾게도 행복한 체하고 있는지는 모르겠지만 말예요. 하지만 조금도 만족한다고는 생각할 수 없어요."

"막내아드님은 결혼하지 않으셨나요?"

페인 부인의 얼굴이 밝아졌다.

"네, 월터는 함께 살고 있어요. 몸이 좀 약해서……. 어렸을 때부터 내내 그랬지요. 내가 그 아이 건강에 대해 늘 신경써 주어야 한답니다. 이제 곧 이리로 올 거예요.

그 아이가 얼마나 인정 많고 효성이 지극한 아들인지는 말로 다할 수 없을 정도예요. 이런 아들을 두어 나는 정말 행복해요."

미스 마플이 물었다.

"결혼을 생각해 본 일이 한 번도 없었나요?"

"월터는 현대식 젊은 여성에게 시달리는 건 딱 질색이라지 뭐예요. 그 아이는 젊은 여성에게는 흥미가 없답니다. 그 아이는 좀더 다른 사람들과 사귀어야 할 터인데 나와 취미가 잘 맞기 때문에 집에만 틀어박혀 있는 게 아닐까 걱정되기도 해요.

밤이 되면 그 아이는 나에게 새커리(영국의 소설가.)의 소설을 읽어 주고, 그리고 둘이서 피킷(트럼프 놀이의 일종)도 곧잘 한답니다. 월터는 말하자면 어미 품안의 자식이에요."

"그거 참, 좋은 일이군요. 그래, 내내 변호사 사무소에서 일하고 계셨나요? 어떤 분이 차 재배하러 실론에 가 계시는 아드님이 있다고 하던 말을 들었습니다만. 하지만 틀림없이 그 사람이 잘못 안 거겠지요."

페인 부인은 이맛살을 살짝 찌푸렸다. 그녀는 호도가 든 케이크를 미스 마플에게 권한 다음 설명했다.

"그것은 그 아이가 아주 젊었을 때의 일이었어요. 젊은 혈기 때문이었지요. 젊은 남자는 언제나 세상을 동경하는 마음으로 보는 법이잖아요. 실은 그렇게 만든 젊은 여자가 있었답니다. 젊은 여자란 마음이 변하기 쉬운 법이지요."

"네, 그래요. 우리 조카 아이에게도 그런 일이 있었답니다."

페인 부인은 미스 마플의 조카 얘기는 무시해 버리고 하던 이야기를 계속했다. 그녀는 상대가 말할 사이도 주지 않고 친애하는 도로시가 소개한, 이야기를 잘 알아듣는 이해심 많은 친구를 상대로 추억을 이야기할 기회를 마음껏 즐기고 있었다.

"정말 어울리지 않는 여자였어요. 흔히 있는 이야기 같습니다만 여배우라든가 그런 여자라는 의미는 아니에요. 이 부근에 사는 의사의 여동생이었는데, 오히려 딸이라고 하는 편이 좋을 정도로 나이가 훨씬 아래였지요.

딱하게도 그 오빠는 어린 여동생을 교육하는 방법을 전혀 알지 못했어요. 그런 일에 남자들은 아무 소용도 없지요.

그녀는 제멋대로 자랐어요. 처음에는 우리 사무소에 있던 젊은 남자와 사귀었지요. 그냥 사무원으로 성격도 그리 탐탁치 못한 남자였답니다. 결국 그 남자는 사무소에서 해고되었지요. 계속 안 좋은 소문이 들려왔기 때문이에요.

아무튼 그 여자 헬렌 케네디는 꽤 아름다웠던 모양이에요. 나는 그렇게 생각지 않았지만요. 그녀의 머리칼은 물들인 거라고 언제나 생각했었지요.

그런데 가엾게도 우리 월터가 그녀에게 완전히 반해 버리고 말았지 뭐예요. 전혀 어울리지 않고 돈도 없으며 장래성도 없고 며느리

감으로 바람직하지도 않은 그런 여자에게 말예요.
 히지만 자식 이기는 부모가 어디 있겠어요. 월터는 그녀에게 청혼했다가 보기좋게 거절당했어요. 그때부터 월터는 인도로 가서 차를 재배하겠다는 어이없는 일을 생각하게 되었지요.
 남편은 물론 몹시 실망했지만 '보내 주라'고 하셨어요. 그분은 아들이 자기와 함께 변호사 사무소에서 일하게 되기를 즐거운 마음으로 기다렸고, 월터는 법률 시험에 이미 모조리 합격했었답니다. 그런데 그렇게 되어 버렸지 뭐예요. 정말이지 그런 젊은 여자들은 성가신 일만 일으킨답니다!"
"네, 그래요, 정말. 우리 조카 아이도……."
페인 부인은 또다시 미스 마플의 조카를 무시해 버리고 이야기를 계속했다.
"그래서 월터는 아삼으로 떠났어요. 아니, 방갈로르였던가? 너무 옛날 일이 돼서 똑똑히 기억나지 않는군요. 그 아이의 건강으로는 도저히 견딜 수 없을 거라는 게 뻔한 일이어서 나는 정말로 미칠 것 같았어요.
 그리로 가서 1년이 채 될까말까 할 때——아주 잘해냈답니다, 월터는 뭐든지 잘하니까요——믿으실 수 있겠어요? 결국 그 뻔뻔스럽고 건방진 아가씨가 마음이 달라져서 월터와 결혼하고 싶다는 편지를 보내 왔더랍니다."
미스 마플은 고개를 절레절레 저었다.
"원, 저런."
"결혼할 준비를 한다, 배표를 산다 하고는 그 다음에 무슨 일이 일어났겠어요?"
"글쎄요, 도무지 모르겠군요."
미스 마플은 이야기에 끌려 몸을 앞으로 내밀었다.

"글쎄, 들어 보세요. 월터에게로 가는 배에서 이미 결혼한 남자와 연애를 했지 뭐겠어요. 아무튼 월터가 항구로 마중나갔을 때 맨 먼저 그녀가 한 말은, 결국 자기는 월터와 결혼할 수 없다는 것이었답니다. 이런 한심한 짓이 어디 있겠어요."

"그렇군요. 그러니 아드님은 완전히 사람을 믿지 못하게 되고 말았겠군요."

"월터도 그녀의 본성을 겨우 알았을 거예요. 정말이지 그런 종류의 여자는 모든 것을 다 빼앗아 가게 마련이니까요."

미스 마플은 어떻게 해야 할지 알 수 없었다.

"아드님께선 그녀의 행동에 대해 화내지 않았던가요? 대부분의 남자라면 몹시 화가 났을 텐데요."

"월터는 언제나 자제심이 강한 아이였어요. 아무리 호된 꼴을 겪고 괴로움을 당하더라도 결코 겉으로 나타내지 않는 아이랍니다."

미스 마플은 생각에 잠기며 페인 부인을 뚫어지게 바라보았다. 그녀는 조심스럽게 슬쩍 떠보았다.

"그것은 틀림없이 괴로움이 아주 깊기 때문이겠지요. 아이들이란 이따금 정말 어른들을 놀라게 한답니다. 조금도 걱정할 것 없다고 생각되던 아이가 별안간 감정을 폭발시키는 일이 있으니까요. 그런 아이들은 대개 참을 수 없는 지경에 몰려서도 그것을 다 표현 못하는, 감성이 예민한 성격이지요."

"어쩌면! 당신이 그런 말씀을 하시다니 정말 신기하군요, 미스 마플. 나는 잘 기억하고 있어요. 제럴드와 로버트는 둘다 성미가 급해서 곧잘 맞붙어 싸웠답니다. 물론 건강한 남자아이라면 아주 당연한 일이지만요."

"그래요, 아주 당연하고말고요."

"그렇지만 월터는 늘 얌전하고 참을성이 강한 아이였답니다. 그런

데 어느 날 로버트가 월터의 모형 비행기를 들고 나갔지 뭐예요. 그 아이가 며칠이나 걸려서 겨우 만들어 낸 것이었지요. 그 아이는 정말 끈질기고 솜씨가 좋았거든요.

로버트는 활발했지만 조심성이 없는 아이여서 그 비행기를 어디에 부딪쳐 망가뜨리고 말았어요. 내가 방에 들어가니 글쎄, 로버트는 바닥에 나동그라져 있고 월터가 부지깽이로 마구 때리고 있지 뭐예요. 로버트는 아주 녹초가 되도록 맞았더군요.

나는 가까스로 월터를 떼어놓았어요. 월터는 '형이 일부러 한 거야. 일부러 그랬어. 죽여 버릴 테야' 하는 말만 되풀이하더군요. 정말 무서웠어요. 남자아이란 정말로 불끈하면 눈에 보이는 게 없나 봐요."

미스 마플이 말했다.

"네, 정말 그래요."

그 눈은 생각에 잠겨 있었다.

미스 마플은 다시 아까의 화제로 되돌아갔다.

"그래서 약혼은 결국 깨지고 말았나요? 그녀는 어떻게 되었지요?"

"돌아왔지요. 돌아오는 길에 또 다른 사람을 사랑하게 되었답니다. 그 상대와는 결혼했지요. 아이가 하나 있는 홀아비였어요. 아내를 갓 잃은 남자란 언제나 동정심을 사게 마련인가 봐요. 쓸쓸하고 가엾어 보이거든요.

그녀는 그 남자와 결혼해 이곳에서 살았어요. 거리 반대편에 있는 세인트캐서린에서요. 병원 옆집이었어요.

물론 오래 계속되지는 않았지요. 1년도 채 안 되어 그녀는 그 남자를 버리고 다른 남자와 함께 달아나고 말았답니다."

미스 마플은 고개를 내저었다.

"원, 저런! 아드님은 용케도 그런 꼴을 모면한 셈이군요!"
"나도 그 아이에게 늘 그렇게 말한답니다."
"그래, 아드님은 몸이 견뎌내지 못해 차 재배를 그만두셨나요?"
페인 부인은 또 이맛살을 살짝 찌푸렸다.
"그곳 생활은 그 아이에게 맞지 않았어요. 그녀가 돌아온 뒤 반년 쯤 지나 그 아이도 돌아왔지요."
미스 마플이 과감하게 말했다.
"좀 거북하거나 어색해하지 않던가요? 그녀가 그즈음 이곳에 살고 있었다면 말예요. 한 고장에 있다면 아무래도 좀……"
"월터는 훌륭했어요. 그 아이는 전혀 아무 일도 없었던 것처럼 행동했지요. 나는 그때 교제를 딱 끊어 버리는 편이 좋지 않겠느냐고 말해 주었어요. 결국 다시 만난다는 건 두 사람 다 거북하고 좋지 못한 일일 거라고 생각했거든요.

그런데 월터는 친구로서 사귀고 싶다고 우겨대는 것이었어요. 그러고는 가벼운 마음으로 그 집을 방문하여 그 집 아이와 놀기도 했답니다.

그건 그렇고, 이상한 일도 다 있지 뭐예요. 그때 그 아이가 여기로 돌아와 있다더군요. 몰라보게 자라 남편과 함께 말예요. 며칠 전 유언장을 만드는 일로 월터의 사무소에 왔더랍니다. 지금은 리드라는 성을 가졌다더군요."
"리드 씨 부부 말인가요? 나도 알아요. 정말 좋은 젊은 부부랍니다. 놀랍군요. 그녀가 그때의 그 아이라니."
"첫 부인의 아이였지요. 첫 부인은 인도에서 돌아가셨대요. 가엾은 소령……. 이름은 잊어버렸지만…… 헐웨이…… 뭐라던가 하는 이름이었지요. 그 바람둥이 여자에게 버림받아 완전히 폐인이 되고 말았답니다.

어째서 언제나 가장 나쁜 여자가 가장 착하고 좋은 남자를 매혹시키는지 영원히 풀지 못할 수수께끼예요!"
"그런데 맨 처음 그녀와 문제를 일으켰다는 젊은 남자는 어떻게 되었나요? 댁의 아드님 사무소 사무원이었다고 하셨지요? 그 남자는 어떻게 되었을까요?"
"자기 힘으로 썩 잘해 나갔지요. 지금은 이 지방의 관광버스 회사를 경영하고 있답니다. 대퍼딜 버스라고 하지요. 애플릭 대퍼딜 버스예요. 밝은 노랑으로 칠한 버스지요. 요즘은 아주 속된 세상이니까요."
"애플릭이라구요?"
"재키 애플릭이에요. 무뚝뚝하고 고집이 센 남자지요. 출세밖에는 염두에 없는 것 같아요. 아마도 그 때문에 헬렌 케네디와 교제한 게 아닐까요? 의사의 여동생이었으니 말예요. 자기의 사회적 지위에 보탬이 될 거라고 생각했겠지요."
"그 헬렌이라는 여자는 다시 딜머스로 돌아오지 않았나요?"
"그래요. 속시원히 잘 없어졌지요. 아마도 지금쯤은 완전히 타락해 있을 거예요. 케네디 박사가 안됐어요. 그 사람의 책임은 아니지요. 박사님 아버지의 두 번째 아내는 줏대 없는 하찮은 여자였어요. 남편보다 나이가 훨씬 아래였답니다. 나는 언제나 그렇게 생각했지만, 헬렌은 틀림없이 그 여자의 방탕한 피를 이어받았던 모양이에요."
페인 부인이 이야기를 멈췄다.
"월터가 왔군요."
그녀는 홀에서 나는 귀에 익은 소리를 똑똑히 듣고 있었다. 문이 열리고 월터 페인이 들어왔다.
"이분은 미스 마플이시다, 애야. 벨을 좀 울려 주렴. 새로 차를 마시기로 하자."
"괜찮습니다, 어머니. 벌써 마시고 왔으니까요."
"아니다, 새 차를 마셔야 해."
그녀는 찻주전자를 들고 나타난 하녀에게 일렀다.
"핫케이크도 가져와요, 비어트리스."
"네, 알겠어요, 마님."
월터 페인이 점잖게 보기좋은 미소를 떠올리며 말했다.
"어머니는 늘 저를 아이처럼 다루셔서 아주 곤란합니다."
미스 마플은 정중하게 대답해 주며 그를 찬찬히 살펴보았다.

태도가 차분하고 조용한 사람, 좀 심약하고 변명하는 듯한 태도……. 도무지 재미가 없다. 이렇다 할 특징이 없는 사람이다. 여자들이 무시하고, 사랑하는 남자에게 사랑받지 못할 때에나 결혼할 것 같은 고지식한 타입의 남자다.

월터, 부르면 언제든지 즉각 대답하는 아이. 가엾은 월터, 어머니의 응석받이……. 월터 페인, 형에게 부지깽이를 들고 덤벼들어 죽이겠다고 했던 아이…….

미스 마플은 고개를 갸웃했다.

Richard Erskine
# 리처드 어스킨

1

앤스틸 저택은 어쩐지 쓸쓸해 보였다. 황량한 언덕을 등지고 서 있는 흰 건물이었다. 구불구불한 자동차 길이 울창한 떨기나무 숲 속으로 이어져 있다.

자일스가 그웬더에게 말했다.

"어쩌자고 여기 와버린 거지? 대체 우리가 무슨 말을 하겠소?"

"다 생각하고 왔잖아요?"

"그래, 생각하기는 했지. 제인 아주머니 사촌 동생의 시동생이라는 사람이 이 가까이에 살고 있어서 운이 좋았소. 그러나 찾아간 집주인에게 과거의 연애 문제에 대해 묻는다는 건 아무래도 사교적인 방문이라고 할 수 없겠구려."

"게다가 너무 옛날 일이에요. 아마 기억하지 못할지도 몰라요."

"기억하지 못하겠지. 어쩌면 연애 따위는 없었을지도 모르오."

"자일스, 우리가 너무 엉뚱한 짓을 하고 있는 게 아닐까요?"

"모르지. 이따금 나도 그런 생각이 드오. 어째서 우리가 이런 일에 관여하고 있는지 알 수 없소. 하지만 이젠 그런 건 아무래도 좋지 않을까?"
"이렇게 오랜 세월이 지난 뒤니까 말이지요. 그래요, 그렇게 말한다면 그래요. 제인 아주머니도 케네디 박사도 말했어요. '내버려두라'고요. 내버려두기로 해요, 여보. 어째서 우리가 계속 조사해야 하는 거지요? 그녀 때문인가요?"
"그녀?"
"헬렌 말예요. 내가 기억하고 있기 때문인가 보지요? 어렸을 때의 기억만이 그녀의 생존과 진실을 실제로 증명하는 열쇠인가요? 진실을 명확하게 하기 위해서 나와 당신을 이용하고 있는 것은 헬렌일까요?"
"당신이 말하고 있는 것은 그녀가 변사했기 때문이라는 거요?"
"그래요. 흔히들 말하잖아요? 책에도 있어요. 그런 사람은 원한이 풀리지 않아서 넋이 떠돌아다닌다고요."
"당신은 좀 공상적이 되어 있는 게 아니오, 그웬더?"
"아마 그런가 봐요. 아무튼 우리는 좋도록 하면 되는 거예요. 이것은 그냥 사교적인 방문이에요. 그 이상의 기대를 할 필요는 없어요. 우리가 그렇게 하고 싶지 않다면……."
자일스는 고개를 저었다.
"우리는 계속해야 하오. 그 길밖에는 달리 방도가 없소."
"그래요, 당신 말이 맞아요. 하지만 자일스, 나는 아무래도 무서워요."

2

어스킨 소령이 말했다.
"집을 구하는 모양이군요?"

그는 그웬더에게 샌드위치를 권했다. 그웬더는 한 조각 집어들고 그를 올려다보았다.

리처드 어스킨은 몸집이 작은 남자로 키가 5피트 9인치쯤 되어 보였다. 머리칼은 잿빛이었고 지친 듯하면서 사려깊은 눈을 하고 있었다. 목소리는 낮고 듣기 좋았으나 좀 나른하게 들렸다. 특별히 눈에 띄는 데는 없었지만 확실히 매력적인 사람이라고 그웬더는 생각했다.

실제로 월터 페인만큼 핸섬하지는 않았으나, 여자들은 대개 페인은 무심히 지나치더라도 어스킨을 그냥 지나쳐 버리는 일은 없으리라. 페인에게는 특징이 없었지만, 어스킨은 태도가 조용하면서도 그만의 매력을 갖고 있었다.

그는 평범한 일을 평범한 태도로 이야기하고 있다. 그러나 거기에는 뭔가가 있었다. 여자들이 재빠르게 알아보고 여자 특유의 반응을 보여 줄 만한 무언가가.

그웬더는 거의 무의식적으로 스커트를 바로 하고 옆머리의 컬을 손가락으로 살짝 매만지며 입술에 침을 발랐다. 이 사람이라면 19년 전의 헬렌 케네디가 충분히 사랑을 느낄 수 있었을 것이다. 그웬더는 확신했다.

그웬더는 눈을 들어 여주인이 지그시 자기를 바라보고 있는 것을 알아차리고 저도 모르게 얼굴을 붉혔다.

어스킨 부인은 자일스에게 말을 걸고 있었으나 눈은 그웬더를 말끄러미 보고 있었다. 그 눈길은 그웬더를 평가하고 있는 것 같기도 하고 의심하고 있는 것 같기도 했다.

재닛 어스킨은 키가 큰 여자로 목소리가 굵어 마치 남자 목소리처럼 들렸다. 몸집도 큰 데다 큼직한 주머니가 있는 잘 만들어진 트위드 옷을 입고 있었다.

그녀는 남편보다 나이가 많아 보였으나, 그웬더는 아마도 정말은 그렇지 않을 것이라고 생각했다. 그 표정에는 초라한 데가 있었다. 만족스럽지 못한, 불행한 여자라고 그웬더는 생각했다. 틀림없이 남편을 몹시 괴롭히는 여자일 거라고 그웬더는 마음속으로 중얼거렸다.

그녀는 소리내어 이야기를 계속했다.

"집을 구하는 일은 사람을 몹시 낙심하게 만들지요. 부동산 소개소의 광고 문구는 언제나 화려하지만, 실제로 가보면 전혀 터무니없으니 말예요."

"이 부근에 사실 생각이오?"

"네, 여기도 후보지의 하나예요. 여기는 하드리아누스 방벽에서 가까우니까요. 자일스는 언제나 하드리아누스 방벽에 열중해 있답니다.

좀 기묘하게 생각되시겠지만, 영국의 어디나 우리에게는 마찬가지예요. 제 친정은 뉴질랜드에 있어서 이곳에는 아무 연고도 없어요. 자일스 역시 휴가 때마다 여기저기 다른 친척 댁에 가서 지냈기 때문에 특별한 연고지가 없지요.

다만 런던에서 너무 가까운 곳만은 피하고 싶어요. 우리는 진짜 시골을 바라고 있거든요."

어스킨은 미소지었다.

"이 일대는 진짜 시골이라는 것을 똑똑히 아실 수 있을 거요. 사람 사는 마을에서 완전히 떨어져 있지요. 이웃도 적고, 무척 멀리 떨어져 있소."

그웬더는 듣기 좋은 그의 목소리 밑바닥에 숨겨져 있는 쓸쓸함을 느꼈다. 그녀는 그 외로운 생활을 엿볼 수 있었다. 굴뚝 속에서 바람이 윙윙 소리내고 어둠침침하며 낮이 짧은 겨울 나날들. 커튼을 친 방안에 갇혀서 불만스럽고 불행한 눈을 한 저 여자와 함께 틀어박혀서……. 게다가 이웃은 적은 데다 매우 떨어져 있다.

이윽고 이 환상은 사라졌다. 또다시 여름으로 돌아왔다. 프랑스식 창문은 뜰을 향해 열려 있고, 장미꽃 향기가 풍기며 여름의 소리가 한가로이 들려 왔다.

"여기는 오래된 저택이군요."

어스킨은 고개를 끄덕였다.

"앤 여왕 시대의 집이지요. 우리 집안은 여기서 3백 년 가까이 살고 있소."

"저택이 무척 아름다워요. 퍽 자랑스러우시겠어요."

"이제는 초라해졌지요. 세금 때문에 뭐든지 제대로 유지해가기가 어려워졌소. 그러나 이미 아이들이 사회에 나가 있어서 큰 어려움은 끝난 셈이오."

"자제분은 몇 분이나 두셨어요?"

"아들만 둘이오. 큰 아이는 육군에 있지요. 둘째 아이는 옥스퍼드 대학을 막 졸업했소. 어떤 출판사에 들어가게 되어 있지요."

그는 벽난로로 눈길을 돌렸고, 그웬더의 눈길도 그 뒤를 쫓았다. 거기에는 두 젊은이의 사진이 있었다. 18살이나 19살로 보였다. 아마도 2, 3년 전에 찍은 것이리라고 그웬더는 판단했다. 어스킨의 표정에는 자랑스러움과 애정이 어려 있었다. 그가 말했다.

"스스로 이런 말을 하기는 좀 뭣하지만, 착한 아이들이오."

"아드님이 둘 다 훌륭해보이는군요."

어스킨은 뭔가를 묻는 듯한 그웬더의 눈길에 대답하여 이렇게 덧붙였다.

"그렇소. 고생한 보람이 있구나 싶지요. 정말이오. 자식을 위한 희생이 헛되지 않다는 뜻이오."

"때로는 많은 것을 희생해야 하는 일이 있을 거예요."

"그래요, 때로는 매우 많은 것을……"

그웬더는 또다시 가슴 밑바닥에 숨어 있는 어두운 것을 느꼈다.
굵은 목소리로 어스킨 부인이 끼어들었다.
"그런데 당신들은 왜 하필이면 이런 곳에 집을 구하시려는 건가요? 유감스럽지만 이 부근에 있는 알맞은 집은 전혀 생각나지 않는군요."
만일 있다 하더라도 가르쳐 주지 않을 거라고 그웬더는 희미한 악의를 느끼며 마음속으로 생각했다.
'이 어리석은 노부인은 질투하고 있어. 내가 그녀의 남편과 이야기하고 있는 것을 말이야. 내가 젊고 매력적이니까!'
어스킨이 말했다.
"얼마나 급하신가에 달렸지요."
자일스가 밝게 대답했다.
"조금도 급하지 않습니다. 우리는 정말 마음에 드는 집을 찾아내고 싶습니다. 지금은 딜머스에 집이 있으니까요. 남해안이지요."
어스킨 소령은 차탁에서 눈길을 돌렸다. 그는 일어나 창가에 놓인 테이블에서 담뱃갑을 집어 들었다. 어스킨 부인이 말했다.
"딜머스에……."
그녀의 목소리에는 억양이 없었다. 그녀의 눈은 남편의 뒤통수를 보고 있었다.
자일스가 말했다.
"아담하고 아름다운 곳인데, 아십니까?"
잠시 침묵이 흘렀고, 그런 다음 어스킨 부인이 여전히 억양 없는 목소리로 말했다.
"어느 해 여름 2, 3주일 동안 그곳에서 지낸 일이 있었지요. 벌써 여러 해 전이었어요. 그리 마음에 들지 않았답니다. 좀 지나치게 한산한 것 같더군요."

그웬더가 말했다.

"그래요. 우리도 그렇게 생각해요. 자일스와 나는 좀더 활기 있고 긴장감을 느낄 수 있는 분위기를 좋아하거든요."

어스킨이 담배를 집어 들고 돌아왔다. 그는 담뱃갑째 그웬더에게 내밀며 권했다.

그가 말했다.

"이 부근이라면 긴장감을 느낄 만한 분위기가 있다고 생각할 거요."

그 목소리에는 어떤 무서움 같은 게 어려 있었다.

그웬더는 어스킨이 담배에 불을 붙여 줄 때 얼굴을 들어 그를 보았다.

그녀는 무심하게 물었다.

"딜머스에 대해 잘 기억하고 계시나요?"

그의 입술이 신경질적으로 떨렸다. 그것은 갑작스러운 고통으로 일어난 경련처럼 그웬더에게 느껴졌다. 그는 애매한 목소리로 대답했다.

"꽤 잘 기억하고 있다고 생각하오. 우리가 머물렀던 곳은 로열 조지, 아니 로열 클레런스 호텔이었소."

"어머나, 그러세요. 그곳은 점잖고 예스러운 호텔이지요. 우리 집은 바로 그 가까이예요. 힐사이드라고 불리고 있어요. 전에는 세인트, 세인트메리라고 했던가요, 자일스?"

자일스가 대답했다.

"세인트캐서린이오."

이번에는 틀림없이 반응이 있었다. 어스킨은 갑자기 얼굴을 돌렸고, 어스킨 부인의 컵이 받침 접시에서 딸그락 소리를 냈다. 부인이 불쑥 말했다.

"자, 정원을 보실 생각은 없으신가요?"
"네, 보여 주세요."
그들은 프랑스식 창문을 지나 밖으로 나왔다. 정원은 손질이 잘되어 있고 나무가 많이 심어져 있었으며 긴 꽃밭과 돌을 깔아놓은 보도가 있었다.

정원 손질은 주로 어스킨 소령이 맡고 있을 거라고 그웬더는 생각했다. 장미며 여러해살이 풀과 나무에 대해 그웬더와 이야기하는 동안 어스킨의 어둡고 슬퍼 보이던 얼굴이 환하게 밝아졌다. 정원 가꾸기는 분명 그가 좋아하는 일이었다.

앤스틸 저택을 물러나와 자동차를 몰면서 자일스가 조심스럽게 물었다.

"여보, 그거 떨어뜨리고 왔소?"
그웬더는 고개를 끄덕였다.
"참제비고깔 두 번째 포기 옆에 떨어뜨렸어요."

그녀는 자기 손가락을 들여다보며 끼고 있는 결혼 반지를 저도 모르게 비틀었다.

"만일 이 다음에 그게 보이지 않으면 어쩌려오?"
"하지만 그건 진짜 약혼 반지가 아닌걸요. 진짜로는 그런 위험한 짓을 하지 않아요."
"그 말을 들으니 안심이오."
"진짜 약혼 반지에는 무척 정성이 담겨 있어요. 그걸 내 손가락에 끼워 줄 때 당신이 뭐라고 했는지 기억하세요? '그린 에메랄드로 했소. 당신은 녹색 눈의 매력적인 아기 고양이같으니까' 하고 말씀하셨지요."

자일스가 침착하게 말했다.
"우리의 독특한 애정 표현은, 아마도 제인 아주머니 같은 세대의 사람들에게는 기묘하게 생각될 거요."
"그 다정하신 아주머니는 지금쯤 뭘 하고 계실까요? 밖에 나와 햇볕이라도 쬐고 계실까요?"
"뭔가 하고 계시겠지. 그런 분인걸! 여기저기 찔러 보고 들여다보고 사람들에게 물어보거나 하시겠지. 이제는 너무 돌아다니며 묻지 않으면 좋을 텐데……."
"할머니들로선 그러는 게 아주 당연할 거예요. 우리들처럼 눈에 띄지 않을 테니까요."
자일스의 얼굴이 다시 진지해졌다.
"그래서 나는 마음에 안 드는 거요."
그는 잠시 가만히 있다가 다시 말했다.
"당신이 그렇게 해야만 한다는 게 싫소. 나는 집에 있으면서 언짢은 일을 하러 당신을 내보낸다는 게 참을 수 없소."
그웬더는 걱정스러워하는 그의 뺨을 살짝 만지며 말했다.
"알아요, 여보. 하지만 이것이 다소 수완이 필요한 일이라는 건 당신도 인정하지 않을 수 없을 거예요. 남자에게 과거의 연애 문제에 대해 물어본다는 건 무례한 일이에요. 하지만 그것은 여자라면 무례하게 보이지 않고도 잘해낼 수 있지요. 빈틈없는 여자라면 할 수 있어요. 그리고 나는 빈틈없이 할 생각이에요."
"당신이 빈틈없이 할 수 없다는 건 아오. 그러나 만일 어스킨이 우리가 찾고 있는 남자라면……."
그웬더는 사려 깊은 태도로 말했다.
"그렇지는 않을 거라고 생각해요."
"우리가 전혀 잘못 짐작하고 있단 말이오?"
"전혀 다르다는 건 아니에요. 그는 분명 헬렌을 사랑했을 거예요. 그렇지만 그는 좋은 사람이에요, 자일스, 아주 좋은 사람이에요.

누구를 목졸라 죽이거나 할 사람이 아니에요."
"누구를 목졸라 죽일 만한 사람을 그리 많이 만난 경험이 없잖소, 그웬더."
"그야 없지만 여자의 직관이지요."
"그렇게 말하면서 살인마에게 희생되는 여자가 많은 게 아닐까? 아니요, 그런 농담은 집어치우고, 그웬더, 정말 조심해야 하오."
"물론이에요. 나는 그런 무섭게 생긴 부인과 함께 사는 그 사람이 가엾어졌어요. 그는 틀림없이 비참한 생활을 하고 있을 거예요."
"그 여자는 좀 이상하더군. 어쩐지 마음놓을 수 없는 사람 같았소."
"네, 그래요. 정말이에요. 음험해요. 그녀가 나를 눈여겨보고 있는 걸 알아차리셨지요?"
"계획대로 잘되면 좋겠는데."

3

이튿날 아침, 계획이 실행에 옮겨졌다.

자일스는, 그의 말에 의하면 이혼 소송 사건에 관련된 수상한 탐정이 된 듯한 기분으로 앤스틸 저택 정면 문이 환히 바라보이는 곳에 자리를 잡았다.

11시 30분쯤 그는 그웬더에게 모든 일이 잘되었다고 알렸다. 어스킨 부인은 소형 오스틴을 타고 외출했다. 3마일쯤 떨어진 곳에 있는 시장으로 간 게 확실했다. 방해자가 없어진 것이다.

그웬더는 자동차를 현관 앞에 대고 벨을 눌렀다. 어스킨 부인을 만나고 싶다고 하자 집에 없다고 했다. 그래서 어스킨 소령을 만나고 싶다고 말했다.

어스킨 소령은 정원에 있었다. 그웬더가 가까이 다가가자 그는 꽃밭을 손질하다 말고 일어섰다.

그웬더가 말했다.

"방해해서 죄송해요. 실은 어제 이 정원 어딘가에서 반지를 떨어뜨린 모양이에요. 차를 마시고 밖으로 나왔을 때에는 분명히 끼고 있었는데 말예요. 좀 헐렁거렸거든요. 그건 약혼반지여서 잃어버리면 안 되는 거랍니다."

곧 반지를 찾기 시작했다. 그웬더는 어제 거닐었던 길을 더듬어 갔다. 어디에서 걸음을 멈췄었는지, 어느 꽃을 만졌던가를 생각해 내면서. 오래지 않아 커다란 참제비고깔 포기 옆에서 반지를 찾았다. 그녀는 과장되게 마음놓이는 표정을 지어보였다.

"그럼, 마실 것을 가져올까요, 리드 부인? 맥주는 어떻소? 셰리주라도 한잔 하시겠소? 아니면 커피 같은 게 좋겠소?"

"괜찮아요, 정말 아무것도. 담배를 한 대 주시면 고맙겠어요."

그녀는 벤치에 걸터앉았고, 어스킨도 그 옆에 앉았다. 두 사람은 말없이 2, 3분 동안 담배를 피웠다. 그웬더의 가슴이 좀 빠르게 고동치고 있었다.

길은 하나뿐이다. 그녀는 과감하게 주사위를 던져야만 했다. 그녀가 말했다.

"여쭤 보고 싶은 일이 있어요. 아마도 매우 무례한 여자라고 생각하실 테지요. 하지만 나는 무슨 일이 있어도 알고 싶어요. 그리고 그것을 가르쳐 주실 분은 당신밖에 없다고 생각해요. 당신은 옛날에 우리 새어머니와 서로 사랑하는 사이였지요?"

그는 깜짝 놀라 그웬더를 돌아보았다.

"당신 새어머니와?"

"네, 헬렌 케네디, 나중에 핼리데이 부인이 되었습니다만."

"음."

그녀 옆자리에 앉아 있는 그 남자는 매우 조용했다. 그 눈은 멍하니 양지 쪽 잔디 너머를 바라보고 있었다. 손가락 사이에 끼워진 담배에서 연기가 피어 오르고 있었다. 조용했으나 그의 팔이 그웬더의 팔에 닿았을 때 그 긴장된 모습 속의 동요가 느껴졌다.

어스킨이 입을 열었다.

"편지 때문이겠지요?"

그웬더는 대답하지 않았다.

"그렇게 많이 보내지는 않았소. 두 통, 아니 세 통이었던가? 그녀는 태워 버렸다고 했소. 하지만 여자들은 결코 편지를 태워 버리지 않는 법이지요. 그게 당신 손에 들어갔군요. 그래서 알고 싶은 거요?"

"저는 새어머니에 대해 좀더 알고 싶어요. 저는 그녀를 무척 좋아했었어요. 저는 아직 매우 어린 아기였지요, 그분이 집을 나갔을 즈음에는."

"집을 나가다니요?"

"모르셨던가요?"

그의 정직하고 놀란 눈이 그녀의 눈과 마주쳤다. 그가 말했다.

"그녀에 대해서는 그 뒤로, 딜머스에서 지낸 그 여름 뒤로는 아무 소식도 듣지 못했소."

"그럼, 지금 어디에 있는지도 모르시나요?"

"내가 어떻게 알겠소? 벌써 여러 해 전 일이오, 여러 해. 모든 게 끝난 일이오. 다 잊혀지고 만 일이지요."

"잊혀지고 만?"

그는 좀 괴로운 듯 빙그레 웃었다.

"아니, 잊지는 않았지요. 당신은 꽤 민감하군요, 러드 부인. 그보다도 그녀 이야기를 좀 해주시오. 설마 세상을 떠난 건 아니겠지요?"

싸늘한 바람이 갑자기 일어 두 사람의 목덜미를 차갑게 스쳐 지나갔다.

그웬더가 말했다.

"돌아가셨는지 어떤지도 모르겠어요. 아무것도 모른답니다. 그보다도 그분 이야기를 해주세요. 아마 당신이라면 아실지도 모른다고 생각했어요."

그가 고개를 저어서 그웬더는 말을 이었다.

"아무튼 그해 여름 딜머스에서 사라지셨어요. 어느 날 밤 갑자기, 아무에게도 말하지 않고, 그러고는 다시 돌아오지 않았지요."

"그래서 당신은 내가 편지를 받았을지도 모른다고 생각한 거군요?"

"네, 맞아요."

그는 다시 고개를 저었다.

"아니요, 전혀 아무 소식도 없었소. 그러나 분명 그녀의 오빠가 딜머스에 살고 있지요. 의사였소. 그러면 알 거요. 아니면 그도 세상을 떠났나요?"

"아니요, 살아 계세요. 하지만 그분도 모르세요. 아시겠지요? 사람들은 모두 새어머니가 어떤 남자와 함께 달아났다고 생각하고 있답니다."

그는 몸을 돌려 그녀를 지그시 바라보았다. 깊은 슬픔에 찬 눈이었다.

"그래서 바로 나와 달아난 것으로 생각했던가요?"

"네, 하나의 가능성으로 그렇게 생각했어요."

"가능성이라……. 애초부터 가능성은 없었소. 그런 게 아니었소. 아니면 우리가 어리석었던 거겠지. 우리는 행복해질 기회를 놓치고

만 소심하고 어리석은 사람들이었을까요?"

그웬더는 아무 말도 하지 않았다. 어스킨은 다시 몸을 돌려 그녀를 보았다.

"아무래도 이야기해 두는 편이 좋겠군요. 사실 이야기할 것도 별로 없지만, 헬렌이 오해받는 일은 없었으면 해요. 우리는 인도로 가는 배 안에서 만났지요. 아이 하나가 병이 나서 아내는 그 다음 배로 오게 되어 있었소. 헬렌은 숲이며 나무를 좋아한다든가 하는 남자와 결혼하기 위해서 가는 길이었소.

그녀는 그 남자를 사랑하고 있지 않았소. 점잖고 다정한 사람이었지만 그냥 친하게 지내온 친구에 지나지 않았다고 했소. 헬렌은 자기 집에서 달아나고 싶어했었소. 행복한 생활이 못 되었던 거요. 우리는 서로 사랑했소."

그는 잠시 말을 끊었다가 다시 이었다.

"너무 노골적인 표현을 썼지만 이 점은 분명히 해둬야겠다고 생각하오. 그것은 흔히 있는 배 여행의 로맨스가 아니었소. 진지했으니까요. 우리는 둘 다, 그렇소, 그 사랑 때문에 깊은 상처를 입고 말았소.

어쩔 수 없는 일이었소. 나로서는 재닛과 아이들을 못 본 체 내버릴 수 없었고 헬렌도 같은 생각이었소. 만일 재닛만이 문제였다면 또 모르지만, 아이들이 있었소. 희망은 전혀 없었소. 우리는 헤어져 서로 잊기로 하자고 결심했소."

그는 웃었다. 슬픔에 찬 짧은 웃음이었다.

"잊는다고? 아니요, 잊은 일은 없었소, 한순간도. 내 인생은 실로 산지옥이었소. 헬렌을 생각하지 않을 수 없었소······.

그런데 헬렌은 결혼하려던 남자와 맺어지지 않았더군요. 마지막 순간 견딜 수 없게 된 거지요. 그녀는 영국으로 돌아왔고, 그 돌아오는 길에 또 다른 남자를 만났소. 당신 아버지였겠지요.

두 달쯤 뒤 무슨 일이 있었던지 헬렌이 편지를 보내 왔었소. 상대방 남자는 아내를 잃고 몹시 침울해 있으며 아기도 하나 있는데, 자신은 그 남자를 행복하게 해줄 수 있으며 그것이 가장 좋은 일로 여겨진다는 것이었소.

편지는 딜머스에서 왔었소. 여덟 달쯤 뒤 아버지가 돌아가셔서 나는 이곳을 이어받았지요. 나는 사표를 내고 영국으로 돌아와 있었던 거요.

이 집으로 와서 자리잡기 전에 2, 3주일의 휴가를 받았소. 아내는 딜머스가 좋다고 했소. 친구에게서 그곳이 아름답고 조용한 곳이라는 말을 들었던 거요.

물론 아내는 헬렌에 대해서는 아무것도 몰랐소. 그때의 내 흥분된 마음을 상상할 수 있겠소? 그녀를 다시 만날 수 있다, 그녀와 결혼한 남자가 어떤 사람인지 알 수 있게 된 것이오."

어스킨은 잠시 말을 끊었다가 다시 계속했다.

"우리는 로열 클레런스 호텔에 머물렀소. 그것이 잘못이었지요. 헬렌을 다시 만난다는 것은 지옥과도 같았소. 그녀는 아주 행복해 보였소. 모든 점으로 보아 그랬소. 잘은 알 수 없었지만.

그녀는 나와 단둘이 있게 되는 상황을 피하고 있었소. 아직도 사랑하고 있는 것인지, 그렇지 않은지도 알 수 없었소. 아마도 그 괴로움에서 빠져 나온 모양이었소. 아내는 뭔가를 눈치챈 것 같았소. 아내는 매우 시샘이 많은 여자지요. 언제나 그랬소만."

그는 무뚝뚝하게 덧붙였다.

"그뿐이었소. 우리는 딜머스를 떠났지요."

그웬더가 말을 보충했다.

"8월 17일에."

"떠난 날 말이오? 그럴지도 모르겠소. 분명히 기억하고 있지는 않소."
그웬더가 말했다.
"토요일이었어요."
"아, 맞소. 북으로 가는 열차가 붐비지는 않겠느냐고 재닛이 말했던 게 기억나오. 그러나 그리 붐비지 않았던 것 같소······."
"부디 잘 좀 생각해 보세요, 어스킨 소령님. 우리 새어머니 헬렌과 맨 마지막으로 만나신 게 언제였나요?"
그의 얼굴에 차분하고 지친 듯한 미소가 떠올랐다.
"어렵지 않소. 우리가 돌아오기 전날 밤 만났지요, 바닷가에서. 나는 저녁 식사를 마치고 천천히 바닷가로 나갔소. 그랬다가 그녀를 만난 거요. 우리 둘 말고는 아무도 없었소. 그녀의 집까지 배웅해 주었지요. 정원을 지나서······."
"몇 시였지요?"
"모르겠소. 9시 쯤이었겠지요, 아마도."
"그리고 헤어졌나요?"
그는 또다시 웃었다.
"헤어졌소. 아, 뭐, 당신이 생각하는 그런 이별이 아니었소. 아주 짧고 무덤덤한 것이었지요. 헬렌이 말했소. '제발 이제 그만 돌아가세요. 빨리요. 난 여기까지 배웅받아선······.' 그녀는 더 이상 말을 잇지 못했소. 나는 돌아갈 수밖에 없었소."
"호텔로 돌아가셨나요?"
"그렇지요. 처음에는 오랜 시간 거닐었지요. 교외쪽으로 자꾸자꾸 걸었소."
그웬더가 말했다.
"이렇게 오랜 세월이 지난 뒤니 날짜와 시간까지는 좀처럼 자세히 알 수 없지만, 바로 그날 밤이었다고 생각돼요. 새어머니는 집을 나가 돌아오지 않았어요."
"음, 과연 그랬군요. 마침 내가 아내와 함께 이튿날 아침 떠났으니 사람들은 헬렌이 나와 함께 갔다고 여긴 모양이구려. 참 재미있는 생각을 하는군."
그웬더가 퉁명스럽게 말했다.
"아무튼 새어머니는 소령님과 함께 간 게 아니었단 말씀이지요?"
"절대로 그렇지 않소. 그런 일은 있을 수 없는 일이오."
"그럼, 우리 새어머니가 집을 나간 이유가 무얼 거라고 생각하세요?"
어스킨이 이맛살을 찌푸렸다. 그는 태도가 달라지더니 흥미를 느끼는 모양이었다.
"그렇군요. 그건 좀 이상한 일인데요. 그녀는 아무런 설명도 남기지 않았소?"
그웬더는 생각했다. 그리고 자기 생각을 말했다.
"아무것도 없었던 것 같아요. 그녀가 어떤 다른 남자와 나간 거라고 생각지는 않으시나요?"
"아니오, 절대로 그런 일은 없을 거요."
"확신하시는 것 같군요."
"확신하오."
"그럼, 어째서 나가 버렸을까요?"
"만일 그녀가 그렇게 갑자기 나갔다면, 내가 생각할 수 있는 이유는 단 하나밖에 없소. 그녀는 내게서 달아나려 한 거요."
"당신에게서?"
"그렇소. 그녀가 두려워했던 일은 아마도 내가 다시 한 번 그녀를 만나려 하리라는 것, 그래서 그녀를 괴롭힐 거라는 생각이었을 거

리처드 어스킨

요. 내가 전과 다름없이 그녀에게 열중해 있다는 것을 알았을 테니까. 그렇소, 틀림없소."
"그것으로는 설명이 되지 않아요. 어째서 그녀가 다시 돌아오지 않았는가 하는 데 대해 가르쳐 주세요. 새어머니가 아버지에 대해 뭔가 말하지 않던가요? 아버지 일로 괴로워한다든가, 아니면 아버지를 무서워한다든가 그런 말은 없었나요?"
"아버님을 무서워한다고? 왜지요? 아, 네, 아버님이 질투했을지도 모른다고 생각하나 보군요. 그토록 질투가 심한 분이었던가요?"
"모르겠어요. 아버지는 내가 어렸을 때 돌아가셨으니까요."
"아, 네, 그랬군요. 아니 이제 돌이켜 생각해 봐도 아버님은 건전하고 밝게 느껴지는 분이었던 것 같았소. 헬렌을 썩 마음에 들어해서 자랑스럽게 여기셨지요. 그 밖에는 생각할 수 없소. 오히려 내가 그분을 질투했을 정도였소."
"아버지와 헬렌은 당신이 보기에 행복해 보였나요?"
"그렇게 보였소. 나는 기뻤소. 그와 더불어 그런 행복한 모습을 보는 게 괴로운 일이기도 했지요……

아니, 헬렌이 아버님에 대해 나에게 이야기한 건 아무것도 없소. 조금 전에도 말했소만, 우리는 단둘이 있어 본 일이 거의 없었소. 함께 남몰래 이야기한 일도 없었지요. 그러나 지금 당신 말을 듣고 생각났는데, 헬렌이 고민하고 있는 게 아닐까 여긴 일은 있었소."
"고민요?"
"그렇소. 그것은 아마도 내 아내 때문이었을 거라고 여겼었는데, 그것만이 아니었던 것 같소."
그는 또다시 그웬더를 날카롭게 바라보았다.
"그녀는 남편되는 분을 두려워했던가요? 그는 헬렌과 관계있던 다른 남자들을 질투했나요?"
"그렇지 않다고 여기시는 것 같군요."
"질투란 이상한 거지요. 때로는 그것을 꿈에도 눈치채이지 못할 만큼 완전히 감출 수 있소. 그러나 또 그것은 두려운 게 될 수도 있소. 매우 두려운 것이……."
"또 한 가지 가르쳐 주셨으면 하는 일이……."
그웬더는 말을 멈췄다.
자동차 한 대가 현관 앞 정원으로 가까이 다가왔다. 어스킨 소령이 말했다.
"아, 아내가 시장에서 돌아왔군요."
잠깐 사이에 그는 아주 다른 사람처럼 되어 버렸다. 그 말투는 친밀하나 어딘지 모르게 서먹서먹해졌고 얼굴은 무표정해졌으며, 바르르 떨리는 목소리는 그가 신경질적이 되어 있음을 나타내고 있었다. 어스킨 부인은 집 모퉁이를 돌아 성큼성큼 다가왔다. 남편은 그녀에게로 걸어갔다.
"리드 부인이 어제 이 정원에서 반지를 잃어버렸다는구려."
어스킨 부인이 뾰로통해서 말했다.
"어머나, 그래요?"
그웬더가 말했다.
"안녕하세요? 반지는 다행히 찾았어요."
"그거 잘됐군요."
"네, 정말이에요. 무슨 일이 있어도 잃어버려선 안 되는 반지거든요. 자, 이만 실례해야겠어요."
어스킨 부인은 아무 말도 하지 않았다.
어스킨 소령이 말했다.
"자동차까지 배웅하겠소."

그는 테라스를 따라 그웬더의 뒤를 쫓아가려고 했다. 그때 부인의 목소리가 날카롭게 날아왔다.

"리처드, 리드 부인에게 실례가 안 된다면 아주 중요한 일이 있어요."

그웬더가 급히 말했다.

"아니에요. 일부러 배웅해 주시지 않아도 괜찮아요."

그녀는 재빨리 테라스를 따라 뛰어서 집 옆을 돌아 현관 앞으로 나왔다.

그녀는 거기서 걸음을 멈췄다. 어스킨 부인의 자동차가 너무 바싹 붙여 세워져 있어서 그웬더는 자기 자동차를 돌릴 수 없을 것 같았다.

그녀는 잠시 망설이다가 천천히 테라스 쪽으로 되돌아갔다. 프랑스식 창문까지 거의 다 왔을 때 그녀는 우뚝 걸음을 멈췄다. 어스킨 부인의 굵고 잘 울리는 목소리가 똑똑히 들려 왔다.

"당신이 하는 말은 믿을 수 없어요. 미리 짰던 거지요? 어제 벌써 약속했던 거지요? 내가 데이스 시에 가 있는 동안 이리로 오라고 저 젊은 여자와 미리 짜두었던 거예요. 언제나 이래요. 예쁜 여자라면 참지 못한다니까요. 아시겠어요? 이제는 잠자코 있지 않을 거예요."

어스킨의 목소리가 끼어들었다. 조용하고 거의 절망적인 목소리였다.

"여보, 재닛. 당신은 이따금 좀 머리가 이상해지는 게 아닐까 생각되는구려, 정말이지."

"머리가 이상해지는 건 내가 아니라 당신이에요! 당신은 여자만 보면 그냥 내버려두지 못한다니까요."

"그런 일 없소, 재닛."

"있어요! 아주 옛날에도 있었잖아요. 아까 그 젊은 여자가 왔다는 그 딜머스에서요. 그 머리칼이 노란 핼리데이라는 여자와 시시덕거리지 않았단 말인가요?"

"당신은 어째서 잊어버릴 줄을 모르오? 도대체 그런 일을 언제까지 끄집어낼 거요? 제멋대로 이야기를 만들어서……."

"당신이 나빠요! 내 마음을 이렇게 짓밟아 놓고……. 더는 참을 수 없어요. 좋아요. 참지 않을 테니까요! 몰래 밀회를 하다니! 나 모르게 내 흉을 보고 웃었겠지요? 당신은 내 생각을 조금도 해주지 않아요. 단 한 번도 생각해준 적이 없었어요. 난 스스로 목숨을 끊어 버리겠어요. 벼랑에서라도 뛰어내릴 거예요. 죽어 버리는 편이 나아요!"

"재닛, 재닛, 제발 부탁이오!"

굵은 목소리가 도중에 끊어졌다. 격렬하게 흐느끼는 소리가 여름 하늘로 퍼져갔다.

그웬더는 발꿈치를 들고 소리나지 않게 살금살금 다시 현관으로 나갔다. 그녀는 잠시 생각하다가 현관 벨을 울렸다.

하녀를 보자 그녀는 말했다.

"미안하지만 누구라도 좋으니 저 자동차를 조금만 움직여 주셨으면 해요. 내 자동차를 돌릴 수가 없어서 그래요."

하녀가 집안으로 들어갔다. 조금 뒤 한 남자가 옛날 가축 우리 쪽에서 나왔다. 그는 모자에 손을 갖다대며 그웬더에게 가볍게 인사하고는 오스틴에 올라타 뒤뜰로 몰고 갔다. 그웬더는 자기 자동차에 올라타 급히 자일스가 기다리는 호텔로 달려갔다.

자일스가 그녀를 맞으며 말했다.

"꽤 오래 걸렸구려. 뭘 좀 알아냈소?"

"네, 이제는 모두 다 알았어요. 정말 가엾은 일이에요. 그는 오로지 한결같이 헬렌을 사랑하고 있었어요."
그녀는 그날 아침에 있었던 일을 이야기했다.
"틀림없어요. 어스킨 부인은 머리가 좀 이상해요. 마치 미친 사람 같아요. 그가 말하는 질투가 어떤 것인지 잘 알았어요. 그런 생각을 하는 것은 틀림없이 무서운 일이에요.

 아무튼 이로써 어스킨 소령이 헬렌과 함께 달아난 남자가 아니며, 헬렌의 죽음에 대해서는 아무것도 모른다는 것을 알게 된 셈이에요. 그와 헤어진 그날 밤 헬렌은 살아 있었어요."
자일스가 말했다.
"그럴 테지. 적어도 그것이 그가 주장하고 싶어하는 말이오."
그웬더는 화난 것처럼 보였다. 자일스는 분명하게 되풀이했다.
"그것이 그가 주장하고 싶어하는 말이오."

Bindweed
# 덩굴풀

　미스 마플은 프랑스식 창문 밖 테라스에 쪼그리고 앉아 알지 못하는 새 길게 뻗어 버린 덩굴풀을 뽑아 내고 있었다. 그러나 그 일은 도무지 끝이 안날 것 같았다. 덩굴풀은 땅 밑에 여전히 끈질기게 남아 있었던 것이다. 그러나 적어도 참제비고깔은 잠시나마 숨쉴 수 있어 보였다.

　코커 부인이 거실 창문에 나타났다.

　"죄송합니다, 부인. 케네디 박사께서 오셨어요. 리드 씨 부부가 언제까지 집을 비우실 건지 알고 싶다고 하십니다. 나로선 똑똑히 말씀드릴 수 없지만, 부인께선 아실지도 모른다고 했지요. 이리로 모셔 올까요?"

　"그래요, 그렇게 해줘요, 코커 부인."

　코커 부인은 곧 케네디 박사를 데리고 나타났다. 미스 마플은 좀 허둥대며 자기 소개를 했다.

　"……그래서 나는 집을 비운 동안 여기로 와서 집을 돌보고 풀을 뽑아 주겠다고 그웬더와 약속했답니다. 틀림없이 그들 내외는 임시로 고용한 정원사 포스터에게 이용당하고 있는 거예요.
 그는 1주일에 두 번 오게 되어 있는데 내내 차만 마시며 종일 쉴 새 없이 수다를 떨고 있지요. 내가 보기에는 그리 일을 많이 하지 않더군요."
케네디 박사가 좀 멍하니 말했다.
"네, 그렇겠지요. 그 사람들은 비슷비슷합니다, 모두."
 미스 마플은 평가하듯 그를 바라보았다. 리드 부부의 이야기로 미루어 생각했던 것보다 나이가 들어 보였다. 너무 빨리 늙은 것 같다고 그녀는 추측했다. 그는 괴로워하는 일이 있는 것 같았고 불행해 보였다.
 그는 거기에 선 채 언뜻 보기에 싸움을 좋아할 것 같은 긴 턱을 손가락으로 쓰다듬고 있었다.
 그가 말했다.
"리드 부부는 외출했군요? 언제쯤 돌아오는지 아십니까?"
"네, 이제 곧 올 거라고 생각해요. 북부의 친구를 찾아보러 갔지요. 젊은 사람들은 차분히 있기 싫은 모양이에요. 이리저리 돌아다니기만 하니까요."
케네디 박사가 말했다.
"네, 그렇지요. 옳은 말씀입니다."
그는 잠시 사이를 둔 다음 조심스럽게 말했다.
"자일스 리드가 편지로 어떤 서류가 필요하다고 부탁해 왔더군요. 서류라기보다는 편지인데, 만일 있거든 달라는 것이었습니다만……."
그는 좀 망설였고, 미스 마플이 조용히 말했다.
"여동생의 편지 말이군요?"
그는 날카로운 눈길을 재빠르게 그녀에게로 던졌다.

"그렇다면 당신은 이야기를 모두 들으신 모양이군요. 친척이신가요?"
미스 마플이 말했다.
"그냥 친구예요. 나는 두 사람에게 힘이 미치는 한 충고했지요. 하지만 충고란 좀처럼 받아들여지지 않는 것이어서요……. 유감스럽습니다만, 모든 일이 그런 것 아니겠어요?"
그는 흥미있는 얼굴로 물었다.
"당신의 충고란 어떤 것이었습니까?"
미스 마플은 분명하게 잘라 말했다.
"잠자는 살인 사건은 그대로 내버려두라는 거지요."
케네디 박사는 통나무로 만든 앉기 거북한 의자에 털썩 앉았다.
그가 말했다.
"아주 좋은 말씀이군요. 나는 그웬더를 좋아합니다. 순하고 착한 아이였지요. 그 아이라면 훌륭한 여성이 될 거라고 생각했었습니다. 그런데 뭔가 성가신 일에 말려든 게 아닌가 걱정입니다."
"귀찮은 일이야 여러 가지로 있지요."
"네? 아, 네, 그렇습니다, 네."
그는 한숨을 크게 쉬고 나서 말을 이었다.
"자일스 리드가 편지로 부탁했더군요. 집을 나간 여동생이 보냈다는 편지를 좀 보여 줄 수 없겠느냐고요. 그리고 그녀의 진짜 필적 견본도 함께 부탁했습니다."
그는 날카롭게 미스 마플을 쏘아보았다.
"무슨 일인지 아시겠지요?"
미스 마플은 고개를 끄덕였다.
"알고 있다고 생각해요."
"그 두 사람은 켈빈 헬리데이가 아내를 죽였다고 한 말이 사실이었을 거라는 생각을 다시 문제삼고 있습니다. 그리고 여동생 헬렌이 집을 나간 뒤 보내 온 편지는 그녀 자신이 쓴 게 아니라 가짜라고 여기고 있는 거지요. 여동생은 살아서 그 집을 나간 게 아니라고 믿고 있는 겁니다."

미스 마플은 차분하게 말했다.

"당신도 이제 와서는 그리 확실하게 믿지 않으시는군요."

케네디는 여전히 허공을 바라보고 있었다.

"그 무렵에는 똑똑히 확신했었습니다. 그것은 정말 명백한 일로 여겨졌었지요. 켈빈의 순전한 망상이었습니다. 시체가 없고 여행 가방과 옷가지도 없어졌으니까요. 달리 어떻게 생각할 수 있었겠습니까?"

"그래서 여동생은 그 무렵 꽤…… 콜록."

미스 마플은 점잖게 기침을 했다.

"흥미를, 어떤 남자분에게 흥미를 가지고 계셨던가요?"

케네디 박사는 그녀를 보았다. 그 눈에 깊은 고뇌의 빛이 어려 있었다. 그가 말했다.

"나는 여동생을 좋아했습니다. 그러나 이것은 인정하지 않을 수 없습니다. 헬렌 옆에는 언제나 누군가 남자가 있었지요. 세상에는 원래 그렇게 태어난 여자가 있습니다. 본인 스스로도 어쩔 수 없는 거지요."

미스 마플이 말했다.

"그 무렵 당신에게 아주 명백했던 그 일이 지금에 와서 뚜렷하지 않은 건 어째서일까요?"

케네디 박사는 솔직하게 대답했다.

"그것은 만일 헬렌이 아직 살아 있다고 한다면 이렇게 여러 해 동안이나 연락을 하지 않는다는 게 나로선 믿어지지 않기 때문입니다. 또한 만일 죽었다고 한다면, 그 사실이 나에게 통지되지 않고 있는 것 역시 이상합니다. 그래서……"
케네디 박사는 자리에서 일어나 주머니에서 편지 묶음을 꺼냈다.
"이것이 내가 할 수 있는 모든 일입니다. 헬렌에게서 맨 처음 온 편지는 잃어버린 것 같습니다. 흔적도 없더군요.

그러나 두 번째 편지는 잘 간직하고 있었습니다. 주소가 우체국 유치로 되어 있지요. 그리고 이것이 헬렌의 필적입니다. 이것밖에 찾아내지 못했습니다. 구근 등의 화초를 재배하기 위한 리스트인데, 주문서 부본을 여동생이 보관해 두었더군요.

내게는 주문서와 편지의 필적이 똑같은 것으로 보입니다만, 전문가는 아니니까요. 이것을 두고 가겠습니다. 자일스와 그웬더가 돌아오면 전해 주십시오. 일부러 다시 보내 주실 건 없습니다."
"네, 그 두 사람은 내일이나 모레에는 틀림없이 돌아올 거예요."
박사는 고개를 끄덕였다. 그는 일어나서 멍하니 테라스를 바라보고 있었다.

그가 불쑥 말했다.
"내가 무엇을 걱정하고 있는지 아시겠습니까? 만일 켈빈 핼리데이가 아내를 정말 살해했다면 시체를 감춰 버렸거나, 어떤 방법으로 처분했을 겁니다.

그것은 다시 말해서——나로선 달리 생각할 수가 없습니다——그가 나에게 해준 이야기는 교묘하게 꾸며낸 것이었다는 겁니다. 헬렌이 집을 나갔다는 것을 그럴듯하게 꾸며 보이기 위해 옷가지를 넣은 여행 가방을 미리 감춰 두고 외국에서 편지가 오도록 손을 써 두었던 거지요…….

결국 실제로는 냉혈적이고 계획적인 살인이었던 겁니다. 그웨니는 정말 착한 아이였습니다. 아버지가 편집광적인 사람이었다고 한

덩굴풀

다면 그녀에게 정말 안된 일인데, 아버지가 계획적 살인자라고 한다면 그보다 열 갑절은 더 끔찍한 일입니다."

그는 몸을 돌려 열려 있는 프랑스식 창문 쪽으로 가려고 했다. 미스 마플의 재빠른 질문이 그의 걸음을 멈추게 했다.

"케네디 박사님, 여동생께서는 누군가를 두려워했었나요?"

그는 돌아서서 뚫어지게 그녀를 쏘아보았다.

"두려워했었느냐고요? 아무도 두려워하지 않았습니다, 내가 아는 한은."

"그냥 좀……. 미안합니다. 실례되는 질문이었다면 용서하세요. 하지만 젊은 남자가 있었다지요? 다시 말해서 좀 복잡한 일이 말예요. 여동생이 아직 어렸을 때였다더군요? 애플릭이라는 남자였다고 기억합니다만."

"아, 네, 그것 말씀입니까? 여자아이들이라면 누구나 경험하는 어이없는 일이었지요. 바람직하지 못한 젊은이였습니다. 상대할 수 없는 남자였지요. 서로 신분이 다르고, 여동생과는 어울리지 않았습니다. 훨씬 뒤 이곳에서 귀찮은 말썽을 일으켰었지요."

"나는 다만 그 젊은이가 혹시 복수심이 강한 남자는 아니었을까 생각했어요."

케네디 박사는 좀 회의적인 미소를 떠올렸다.

"아니, 뭐 그렇게 심각한 일은 아니었던 것으로 여겨집니다. 아무튼 지금 말했듯 그 남자는 말썽을 일으켜 다시는 이곳에 돌아오지 않았습니다."

"어떤 말썽이었지요?"

"뭐, 범죄라고 할 것까지는 없는 일이었습니다. 그냥 분별이 없었던 거지요. 자기 사무소에서 맡은 사건을 여기저기 말해 버렸답니다."

"그 사무소 주인이 월터 페인이지요?"

케네디 박사는 좀 놀라는 모양이었다.

"그렇습니다. 당신 말씀을 들으니 생각나는군요. 그 남자는 페인 앤드 위치먼 사무소에서 일했습니다. 평범한 사무원이었지요."

평범한 사무원? 케네디 박사가 가버린 뒤 미스 마플은 다시 덩굴풀 위로 몸을 구부리며 생각에 잠겼다.

Mr. Kimble Speaks
# 킴블 씨, 말하다

킴블 부인이 말했다.
"정말 알 수 없는 일이군요."
그녀의 남편은 분개했다기보다도 감정이 불끈 치솟아 입을 열었다.
"뭘 생각하는 거요, 여보? 설탕이 없잖소?"
그는 자기 찻잔을 앞으로 내밀며 따졌다.
킴블의 아내는 분개하는 남편을 급히 달래고 다시금 지금 하던 이야기를 자세히 말하기 시작했다.
"바로 이 광고에 대해 생각했어요. 릴리 애벗이라고 씌어 있어요, 분명하게. 게다가 '전에 딜머스의 세인트캐서린에서 잔심부름하던 분'이라지 뭐예요. 이건 틀림없이 나를 가리키는 거예요."
킴블 씨가 동의했다.
"음."
"이렇게 여러 해가 지난 지금 좀 이상하다고 생각지 않나요, 짐?"
"음."
"대체 어떻게 하면 좋지요, 짐?"

"내버려두구려."

"만일 돈에 관한 일이라면?"

킴블 씨는 긴 이야기를 시작할 힘을 얻기 위해 목을 울리며 홍차를 마셨다. 그는 찻잔을 밀어 주며 이야기의 서두로서 간결하게 말했다.

"한 잔 더."

그리고 드디어 이야기를 시작했다.

"당신은 한때 세인트캐서린에서 있었던 일을 신나게 말했었소. 대부분 어이없는 일로 여겨져 나는 그리 마음에 두지 않았소. 여자들의 쓸데없는 수다라고 생각한 거요.

그런데 그게 아닌 모양이구려. 무슨 일이 일어난 듯하오. 그렇다면 그것은 어디까지나 경찰에서 할 일이지 당신이 끼어들 건 없소. 모두 지나간 다 끝난 일이 아니겠소? 내버려두오."

"그렇게 말하고 끝날 일이라면 좋아요. 하지만 유언장 속에 내게 남겨 준 돈이 있을지도 모르잖겠어요? 어쩌면 핼리데이 부인이 이제까지 살아 있다가 이번에 죽었기 때문에 유언으로 나에게 뭔가 남겨 주었을지도 몰라요."

"유언으로 당신에게 뭔가 남겨 준다고! 무엇 때문에? 음!"

킴블 씨는 경멸을 나타낼 때 곧잘 쓰는 단음절을 말끝에 덧붙였다.

"만일 비록 경찰이라 할지라도 말예요. 저, 여보, 살인범을 잡는 데 필요한 정보를 제공하는 사람에게는 흔히 엄청난 상금이 나오는 법이에요."

"뭘 제공하겠다는 거요? 당신이 알고 있는 건 모두 당신의 머리 속에서 만들어 낸 일뿐이잖소!"

"당신은 그렇게 말씀하시지만, 나는 내내 생각해 왔어요."

킴블 씨는 지긋지긋해져서 말했다.

"음!"

"그래요, 나는 생각해 왔어요. 신문에서 처음 광고를 본 뒤로 줄곧 말예요. 좀 잘못 생각했을지도 모르지만요. 레오니는 대부분의 외국인들처럼 좀 모자라서 들은 말을 제대로 이해할 수 없었던 거예요. 그 아이의 영어는 정말 형편없었거든요.

만일 그 아이가 내가 이해한 말과 다른 말을 한 것이었다면⋯⋯. 나는 그 남자 이름을 생각해 내려고 애를 썼지만⋯⋯ 만일 레오니 본 사람이 그였다면⋯⋯.

내가 당신에게 이야기했던 영화를 기억하세요? 〈비밀의 연인〉이라는 영화 말예요. 정말 가슴이 두근거렸어요. 맨 나중에 자동차 일로 추궁받게 되지요. 그는 그날 밤 휘발유 넣는 일을 보지 못한 것으로 해달라면서 자동차 수리공에게 5만 달러를 주었어요. 파운드로 계산하면 얼마나 되는지 모르겠지만 말예요.

⋯⋯또 한 남자도 거기에 있었어요. 남편은 질투 때문에 펄펄 뛰고 있었지요. 모두 그녀의 일로 미친 사람처럼 되어 있었어요. 그리고 맨 나중에⋯⋯."

킴블 씨는 의자를 삐걱거리며 뒤로 밀었다.

그는 천천히 무게 있게 권위를 잡고 일어섰다. 부엌을 떠나기 전에 그는 마지막으로 통고했다. 여느 때에는 명확하게 말하지 않는 그였지만 어떤 통찰력을 지닌 남자로서의 마지막 통고를 한 것이다.

"모두 내버려두오. 그렇지 않으면 틀림없이 후회하게 될 거요."

그는 개수대 옆으로 가서 장화를 신고——릴리는 부엌 마루의 청결에 대해 늘 잔소리가 많았다——밖으로 나갔다.

릴리는 테이블 앞에 앉아 있었다. 그녀의 민감하지만 어리석은 작은 두뇌는 열심히 생각을 계속하고 있었다.

물론 그녀는 남편 말에 맞대놓고 반대할 수는 없었다. 그러나 아무래도 짐은 사리를 분별할 줄 모르며 어리석다.

누군가 다른 사람에게 물어볼 수 있다면 좋겠는데, 누군가 정보 제공에 대한 보상금이며 경찰에 대해 잘 알고 있는 사람이 있으면 좋으련만. 좋은 돈벌이가 될 기회를 그냥 놓쳐 버리기는 아무래도 억울했다.
  라디오, 가정용 퍼머 세트, 러셀네 가게——멋있는 것투성이다——에 있는 분홍빛 코트⋯⋯. 그리고 될 수만 있다면 응접실에 놓을 제임스 왕조 시대 응접 세트⋯⋯. 앞을 내다보지 못한 채 그녀는 열심히 탐욕스럽게 계속 꿈꾸고 있었다. 여러 해 전 레어니는 정확하게 뭐라고 말했더라?
  그러다가 어떤 생각이 떠올랐다. 그녀는 자리에서 일어나 잉크병과 펜과 편지지를 가져왔다.
  무엇을 할 것인지 알고 있다고 그녀는 혼잣말로 중얼거렸다. 그 박사, 핼리데이 부인의 오빠에게 편지를 보내자. 그 사람이라면 내가 무엇을 어떻게 해야 할 것인지 가르쳐 줄 것이다⋯⋯. 만일 아직 살아 있다면⋯⋯. 아무튼 나는 양심에 맹세코 그에게 레어니의 일이며 그 자동차에 대해 결코 이야기하지 않았는걸.
  한참 동안 릴리는 열심히 펜을 달리는 소리 말고는 아무것도 듣지 못했다. 그녀는 편지쓰는 일이 좀처럼 없었기 때문에 문자를 엮어 나가는 데 꽤 많은 노력이 필요했다. 마침내 일을 다 끝내자 그녀는 편지를 봉투에 넣어 봉했다.
  그러나 그녀는 생각했던 것만큼의 만족감을 느끼지 못했다. 모르긴 해도 박사는 이미 죽어 버렸거나 딜머스를 떠났을 거라고 여겨졌다.
  그 밖에 또 누가 있었더라?
  이름이 뭐였지, 그 남자는?
  그것만 생각난다면⋯⋯.

The Girl Helen
## 소녀 헬렌

 자일스와 그웬더가 노섬벌랜드에서 돌아온 이튿날 아침 식사를 끝내고 났을 때 미스 마플이 찾아왔다. 그녀는 좀 미안해하는 얼굴로 들어왔다.
 "미안하군요, 이렇게 일찍 찾아와서. 다른 때는 이런 짓 하지 않아요. 하지만 무슨 일이 있어도 이야기해 둬야 할 것 같아서요."
 자일스는 그녀를 위해 의자를 당기며 말했다.
 "대환영입니다. 커피 드시겠습니까?"
 "아니에요, 괜찮아요. 됐어요. 아침 식사는 이미 충분히 하고 왔어요. 그러니 이야기를 좀 하게 해줘요. 당신들이 집을 비운 동안 친절하게 나에게 와 있어도 좋다고 해서 나는 잡풀이라도 뽑을까 하고 왔었어요."
 그웬더가 말했다.
 "어머나, 정말 고마워요."
 "그래서 1주일에 이틀 동안만으로는 이 정원을 손질하기에 아주 모자란다는 것을 절실하게 깨달았어요. 어떻든 포스터는 당신들이 잘 알지 못하는 것을 기회로 이용하고 있다고 생각해요. 차를 거푸 마시고 수다도 실컷 떨잖아요? 그러니 일은 언제 하겠어요?

그에게 하루 더 오게 한다는 건 소용없겠다 싶어 나는 1주일에 꼭 한 번씩만 다른 사람을 쓰기로 정했어요. 수요일 바로 오늘이에요."

자일스는 호기심이 생겨 그녀를 보았다. 그는 좀 놀라고 있었다. 친절한 마음에서일지 모르지만, 미스 마플의 행위는 좀 지나친 참견처럼 느껴졌다. 그리고 지나친 참견은 그녀에게 어울리지 않았다. 그는 천천히 말했다.

"저도 포스터는 힘든 일을 하기엔 나이가 너무 많다고 생각했었습니다."

"미안하군요, 자일스. 그 매닝이라는 남자는 더 나이가 많아요. 75살이랍니다. 그렇지만 그를 두세 번 임시로 쓰는 건 아주 현명한 방법일지도 모른다고 생각했어요. 그는 여러 해 전 케네디 박사 댁에서 일한 적이 있으니까요.

그건 그렇고, 헬렌과 관계가 있었던 젊은 남자의 이름은 애플릭이라고 하더군요."

자일스가 말했다.

"제인 아주머니, 저는 방금 전 마음속으로 당신에게 불평하고 있었습니다. 당신은 천재이십니다. 제가 케네디 박사로부터 헬렌의 필적 견본을 받은 일은 알고 계시겠지요?"

"알고말고요. 그가 그것을 가져왔을 때 내가 여기에 있었답니다."

"오늘 그것을 편지로 보낼 생각입니다. 지난 주일에 믿을 만한 필적 감정가의 주소를 알았으니까요."

그웬더가 말했다.

"정원에 나가 매닝을 만나 보지요."

소녀 헬렌

매닝은 허리가 굽고 까다롭게 생긴 노인으로 눈에 눈곱이 잔뜩 끼었지만 얼마쯤 빈틈없어 보였다. 집주인들이 가까이 다가감에 따라 그가 오솔길을 편편하게 고르고 있는 속도는 눈에 띄게 빨라졌다.

"안녕하십니까, 나리. 안녕하십니까, 마님. 여기 계시는 노마님께서 수요일에 임시로 할 일이 좀 있다고 하셔서 기꺼이 맡았습니다. 이 정원은 정말 너무 거칠어졌군요."

"여러 해 동안 그냥 내버려 두어서 그럴 거예요."

"그렇습니다. 저는 핀디슨 부인께서 계시던 무렵의 이 정원을 잘 기억합니다. 그 무렵에는 마치 그림 같았지요. 핀디슨 부인께선 정말 정원을 사랑하셨습니다."

자일스는 여유 있는 태도로 롤러에 기댔다. 그웬더는 장미나무 새싹을 가위로 잘라냈다. 미스 마플은 좀 깊숙이 들어가 덩굴풀 옆에 쪼그리고 앉았다.

매닝 노인은 갈퀴를 지팡이처럼 짚고 있었다. 모든 것이 옛날 좋았던 시절의 정원 가꾸기에 대해 여유있는 대화를 나눌 수 있는 분위기를 조성하고 있었다.

자일스가 말했다.

"당신은 이 부근의 정원을 거의 다 알겠군요."

"그렇지요. 이 부근의 일은 꽤 잘 안답니다. 사람들은 아주 기발한 것을 좋아했지요.

율 부인은 니아글라에서 자라신 분으로 주목 울타리를 다람쥐 모양으로 가꾸게 했답니다. 저는 공작이라면 몰라도 다람쥐라니 바보스럽다고 생각했었지요.

그리고 램퍼드 대령은 베고니아를 아주 잘 가꾸셨지요. 언제나 아름다운 베고니아 꽃밭을 만들었습니다. 꽃밭을 만드는 것도 요즘은 유행에 뒤떨어진 일이지만요.

제가 지난 6년 동안 앞뜰의 꽃밭을 몇 개나 묻어 버리고 잔디를 심었는지 말도 하고 싶지 않습니다. 이제는 모두 제라늄이며 멋있는 로벨리아로 가장자리를 꾸민 것 따위는 거들떠보지도 않게 된 모양입니다."
"케네디 박사 댁에서 일했다지요?"
"네, 퍽 오래 전 일이지요. 19년인지 20년쯤 되었을 겁니다. 그분도 옮겨 가시고 말았지요. 은퇴하셔서요. 지금은 크로스비 로지의 젊은 의사 브렌트의 시대지요. 그분은 좀 이상한 생각을 가지셨었습니다. 하얗고 작은 알약이니 뭐니 말이지요. 비타핀즈라고 합니다만."
"헬렌 케네디 양을 기억하시겠지요? 전의 박사님 여동생 말예요."
"그럼요, 헬렌 아가씨라면 알고말고요. 아주 귀여운 아가씨였지요. 머리칼이 길고 노랬습니다. 박사는 여동생을 참으로 소중히 여기셨지요. 아가씨는 결혼한 뒤 이 집으로 돌아와 사셨지요. 주인 어른은 인도에서 돌아온 육군 소령이었습니다."
그웬더가 말했다.
"그래요, 우리도 알아요."
"아, 그렇군요. 토요일 밤에 들었는데, 나리님과 마님은 그분의 친척이시라더군요.

학교에서 처음 돌아왔을 때 헬렌 아가씨는 그림처럼 예뻤어요. 아주 명랑한 분이었지요. 어디에나 가고 싶어하셨습니다. 댄스며 테니스며 무엇이든지 다 하고 싶어하셨지요.

그래서 나는 테니스 코트를 정비해야만 했습니다. 20년 가까이 쓰지 않았던 걸 말입니다. 떨기나무가 하나 가득 우거져 있어 굉장했지요. 그걸 모두 베어냈답니다. 그리고 석회를 잔뜩 가져다가 줄을 그었지요. 아주 굉장한 공사였어요.

그러나 결국 테니스는 얼마 하지 못했습니다. 그건 참으로 이상한 사건이었다고 언제나 생각하고 있었지요."
자일스가 물었다.
"이상한 사건이라니, 뭐가요?"
"테니스 네트 사건이에요. 어느 날 밤 누군가가 와서 네트를 갈가리 찢어 버렸답니다. 아주 못쓰게 말입니다. 네트는 그냥 끈처럼 되어 버렸더군요. 원한이라고 해도 좋을 겁니다. 그렇게밖에는 생각할 수가 없지요, 원한에 의한 범행이라고밖에는."
"하지만 대체 누가 그런 짓을 했지요?"
"박사가 알고 싶어한 것도 바로 그것이었지요. 그분은 불같이 화를 냈는데, 무리도 아닌 일이었습니다. 네트 값을 치른 지 얼마 되지 않은 때였으니까요. 그렇지만 누가 했는지 우리는 전혀 알지 못했지요. 정말 몰랐습니다. 박사는 새 네트를 살 생각이 없다고 했는데, 그것은 당연하지요. 왜냐하면 원한으로 한 짓이라면 한 번 한 짓을 또 할지도 모르는 일이니까요.

그러나 헬렌 아가씨는 좀처럼 화내지 않았습니다. 헬렌 아가씨는 운이 나빴던 거지요. 처음에는 그 네트가 그리 되었고, 다음에는 다리를 다쳤어요."
그웬더가 물었다.
"다리를 다쳤다고요?"
"네, 구두 닦는 매트인지 뭔지에 넘어져 다쳤답니다. 그냥 슬쩍 벗겨진 정도로밖에 보이지 않았는데 좀처럼 낫지 않았습니다. 박사님은 무척 걱정하셨지요. 붕대를 감고 약을 발라 주기도 했지만 낫지 않았답니다. 박사님이 이렇게 말씀하셨던 게 생각납니다.

'도무지 모르겠군. 아마 틀림없이 무슨 병균이——병균 내지는 그 비슷한 말이었을 거예요——저 매트에 묻어 있었나 보다. 어찌

되었든 대체 어째서 매트가 현관 앞 뜰 한복판에 나와 있었을까?'
 헬렌 아가씨는 밤에 어두워진 뒤 걸어서 돌아오다가 현관 앞 뜰에 있는 매트에 걸려 넘어졌거든요. 가엾게도 아가씨는 댄스 파티에도 못 가게 되고 다리를 올려놓은 채 꼼짝 않고 앉아 있어야만 했지요. 아가씨에게는 마치 불운이 붙어다니는 것으로밖에 여겨지지 않았습니다."
자일스는 좋은 기회라고 여겨 아무렇지도 않게 물었다.
"애플릭이라던가 하는 남자 기억하시오?"
"네, 재키 애플릭 말씀입니까? 페인 앤드 워치먼 사무소에서 일하고 있었던 사람이지요?"
"그렇소. 그는 헬렌 양의 친구였소?"
"어이없는 이야기였지요. 박사가 한사코 말린 것도 당연한 일이었습니다. 재키 애플릭은 정말 하찮은 남자였습니다. 좀 너무 약삭빠른 남자 같았지요. 그런 사람은 결국 스스로 자기 목을 매게 되는 법이지요.
 그 남자는 여기 오래 있지 않았습니다. 있기 거북해진 거지요. 시원하게 잘 쫓아 버린 것입니다. 그런 사람은 딜머스에 있지 않는 게 좋습니다. 어디든 다른 고장에 가서 잘해 나가는 게 더 좋지요. 그 남자는 그렇게 했지만요."
그웬더가 물었다.
"그 테니스 네트가 찢어졌을 때 그도 거기에 있었나요?"
"네. 마님께서 뭘 생각하시는지 모르겠습니다만, 그 남자는 그런 얼빠진 짓은 하지 않습니다. 재키 애플릭은 좀더 영리했으니까요. 그런 짓을 한 게 누구였든 원한 때문임이 틀림없어요."
"헬렌에게 원한을 가질 만한 사람이 있었던가요? 적의를 느낄 만한 사람이?"

매닝 노인은 함축성 있게 슬그머니 웃었다.
"젊은 부인들 가운데에는 적의를 느낀 사람이 있었을지도 모릅니다. 헬렌 아가씨만큼 아름답지 못한 여자라면 말이지요. 그리고 대부분 아가씨만 못했습니다. 그건 단순한 어리석은 장난이었다고 나는 생각하고 싶습니다. 악의 있는 건달이라든가 뭐 그런 녀석들의 짓이었겠지요."
그웬더가 물었다.
"헬렌은 재키 애플릭에게 퍽 마음이 있었던 게 아닐까요?"
"헬렌 아가씨가 어떤 젊은 남자에게 관심을 가졌다고는 생각할 수 없습니다. 다만 스스로 즐기고 싶은 마음뿐이었겠지요. 물론 남자들 가운데에는 아주 열중했던 사람도 있었지만요. 월터 페인도 그 가운데 한 사람이었지요. 아가씨 뒤를 개처럼 졸졸 쫓아다녔습니다."
"하지만 그녀는 조금도 마음이 없었나 보지요?"
"헬렌 아가씨는 마음이 전혀 없었던 모양이었습니다. 그냥 웃기만 했지요. 그 남자는 외국으로 가버렸습니다. 나중에 다시 돌아왔지만. 지금은 그 사무소의 소장이지요. 한 번도 결혼하지 않은 채 말입니다. 여자란 남자의 인생에 여러 가지로 말썽을 일으키는 법이지요."
그웬더가 물었다.
"당신은 결혼했나요?"
매닝 노인이 말했다.
"제 아내는 벌써 둘이나 먼저 저세상으로 갔습니다. 하지만 불평할 수는 없지요. 이제는 내키는 곳에서 마음놓고 담배도 피울 수 있으니까요."
그 뒤로는 조용해져서 그는 다시 갈퀴를 집어 들었다. 자일스와 그웬더는 집 쪽으로 오솔길을 걸어서 돌아갔고 미스 마플은 덩굴풀 뽑기를 단념하고 두 사람 사이에 끼어들었다.
그웬더가 말했다.
"제인 아주머니, 어쩐지 불편하신 것 같은데 무슨 일이라도 있었나요?"
"아무것도 아니에요."
이 노부인은 잠시 사이를 두고 나서 강조하듯 말했다.
"나는 그 테니스 네트 이야기가 마음에 걸려요. 갈기갈기 찢어 버리다니, 아무리 옛날 일이지만."
그녀는 이야기를 멈췄다. 자일스가 호기심 어린 눈으로 그녀를 보았다.
"저는 잘 모르겠습니다만."
"모르겠어요? 나는 무서울 만큼 분명한 일로 여겨지는군요. 하지만 당신은 모르는 편이 좋을지도 몰라요. 어떻든 내가 잘못 생각한 건지도 모르지요. 자, 노섬벌랜드에서는 어떻게 되었는지 이야기해 줘요."
그들은 자기들이 활약한 이야기를 들려주고 미스 마플은 열심히 들었다.
그웬더가 말했다.
"정말 처참할 정도였어요, 비극이라고 해도 좋을 만큼."
"그래요, 정말 그렇군요. 가엾기도 해라."
"저도 그렇게 느꼈습니다. 그 사람은 굉장히 괴로워할 겁니다."
"그가? 아, 네, 그렇군요. 물론이지요."
"하지만 당신이 말씀하시는 것은……."
"네, 그래요. 나는 그녀의 일을 생각하고 있어요. 그 부인 말예요. 그 부인은 아마도 남편을 진정으로 깊이 사랑하는 모양이군요. 그는 그녀가 자신에게 어울리는 사람이라서 결혼했겠지요. 어쩌면 그녀를 가엾게 여겼을지도 몰라요. 실제로는 매우 불공평한 일이지만 남자들이 곧잘 말하는 동정심과 분별 있는 이유 때문에 결혼했겠지요."
자일스가 작은 목소리로 시구를 인용했다.

  나는 백 가지나 되는 사랑을 안다
  그리고 그 하나하나가 연인을 슬프게 만든다.

미스 마플은 그에게로 몸을 돌렸다.
"그래요, 그 말이 맞아요. 질투란 일반적으로 원인이 있어서 일어나는 게 아니지요. 그건 좀더, 뭐라고 하면 좋을까? 좀더 깊은 곳에 뿌리를 박고 있어요. 자신의 사랑이 이루어지지 않는다는 인식이 밑받침하고 있지요.

그러므로 사람들은 사랑하는 사람이 다른 누군가에게 마음을 빼앗기게 되면 다시 돌아와 주기를 기다리며 계속 지켜보고 기대해요. 그것은 거듭거듭 똑같이 되풀이하여 일어나지요.

어스킨 부인은 남편 때문에 인생이 지옥처럼 되어 버렸어요. 남편 또한 그것을 어떻게도 할 수 없어 그녀 때문에 인생을 지옥으로 만들고 말았지요. 하지만 가장 괴로운 사람은 그녀라고 생각해요. 그렇다 해도 그는 정말은 아내를 좋아하는 게 아닐까요?"
그웬더가 크게 외쳤다.
"그럴 리 없어요."
"어머나, 그웬더, 당신은 아직 어려요. 그는 결코 아내를 버리지 않았잖아요? 그건 의미있는 일이에요."
"아이들 때문이지요. 그게 그의 의무였기 때문이에요."

미스 마플이 말했다.
"아마도 아이들 때문이겠지요. 하지만 남자들은 아내에 관해서만은 그리 의무에 무게를 두지 않는 것 같더군요. 공적인 경우는 다르지만."
자일스가 웃었다.
"당신은 놀라울 만큼 짓궂으시군요, 제인 아주머니."
"어머나, 자일스. 난 그렇지 않기를 간절히 바라요. 누구든 언제나 사람이라는 존재에 희망을 갖는 법이지요."
그웬더가 생각에 잠긴 어조로 말했다.
"저는 아무래도 월터 페인은 아닌 것 같아요. 그리고 어스킨 소령도 아니라고 확신해요. 저는 소령이 아니라는 걸 알 수 있어요."
미스 마플이 말했다.
"감정이란 언제나 믿을 수 없는 안내인이지요. 가장 아닐 것 같은 사람이 실제로는 사고를 치지요. 내가 사는 작은 마을에서도 굉장한 소동이 있었답니다.

크리스마스 클럽의 회계원이 기금을 모조리 말에 걸어 버린 것을 알았던 거예요. 그는 경마뿐 아니라 모든 내기며 노름을 비난해 왔어요. 그의 아버지가 마권 장사를 했는데, 그의 어머니에게 심하게 굴었거든요. 그 때문인지 괜히 그는 인텔리적인 말투를 쓰곤 했지만, 아무튼 굉장히 착실했어요.

그런데 어느 날, 그는 우연히 자동차를 타고 뉴마켓 가까이에 볼일이 있어 다녀오던 길에 몇 마리의 말을 조련하는 것을 봤어요. 그로부터 모든 게 바뀌어 버린 거예요. 피는 못 속이는 법이지요."
자일스는 엄하게, 그러나 얼마쯤 재미있어 하는 것처럼 입을 일그러뜨리고 말했다.
"월터 페인과 리처드 어스킨은 혈통으로 본다면 두 사람 다 의심할 여지가 없을 것 같습니다. 그러나 또 살인이란 전혀 경험이 없는 사람이 저지르는 범죄일 때가 많지요."
미스 마플이 말했다.
"중요한 건 두 사람 다 거기에 있었다는 사실이에요, 그 현장에. 월터 페인은 이 딜머스에 있었어요. 어스킨 소령은 그 자신이 한 설명에 의하면 헬렌 핼리데이가 죽기 조금 전 함께 있었지요. 그리고 그는 그날 밤 얼마 동안 호텔로 돌아가지 않았어요."
그웬더가 끼어들었다.
"하지만 그는 솔직하게 그 이야기를 했어요."
미스 마플이 엄한 눈으로 그녀를 보았다.
"나는 그저 강조하고 싶었을 뿐이에요. 현장에 있었다는 사실의 중요성을."
그녀는 두 사람을 차례로 보았다.
"재키 애플릭의 주소를 찾아내는 건 문제없다고 생각해요. 대퍼딜 버스를 경영한다니까 곧 알 수 있을 거예요."
자일스가 고개를 끄덕였다.
"내가 알아보지요. 아마 전화번호부에 있을 겁니다."
그리고 그는 잠시 사이를 두고 다시 말했다.
"우리가 만나러 가야 한다고 생각하십니까?"
미스 마플은 잠시 기다렸다가 대답했다.
"만일 만난다면 아주 조심해야 해요. 그 정원사 노인이 아까 한 말을 잊지 말아요. 재키 애플릭은 영리하다고 했어요. 부디, 부디 조심해요······."

J.J. Afflick
# J.J. 애플릭

1

대퍼딜 버스와 데번 앤드 도시트 관광회사의 경영자인 J.J. 애플릭은 전화번호부에 두 가지 번호가 실려 있었다. 엑세터에 있는 사무소 전화번호와 시 외곽의 자택 전화번호였다. 면회 약속은 이튿날 아침으로 정해졌다.

자일스와 그웬더가 자동차로 막 떠나려는데 코커 부인이 뛰어나와 손짓을 했다. 자일스는 브레이크를 걸어 자동차를 세웠다.

"나리, 케네디 박사에게서 전화가 왔습니다."

자일스는 자동차에서 내려 뛰어서 들어갔다. 그는 수화기를 집어 들었다.

"자일스 리드입니다."

"안녕하시오. 지금 좀 이상한 편지를 받았소. 릴리 킴블이라는 여자에게서 온 편지요. 누구였는지 무척 애써서 생각해 보았는데, 처음에는 어디 갔는지 알지 못하고 있는 환자 가운데 하나라고 여겼지요.

그런데 아무래도 옛날에 세인트캐서린에서 일했던 소녀가 틀림없는 것 같소. 내가 그녀를 알았던 무렵은 잔심부름하는 하녀였소. 성은 생각나지 않소만, 이름은 틀림없이 릴리였던 것 같소."
"릴리라는 소녀가 있었습니다. 그웬더가 기억하더군요. 고양이에게 리본을 달아 주었다고 합니다."
"그웨니의 기억력은 놀랍구려."
"네, 그렇습니다."
"그런데 이 편지에 대해 좀 이야기하고 싶소만…… 전화로 말고. 내가 찾아가면 집에 있겠소?"
"우린 지금 마침 엑세터로 떠나려던 참이었습니다. 괜찮으시다면 가는 길이니 댁에 들르면 어떻겠습니까?"
"아, 그렇소? 그렇게 해준다면 참으로 고맙겠소."
두 사람이 도착하자 박사는 설명했다.
"나는 전화로 이 일을 자세히 말하고 싶지 않았소. 시골 전화 교환원이 이야기를 엿듣는지 모른다고 늘 생각했기 때문이오. 자, 이것이 그 여자의 편지요."
그는 테이블 위에 편지를 펴놓았다.
편지는 줄이 그어져 있는 값싼 편지지에 교양 없는 필적으로 씌어 있었다.

안녕하세요, 박사님.
여기에 동봉한 신문 조각에 대해 박사님께서 제게 충고해 주신다면 참으로 고맙겠습니다.
저는 많이 생각했고 남편과도 의논했지만 어떻게 하는 게 가장 좋을지 모르겠습니다. 박사님께서는 이것이 돈이나 상금에 관계된 일이라고 생각하세요? 왜냐하면 저는 돈을 갖고 싶지만 경찰이니 그런 데 관련되는 것은 싫으니까요.

저는 핼리데이 부인이 집을 나간 그날 밤의 일에 대해 오래 생각했습니다. 그리고 저는 부인이 결코 집을 나가지 않았다고 생각합니다. 가방에 꾸린 옷들은 부인이 직접 고를 만한 옷들이 아니니까요.

저는 처음에는 나리께서 한 일이라고 생각했지만, 지금은 그렇게 여기지 않습니다. 왜냐하면 저는 창문으로 자동차를 보았거든요. 그것은 아주 멋진 자동차로 전에도 본 적이 있는 것이었어요.

그러나 저는 먼저 박사님께 경찰이 개입된 일인지 여쭙기 전에는 아무것도 말하고 싶지 않습니다. 저는 경찰이 하는 일에 말려들고 싶지 않으며, 남편도 그런 일은 싫어합니다.

만일 다음 목요일에 괜찮으시면, 박사님을 뵈러 가겠습니다. 그날은 장날이어서 남편이 없으니까요. 그때 만나 주신다면 아주 고맙겠습니다. 안녕히 계십시오.

릴리 킴블

케네디가 말했다.
"딜머스의 옛날 내 집으로 왔다 하오. 거기서 다시 이리로 보내온 거지요. 오려 낸 신문 쪽지는 당신이 낸 광고요."
그웬더가 말했다.
"어머나, 멋있어요. 이 릴리는…… 보세요…… 그녀는 우리 아버지가 한 일이라고 생각지 않잖아요."
그녀는 몹시 기뻐했다. 케네디 박사는 지친 듯한 인정 어린 눈길로 그녀를 보았다.

그가 차분하게 말했다.
"다행이오, 그웨니. 당신 말대로라면 좋겠군. 그럼, 우리는 이렇게 하는 편이 좋겠다고 생각되오.

 나는 그녀에게 답장을 써서 목요일에 이리로 오도록 하겠소. 기차 연락은 매우 편리하니까 딜머스 역에서 갈아타면 4시 30분 조금 지나 여기에 닿을 거요. 당신들이 그날 오후에 올 수 있다면 함께 그녀를 만나 이야기합시다."
자일스가 말했다.
"좋습니다."
그는 시계를 흘끗 본 뒤 말했다.
"자, 그웬더, 서둘러야겠소."
그러고 나서 케네디 박사를 돌아보며 설명했다.
"우리는 약속이 있답니다. 대퍼딜 버스의 애플릭 씨와 만나기로 되어 있습니다. 아마 그는 바쁜 사람인 모양입니다."
케네디 박사는 이맛살을 찌푸렸다.
"애플릭? 그야 그럴 테지! '데번 관광은 대퍼딜 관광 버스'니까! 소름끼칠 것 같은 버터 빛깔의 큰 괴물이오. 그러나 그 이름을 다른 일로 들었던 것 같소만."
그웬더가 말했다.
"헬렌이에요."
"뭐라고? 설마 그 남자가?"
"그렇습니다."
"그 남자는 보잘것없는 비열한 사람이었는데, 그렇다면 그가 사회에서 출세했단 말이오?"
자일스가 말했다.
"한 가지만 가르쳐 주십시오. 박사님께서 그 남자와 헬렌이 사귀는 것을 못하게 하셨다지요? 그건 다만 그의…… 저, 헬렌과 다른 신분 때문이었습니까?"

케네디 박사는 무뚝뚝한 눈길로 그를 바라보았다.

"나는 옛날 사람이오. 현대의 교리에 의하면 사람은 모두 평등하며 착하다고 하오. 도덕적으로는 확실히 옳은 말이오. 그러나 누구나 태어난 상황이라는 게 있소. 그리고 그 상황에 머물러 있는 게 가장 행복한 거요. 나는 그가 나쁜 녀석이라고 판단했었소. 그것은 나중에 분명해졌었지요."

"구체적으로 그가 무슨 짓을 했습니까?"

"지금은 잘 기억나지 않지만, 아마 그는 페인의 사무소에서 일하는 동안 손에 넣은 정보로 돈을 벌려고 했을 거요. 사무소 손님에 관한 어떤 비밀스러운 문제로."

"그는 해고된 데 대해 화를 내고 있었습니까?"

케네디 박사는 날카로운 눈길로 그를 보며 간단하게 대답했다.

"그렇소."

"그가 여동생과 사귀는 것을 싫어하신 까닭은 그뿐입니까? 그가……저…… 어떤 점으로 이상하다고 여기신 일은 없습니까?"

"당신이 그 문제를 꺼냈으니 솔직히 대답하겠소. 나로선 아무래도, 특히 그가 일자리에서 해고된 뒤 불안정한 기질의 징후를 몇 가지 보인 것으로 여겨졌소. 좀더 분명히 말하면 피해망상증의 초기 징후였소. 그러나 그 뒤 그가 출세한 걸 보면 그 징후는 언제까지나 계속된 게 아니었던 모양이구려."

"누가 그를 해고했습니까? 월터 페인입니까?"

"월터 페인이 관계했었는지 어떤지는 모르겠소. 아무튼 그 사무소에서 해고된 것만은 사실이오."

"그래서 그는 자기가 희생되었다고 불평했습니까?"

케네디 박사는 고개를 끄덕였다.

"알겠습니다. 자, 우리는 바람처럼 자동차를 몰아야겠군. 그럼, 박사님, 목요일에 뵙겠습니다."

2

새로 지은 집이었다. 눈처럼 흰 집으로, 널찍한 창문이 커다랗게 곡선을 그리고 있었다.

두 사람은 호화로운 홀을 지나 서재로 안내되었다. 큼직한 크롬을 씌운 책상이 서재 절반을 차지하고 있었다. 그웬더는 신경질적으로 자일스에게 소곤거렸다.

"제인 아주머니가 안 계셨더라면 우리는 정말 무엇을 어떻게 했을지 모르겠군요. 무슨 일이 있을 때마다 늘 아주머니께 의지하니 말예요. 처음에는 노섬벌랜드에 사는 아주머니의 친구, 그리고 이번에는 아주머니의 마을 목사님 부인이 관련된 보이즈 클럽의 연중 행사인 소풍에 관한 일이니까요."

문이 열리자 자일스는 손을 들어 보였다. J.J. 애플릭이 큰 파도처럼 여유있는 태도로 방에 들어왔다.

그는 몸집이 다부진 중년 남자로 강렬한 느낌의 체크 무늬 양복을 입고 있었다. 그 눈은 검고 재빨라 보였으며, 얼굴빛은 붉고 인상이 좋았다. 그는 전형적인 성공한 경마 도박사를 닮아 있었다.

"리드 씨지요? 안녕하십니까? 잘 오셨습니다."

자일스는 그웬더를 소개했다. 그녀는 자기 손이 좀 과장된 열의를 담은 큰 손에 꽉 쥐어지는 것을 느꼈다.

"그래, 무슨 볼일입니까, 리드 씨?"

애플릭은 큰 책상 앞에 앉아 줄무늬 마노 상자에서 담배를 꺼내 권했다.

자일스는 보이즈 클럽의 소풍 이야기를 꺼냈다. 그는 오랜 친구가 그 클럽의 후원자라서 이틀 동안의 데번 관광 여행을 꼭 준비해 주고 싶다고 했다.
 애플릭은 사무적인 태도로 곧 비용을 대강 계산하고 몇 가지 생각나는 일을 이야기해 주었다. 그러나 그 얼굴에 당황한 표정이 희미하게 떠올라 있었다.
 그는 마지막으로 말했다.
 "이 일은 이 정도면 충분하겠지요, 리드 씨? 나중에 확인서를 보내 드리겠습니다. 그러나 이것은 틀림없는 회사 일이군요. 우리 사무원으로부터 당신이 우리 집에서 개인적인 일로 만나고 싶어한다는 이야기를 들었습니다만."
 "그렇습니다, 애플릭 씨. 우리가 뵙고 싶어한 용건은 두 가지였습니다. 하나는 지금 처리해 주셨습니다. 또 하나는 완전히 개인적인 용건입니다.
 여기 있는 내 아내는 자신의 새어머니였던 분과 연락을 취하고 싶어합니다. 여러 해 동안 만나지 못했거든요. 그래서 어쩌면 당신이 도와주실 수 있을지도 모르겠다고 생각해서⋯⋯."
 "그분의 이름을 가르쳐 주신다면⋯⋯. 내가 그분을 알고 있다고 생각하신 거로군요?"
 "예전에 알고 지내셨다더군요. 헬렌 핼리데이라고 합니다. 결혼 전에는 헬렌 케네디였습니다."
 애플릭은 가만히 앉은 채 눈을 가늘게 뜨고 의자를 천천히 뒤로 기울였다.
 "헬렌 핼리데이, 생각나지 않는데요⋯⋯. 헬렌 케네디."
 자일스가 말했다.
 "옛날에는 딜머스에서 살았습니다."
 애플릭의 의자 다리가 갑자기 내려왔다. 그리고 말했다.
 "알겠습니다. 그렇습니다, 네!"

그의 동그랗고 붉은 얼굴이 기쁜 듯 환해졌다.
"헬렌 케네디! 네, 기억납니다. 그렇지만 아주 오래전 일입니다. 20년은 될 거요."
"18년 전입니다."
"그렇습니까? 속담에도 있지만 정말 세월은 쏜살같군요. 그러나 미안하지만 당신들을 실망시켜드리게 되겠는데요, 리드 부인. 나는 그때 이후로는 헬렌을 전혀 만나지 못했고 소문을 들은 일도 없습니다."
그웬더가 말했다.
"어머나, 어쩌지요? 정말로 실망이군요. 당신이라면 힘이 되어 주실 거라 생각했었는데요."
"무슨 문제라도 있었습니까?"
그의 눈이 반짝이며 재빠르게 두 사람의 얼굴을 차례로 보았다.
"집안 싸움입니까? 아니면 집을 나갔습니까? 돈 문제입니까?"
그웬더가 말했다.
"새어머니가 집을 나가셨어요. 별안간……딜머스에서……18년 전……누군가와 함께."
재키 애플릭은 재미있어하는 것 같았다.
"그녀가 나와 함께 나갔을지도 모른다고 생각하신 모양이군요? 그것은 또 어째서입니까?"
그웬더는 결단성 있게 말했다.
"우리가 들은 바로는 당신과……그녀는 예전에……저……서로 좋아하셨다고 하기에…….''
"나와 헬렌이? 아, 네, 그러나 그건 아무것도 아닌 일이었습니다. 그냥 소년과 소녀의 이야기였지요. 둘 다 그것을 진지하게 생각하지는 않았답니다."

그는 무뚝뚝하게 덧붙였다.

"그렇게 해선 안 될 분위기였지요."

"우리를 몹시 무례하다고 생각하시겠지만……."

그웬더가 말하려 하자 그는 가로막았다.

"그런 건 아무려면 어떻습니까? 나는 아무렇지도 않습니다. 당신들은 어떤 사람을 찾고 싶어 내가 힘이 되어 줄지도 모른다고 생각했겠지요? 그렇다면 아무 염려 마시고 뭐든지 물어보십시오. 아무것도 감추거나 하지는 않을 테니까요."

그는 깊이 생각하는 것처럼 그웬더를 그윽이 바라보았다.

"그럼, 당신이 핼리데이 소령의 따님입니까?"

"네, 아버지를 아세요?"

그는 고개를 저었다.

"나는 일 때문에 딜머스에 갔을 때 한 번 헬렌을 만나러 찾아간 일이 있었지요. 그녀가 결혼해서 그곳에 산다는 말을 들었습니다. 그녀는 정중히 맞아 주었지요."

그의 말이 잠시 끊어졌다.

"그러나 나에게 저녁 식사 때까지 있다가 가라는 말은 하지 않더군요. 그래서 당신 아버지는 만나지 못했었지요."

그웬더는 생각했다. 그가 '나에게 저녁 식사 때까지 있다가 가라는 말은 하지 않았다'고 한 말에는 원망스러운 투가 담겨 있던가?

"그녀는……혹시 기억하신다면……행복해 보였나요?"

애플릭이 어깨를 으쓱했다.

"네, 그야 뭐. 그러나 무척 옛날 일입니다. 만일 그녀가 불행해 보였다면 기억하고 있을 겁니다."

그는 아주 당연한 호기심을 느끼고 있는 듯했다.

"18년 전 딜머스에서 만난 이후 그녀에 대해 아무것도 듣지 못했다는 말인가요?"
"네, 아무것도."
"편지도 없었나요?"
자일스가 말했다.
"편지가 두 통 왔다더군요. 그러나 그녀가 쓴 게 아니라고 여겨지는 점이 있습니다."
"그녀가 쓴 게 아니라고 생각한단 말입니까? 어쩐지 미스터리 영화처럼 들리는군요."
"우리도 그렇게 생각해요."
"의사인 그녀의 오빠는 어떻습니까? 그도 헬렌이 있는 곳을 모르던가요?"
"네."
"과연, 이건 틀림없이 미스터리 같군요. 사람을 찾는 광고를 내면 어떻겠습니까?"
"광고는 벌써 냈지요."
애플릭이 무심히 말했다.
"그녀는 죽어 버린 것 같군요. 당신들 귀에만 들어오지 않았을 뿐."
그웬더가 몸을 떨었다.
"춥습니까, 리드 부인?"
"아니에요. 헬렌의 죽음을 생각했기 때문이에요. 그녀가 죽었다니 생각하고 싶지도 않아요."
"당신 말이 맞습니다. 나도 그렇게 생각하고 싶지는 않습니다. 그런 훌륭한 미인이……."
그웬더는 충동적으로 말했다.
"당신은 그녀를 아셨어요. 잘 아셨지요. 내게는 아주 어렸을 때 기억밖에 없어요. 그녀는 어떻게 생겼었나요? 다른 사람들은 모두 그녀를 어떻게 생각했었나요? 그리고 당신은 어떻게 생각했었지요?"
그는 한참 동안 그웬더를 바라보았다.
"솔직하게 말하지요, 리드 부인. 그것을 믿고 안 믿는 것은 당신의 자유입니다. 나는 그녀를 가엾게 여겼었습니다."
그녀는 그에게로 당혹한 눈길을 돌렸다.
"가엾게?"
"그뿐입니다. 그때 그녀는 학교를 졸업하고 집에 돌아와 있었지요. 어떤 아가씨나 모두 그렇듯 얼마쯤 즐거운 일을 찾고 있었습니다. 그런데 그 완고한 중년의 오빠는 몹시 간섭이 심했습니다. 그 때문에 그녀는 아무 즐거움도 누릴 수 없었지요.

그래서 나는 그녀를 데려다가 아주 조금 그녀에게 인생이라는 것을 보여 주었습니다. 내가 진정으로 그녀에게 반해서 열중한 것도 아니고 그녀도 나에게 열중하지는 않았습니다. 그녀는 다만 대담한 행동을 해서 즐기는 게 마음에 들었던 거지요.

그러는 동안에 우리가 만나는 일이 사람들에게 알려져 박사가 방해를 했지요. 그를 비난하는 건 아닙니다. 지체가 달랐으니까요.

우리는 굳이 약혼이니 하는 건 하지 않았습니다. 언젠가는 나도 결혼할 생각이었지요. 그러나 좀더 어른이 될 때까지 기다릴 생각이었습니다. 게다가 나는 성공하고 싶었고, 성공하는 데 힘이 되어 줄 아내를 찾을 생각이었지요.

헬렌에게는 재산이 전혀 없었고, 어쨌든 어울리는 혼담이 못 되었을 겁니다. 우리는 다만 좋은 친구였고, 조금은 연애 비슷한 마음을 갖고 있었을 뿐입니다."
"당신은 박사를 몹시 못마땅하게 여겼겠군요?"

"그야 분명 화가 났었지요. 너는 쓸모없는 사람이라는 말을 듣는다면 누구나 기분이 좋지는 않을 테니까요. 그러나 화낸들 무슨 소용이 있겠습니까?"
자일스가 물었다.
"그러다가 일자리를 잃으셨나요?"
애플릭의 표정은 그리 유쾌해 보이지 않았다.
"해고되었지요. 페인 앤드 위치먼 사무소에서 쫓겨났습니다. 나는 그것이 누구 때문이었는지 잘 알고 있었습니다."
"네?"
자일스가 저도 모르게 묻는 듯한 투가 되었으나, 애플릭은 고개를 저었다.
"나는 아무 말도 할 생각이 없습니다. 다만 알고 있으면 됩니다. 나는 억울한 누명을 쓴 겁니다. 그뿐이지요. 그리고 누가 꾸민 흉계인지도 짐작하고 있습니다. 그리고 그 까닭까지도!"
그의 얼굴이 벌개졌다.
"더러운 방법입니다. 사람을 염탐하고, 교묘하게 함정을 파며, 있지도 않은 거짓말을 퍼뜨리니 말입니다. 아, 내게는 분명 적이 있었습니다. 그러나 나는 결코 그들에게 당한 채 가만히 있지 않았습니다. 반드시 당한 것만큼 갚아 왔지요. 그리고 잊지도 않았습니다."
그는 입을 다물었다. 갑자기 태도가 본래대로 돌아와 다시 웃음짓는 얼굴이 되었다.
"그런 이유로 죄송합니다만 도움이 되어 드리지 못하겠군요. 나와 헬렌의 가벼운 장난일 뿐이었습니다. 깊은 관계로 들어갔던 것도 아니었지요."
그웬더는 뚫어지게 그를 지켜보았다. 이야기는 분명했다. 그러나 진실일까? 그녀는 생각해 보았다. 뭔가 걸리는 게 있었다. 그 무엇인가가 그녀의 마음 표면에 떠올라 왔다.
그녀가 말했다.
"그래도 그 뒤 딜머스로 가셨을 때 그녀를 찾아가셨지요?"
그가 웃었다.
"한 대 맞았는데요, 리드 부인. 분명 나는 찾아갔습니다. 아마도 내가 무뚝뚝하게 생긴 변호사의 사무소에서 쫓겨났다는 것만으로 살아갈 힘을 잃지는 않았다는 것을 그녀에게 보여 주고 싶어서였겠지요. 나는 좋은 일을 하고 있었고, 멋진 자동차를 몰고 다니며 내 힘으로 훌륭하게 잘해 나가고 있었으니까요."
"그녀를 한 번만 찾은 게 아니었겠지요?"
그는 한순간 망설였다.
"두 번, 어쩌면 세 번이었나 봅니다. 그냥 들렀을 뿐이었지요."
그는 별안간 분명하게 고개를 끄덕였다.
"미안합니다, 도움이 되어 드리지 못해서."
자일스는 자리에서 일어섰다.
"바쁘신데 방해드려 매우 죄송했습니다."
"원, 천만의 말씀을. 옛날 이야기를 하는 것도 기분 전환이 되어 좋지요."
문이 열리고 한 부인이 안을 들여다보더니 당황하여 변명했다.
"어머나, 미안해요. 손님이 계신 줄 모르고 그만."
"괜찮으니 들어오시오. 내 아내입니다. 이분들은 리드 부부시오."
애플릭 부인은 그들과 악수했다. 키가 크고 여위었으며 표정이 어쩐지 쓸쓸해 보이는 부인으로 놀랍도록 고급스러운 옷을 입고 있었다. 애플릭이 말했다.
"함께 옛날 이야기를 했소. 당신을 만나기 훨씬 전의 일이오, 도로

시."
그는 두 사람 쪽으로 돌아섰다.
"아내와는 유람선 위에서 알게 되었지요. 이 부근 사람이 아니랍니다. 풀테럼 경의 사촌이지요."
그는 자랑스러운 듯했다. 여윈 부인의 얼굴이 빨개졌다.
자일스가 말했다.
"여행이란 정말 좋은 거지요."
애플릭이 말했다.
"매우 교육적이기도 하고요. 나는 뭐 이렇다 할 교육을 받지 못했지만 말입니다."
애플릭 부인이 말했다.
"나는 늘 저분에게 말씀드린답니다. 언젠가 그리스로 가는 유람선을 꼭 타보아야 한다고 말예요."
애플릭이 말했다.
"시간이 없소. 나는 바쁘오."
자일스가 말했다.
"언제까지나 방해해선 안 되겠군요. 그럼, 실례합니다. 참으로 고마웠습니다. 소풍 가는 경비에 대한 것은 알려 주시겠지요?"
애플릭은 현관까지 두 사람을 배웅했다. 그웬더는 어깨 너머로 흘끗 돌아보았다. 애플릭 부인은 서재 앞에 서 있었다. 그녀의 얼굴은 남편의 등을 향한 채 좀 이상한 듯한, 그리고 좀 불쾌한 듯한 기색을 드러내고 있었다.
자일스와 그웬더는 다시 한 번 작별 인사를 하고 자기들의 자동차 쪽으로 걸어갔다.
그웬더가 말했다.
"어머나, 야단났군요. 스카프를 두고 왔어요."

"당신은 늘 뭐든지 하나씩 두고 오는구려."

"그렇게 순교자 같은 얼굴 하지 말아요. 갔다 오겠어요."

그녀는 집으로 뛰어들어갔다. 열려진 서재문으로 애플릭이 큰소리로 말하는 게 들렸다.

"어째서 주제넘게 불쑥 들어오는 거요. 몰상식하게."

"미안해요, 재키. 몰랐어요. 그 사람들은 누구예요? 어째서 당신을 그토록 동요하게 만들었지요?"

"동요하지 않았소, 나는."

문가에 서 있는 그웬더를 보고 그는 입을 다물었다.

"어머나, 애플릭 씨, 스카프를 잊은 것 같아서요."

"스카프요? 아니, 없는데요, 리드 부인."

"나는 어째서 이렇게 멍청한지 모르겠군요. 아마 자동차 안에 있나봐요."

그녀는 다시 밖으로 나왔다.

자일스가 자동차의 방향을 돌리고 있었다. 보도 가장자리에 큼직한 노랑 리무진이 세워져 있었다. 크롬으로 번쩍번쩍 빛나고 있었다. 자일스가 말했다.

"굉장한 자동차로군."

"멋진 자동차예요. 당신 기억해요? 이디스 패짓이 릴리가 한 말을 들려주었지요? 릴리는 어스킨 대령에게 걸었다고 말예요. '번쩍거리는 자동차를 타고 찾아오는 우리의 수수께끼 남자'에게가 아니라. 번쩍거리는 자동차를 타고 찾아오는 수수께끼의 남자란 재키 애플릭이었다고 생각하지 않나요?"

"글쎄? 릴리는 박사에게 보낸 편지에서도 '멋들어진 자동차'에 대해 이야기했었소."

그들은 서로 얼굴을 마주보았다.

"그는 거기에 있었어요. 제인 아주머니가 말하는 이른바 '그 현장에', 그날 밤. 아, 자일스, 릴리 킴블이 뭐라고 이야기할지 궁금해서 나는 목요일까지 도저히 기다릴 수가 없어요."
"만일 그녀가 겁먹고 끝내 나타나지 않으면 어쩌지?"
"아니에요, 그녀는 올 거예요, 자일스. 만일 이 번쩍거리는 자동차가 그날 밤 거기에 있었다면······."
"그때의 자동차가 이 노랑 괴물이었다고 생각하오?"
"내 리무진이 마음에 드십니까?"
친절하게 느껴지는 애플릭의 목소리가 들려 두 사람은 펄쩍 뛰었다.
그는 바로 두 사람 뒤의 정연하게 손질된 산울타리에서 몸을 내밀고 있었다.
"작은 미나리아재비. 나는 이 자동차를 그렇게 부른답니다. 언제나 자동차를 정성들여 꾸미기 좋아하지요. 괜찮습니까?"
자일스가 대답했다.
"정말 아름답습니다."
"나는 꽃을 좋아한답니다. 수선화, 미나리아재비, 칼세올라리아. 모두 내가 좋아하는 꽃입니다. 리드 부인, 여기 스카프가 있습니다. 테이블 위에서 미끄러져 떨어졌더군요. 그럼, 이만. 만나 뵈어 기쁩니다."
달려 나오는 자동차 안에서 그웬더가 물었다.
"그는 우리가 저 자동차를 노랑 괴물이라고 부른 것을 들었을까요?"
자일스는 좀 걱정스러운 얼굴을 하고 있었다.
"글쎄, 그렇게 생각하지는 않소만. 아주 상냥하고 기분좋아 보였잖소?"

"그랬지요. 하지만 그리 믿을 수 없어요…… 자일스, 그 부인은 그를 무서워하고 있어요. 그녀의 얼굴을 보고 그렇게 생각했어요."
"정말이오? 저 명랑하고 유쾌해 보이는 사람을 무서워한단 말이오?"
"아마 그의 마음속은 그리 명랑하지도 유쾌하지도 않은가 봐요. 여보, 나는 애플릭을 좋아하게 될 것 같지 않아요. 그가 뒤에서 우리 이야기를 얼마나 들었을까요, 우리가 뭐라고 말할 때였을까요?"
"그리 듣지는 않았을 거요."
그러나 그는 여전히 걱정스러운 얼굴이었다.

Lily Keeps an Appointment
# 릴리, 약속을 지키다

1

자일스가 외쳤다.
"쳇, 기가 막히는군."
그는 오후에 배달된 편지 겉봉을 막 뜯어 본 참이었다. 그 편지를 몹시 놀란 듯한 눈으로 지켜보고 있었다.
"왜 그래요?"
"필적을 감정한 보고서요."
그웬더가 열성 어린 목소리로 말했다.
"그럼, 외국에서 편지를 보낸 건 그녀가 아니었군요?"
"진짜요, 그웬더. 그녀가 쓴 거요."
그들은 서로 얼굴을 마주보았다.
그웬더는 믿을 수 없다는 얼굴로 말했다.
"그럼, 그 편지는 가짜가 아니었군요. 진짜였단 말이지요? 헬렌은 그날 밤 여기서 나가 외국에서 편지를 썼다, 다시 말해 그녀는 교살된 게 아니었군요?"

자일스가 천천히 말했다.

"그런 모양이오. 그러나 도무지 납득이 되지 않소. 모든 것이 다른 방향을 가리키고 있는 것으로 보여지니 말이오."

"어쩌면 그 감정가가 실수한 게 아닐까요?"

"그것도 생각해 보았소. 그러나 감정가는 믿을 만하오. 나는 실제로 이 사건에 대해 아무것도 이해할 수 없소. 우리는 터무니없이 바보 같은 짓을 해온 것이 아닐까?"

"모두 내가 극장에서 어리석게 행동했기 때문이라는 건가요? 그래요, 여보, 제인 아주머니가 계신 집에 잠깐 들렀다 가기로 해요. 케네디 박사님 댁으로 가야 할 4시 30분까지는 아직 시간이 있어요."

미스 마플은 그들이 예상했던 것과 다른 반응을 보였다. 그녀는 정말로 잘되었다고 말한 것이다.

그웬더가 말했다.

"그건 무슨 뜻이에요, 제인 아주머니?"

"결국 어떤 사람이 생각했던 것만큼 영리하지 않았다는 거예요."

"어째서지요? 어떤 점이 그렇다는 건가요?"

미스 마플은 만족스러운 듯 고개를 끄덕이며 말했다.

"원숭이도 나무에서 떨어질 때가 있지요."

자일스가 물었다.

"그렇지만 어떻게 말입니까?"

"글쎄요, 자일스. 당신이라면 틀림없이 이 일이 얼마나 조사 범위를 좁혀 주었는지 아시겠지요?"

"헬렌이 정말로 그 편지를 썼다는 사실을 인정하고도 여전히 그녀는 살해되었을지 모른다는 말씀인가요?"

"결국 그 편지는 정말로 헬렌의 필적이어야 한다는 게 어떤 사람에게 있어서는 매우 중요했다는 거지요."

"알겠습니다, 적어도 알 것 같습니다. 헬렌이 그 편지를 쓰도록 부추김받았다고 여겨지는 상황이 있었나 보군요. 그것이 사건의 핵심을 좁혀 주게 되는 것이겠지요. 그러나 정확하게 말하여 어떤 상황이었을까요?"

"바로 그 점이에요, 리드 씨. 당신은 아직 진상을 꿰뚫어 보지 못한 것 같군요. 매우 단순한 일인데."

자일스는 마음이 조급해져서 반항적이 되어 있는 듯했다.

"나로선 도무지 명확하지 않습니다."

"조금만 잘 생각하면……."

"자, 여보, 늦겠어요."

그들은 혼자서 빙그레 웃고 있는 미스 마플을 그 자리에 남겨두고 나갔다.

나오는 길에 자일스가 말했다.

"저 아주머니 때문에 이따금 답답해진다니까. 대체 뭘 하려는 건지 알 수가 없어."

그들은 시간에 꼭 맞추어 박사집에 닿았다. 박사가 손수 문을 열어주었다.

그가 설명했다.

"가정부는 점심때부터 밖으로 내보내 두었소. 그편이 좋겠지요?"

박사는 그들을 응접실로 안내했다.

방에는 찻잔과 받침접시를 올려놓은 쟁반이 놓여 있고 버터 바른 빵과 케이크가 준비되어 있었다.

박사는 어쩐지 자신 없어 보이는 얼굴로 그웬더에게 물었다.

"차란 좋은 것이라고 생각지 않소? 킴블 부인의 기분을 편하게 해 줄 거요."

"정말 그래요."
"그런데 두 분은 어떻게 하실까? 처음부터 바로 소개할까요? 그렇게 하면 그녀가 당황해 할까요?"
그웬더가 천천히 말했다.
"시골 사람들은 의심이 많잖아요? 그러니 박사님께서 혼자 맞으시는 게 좋을 것 같아요."
"나도 그렇게 생각합니다."
케네디 박사가 말했다.
"당신들은 옆방에서 기다리고 있기로 하고, 이 문을 조금 열어 놓지요. 그러면 이야기가 들릴 거요. 경우가 경우인 만큼 그렇게 해도 괜찮을 것 같소만."
"몰래 엿듣는 게 되겠지만, 상관없어요."
케네디 박사는 슬며시 웃었다.
"그리 도덕적인 문제는 아니라고 생각하오만. 어떻든 나는 비밀을 지킨다는 약속을 할 생각은 없소. 다만 그녀가 바란다면 기꺼이 말을 거들어 줄 뿐이오."
그는 시계를 슬쩍 보았다.
"기차는 4시 35분에 우들리 거리에 도착하게 되어 있소. 이제 2, 3분 있으면 도착할 거요. 그리고 언덕을 걸어서 올라오는 데 5분쯤 걸리겠지요."
그는 침착하지 못하게 방안을 서성거렸다. 그 얼굴의 주름살이 두드러지고 여위어 보였다.
그가 말했다.
"나는 알 수 없소. 대체 어떻게 된 일인지 도무지 알 수가 없소. 헬렌이 그 집에서 나가지 않았다면, 그 편지가 가짜였다고 한다면……."

그웬더가 재빨리 몸을 움직였다. 그러나 자일스가 고개를 저어 제지했다.

박사는 말을 이었다.

"가엾은 켈빈이 헬렌을 죽인 게 아니라면, 대체 무슨 일이 일어났단 말인가?"

그웬더가 말했다.

"누군지 다른 사람이 죽였겠지요."

"그러나 만일 다른 사람이 죽였다면 어째서 켈빈은 자기가 죽였다고 주장했겠소?"

"아버지는 자신이 했다고 여겼기 때문이겠지요. 아버지는 침대에서 헬렌을 발견하고 자신이 살해했다고 생각했어요. 있을 수 있는 일이겠지요?"

케네디 박사는 안타까운 듯 코를 비볐다.

"내가 그걸 어찌 알겠소? 심리학자도 아닌데. 충격으로? 아니면 신경 상태가 이미 이상했었을까? 그럴 가능성은 있지요. 그러나 어떤 사람이 헬렌을 죽여야겠다고 여긴단 말이오?"

그웬더가 말했다.

"우린 셋 중의 어느 누구일 거라고 생각해요."

"셋? 누구누구란 말이오? 헬렌을 죽일 동기를 가졌다고 여겨질 만한 사람은 아무도 없을 거요. 완전히 머리가 이상한 사람이 아니라면. 내 여동생에게는 적이 없었소. 모두들 그녀를 좋아했소."

그는 책상 앞으로 가서 서랍 속을 뒤적거렸다.

"지난번에 이게 발견되었소. 그 편지를 찾을 때였소."

그는 빛바랜 스냅 사진 한 장을 꺼냈다. 체육복 차림의 키가 큰 여학생이 찍혀 있었는데, 머리를 뒤로 묶은 그 얼굴이 빛나듯 아름다웠다. 그녀 옆에 젊은 시절의 행복해 보이는 얼굴을 한 케네디 박사가 테리어 강아지를 안고 서 있었다. 그는 멍하니 말했다.
"나는 요즘 여동생 생각만 하고 있소. 여러 해 동안 조금도 생각한 일이 없었는데. 어떻게 해서든 잊으려고 애썼소. 그런데 요즘은 늘 그 애 생각만 하고 있소. 당신들 때문이오."
그 말은 거의 원망하는 투로 들렸다.
그웬더가 말했다.
"저는 여동생 때문이라고 생각해요."
그는 얼른 그웬더 쪽을 돌아보았다.
"무슨 생각으로 그렇게 말하는 거요?"
"그냥 그뿐이에요. 설명은 할 수 없어요. 하지만 분명히 우리 때문은 아니에요. 헬렌 때문이지요."
애수를 띤 희미한 기적 소리가 모두의 귀에 들려 왔다. 케네디 박사는 프랑스식 창문을 지나 밖으로 나갔다. 두 사람도 그 뒤를 따랐다. 천천히 골짜기 사이를 따라 뒤로 길게 꼬리를 끄는 한 줄기 연기가 보였다.
케네디 박사가 말했다.
"저 기차요."
"지금 역에 도착하는 겁니까?"
"아니요, 떠나는 참이오."
그는 사이를 두고 말했다.
"그녀는 몇 분 뒤 여기로 올 거요."
그러나 그 몇 분이 지났지만 릴리 킴블은 오지 않았다.

2

릴리 킴블은 갈아타는 역 딜머스에서 기차를 내려 육교를 건너 작은 로컬선 기차가 기다리는 플랫폼으로 나왔다. 승객은 겨우 대여섯 명쯤밖에 없었다. 오후의 한가로운 시간이었지만, 어떻든 그날은 헬체스터에서 장이 서는 날이었다.

　기차는 곧 떠났다. 구불구불한 골짜기를 따라 칙칙폭폭 소리를 내며 나아갔다. 종점인 론즈버리 베이까지 사이에 세 개의 역이 있었다. 뉴턴랭퍼드, 매칭즈홀트(우들리 캠프장 방면), 우들리볼튼.

　릴리 킴블은 창문으로 밖을 내다보고 있었으나 싱그러운 녹색 전원 풍경은 보이지 않고 연한 녹색 천을 씌운 제임스 왕조시대 응접 세트만이 눈앞에 떠올라 왔다.

　작은 매칭즈홀트 역에서 내린 사람은 그녀뿐이었다. 그녀는 차표를 역무원에게 건네주고 개찰구를 나왔다. 큰길을 한참 가니 '우들리 캠프장 방면'이라고 쓴 도표가 험한 언덕으로 이어지는 오솔길을 가리키고 있었다.

　릴리 킴블은 오솔길로 들어서서 힘차게 오르막길을 걸어갔다. 길 한쪽에는 나무숲이 이어지고, 또 한편은 히스와 금잔화로 뒤덮인 가파른 비탈이 되어 있었다.

　어떤 사람이 나무숲 속에서 갑자기 튀어나왔다. 릴리 킴블은 놀라서 펄쩍 뛰었다.

　그녀가 외쳤다.

　"어머나, 놀랐어요. 이런 데서 뵙게 될 줄은 생각도 못했어요."

　"놀랐나? 그러나 더 놀라게 해줄 일이 있지."

　나무숲 속은 몹시 쓸쓸했다. 외침 소리와 격투하는 소리를 들은 사람은 아무도 없었다. 실제로는 외침 소리 하나 없이 격투는 곧 끝났다. 산비둘기 한 마리가 깜짝 놀라 숲 속에서 푸드득 날아올랐다……

## 3

케네디 박사가 마음이 조급해져서 말했다.

"대체 그 여자는 어떻게 된 걸까?"

시계 바늘이 5시 10분 전을 가리키고 있었다.

"역에서 오는 길을 지나쳐 버린 게 아닐까요?"

"분명히 알 수 있도록 가르쳐 주었는데. 아무튼 간단한 길이오. 역을 나오면 왼쪽으로 구부러져 맨 처음에 만나는 길을 오른쪽으로 돌지요. 걸어서 겨우 5분밖에 안 걸리오."

자일스가 말했다.

"어쩌면 마음이 달라진 것인지도 모르겠군요."

"그런 모양이오."

"아니면 기차를 놓쳤을까요?"

케네디 박사가 천천히 말했다.

"아니, 그보다도 결국 오지 않기로 마음먹은 게 아닐까요? 아마도 그녀의 남편이 못 가게 했는지도 모르오. 이런 시골 사람들이란 모두 의심이 많으니까."

그는 방안을 서성거렸다. 그런 다음 전화가 있는 곳으로 가서 역의 번호를 찾았다.

"여보시오, 역이오? 나는 케네디 박사요. 4시 35분 기차로 도착할 사람을 기다리는데, 중년의 시골 부인이오. 누군가 우리 집으로 오는 길을 묻지 않던가요? 아니면……. 뭐라고요?"

자일스와 그웬더도 전화기 바로 옆에 서 있어서 우들리볼튼 역 직원의 부드럽고 태평스러운 목소리가 희미하게 들렸다.

"박사님을 찾아오신 분은 아무도 없었습니다. 4시 35분 기차에 모르는 손님은 안 계셨거든요. 메도즈에서 오시는 내러콧 씨, 그리고 조니 로즈와 벤슨 씨네 따님. 다른 분은 안 계셨습니다."

전화를 끊고 나서 케네디 박사가 말했다.

"그녀의 마음이 달라진 거요. 그렇다면 당신들에게 차를 대접해도 되겠군. 주전자는 올려놓았소. 차를 끓여 오리다."

그가 티포트를 들고 돌아오자 두 사람은 앉았다.

그는 아까보다 훨씬 쾌활하게 말했다.

"뭐, 일시적으로 막혔을 뿐이오. 그녀의 주소는 알고 있소. 거기로 가면 아마도 그녀를 만날 수 있을 거요."

전화벨이 울렸다. 박사가 일어나 수화기를 들었다.

"케네디 박사십니까?"

"그렇소."

"여기는 롱퍼드 경찰서의 라스트 경감입니다. 릴리 킴블이라는 부인을 기다리고 계십니까? 릴리 킴블입니다. 오늘 오후 박사님을 찾아갈 예정이었다지요?"

"기다렸소. 왜 그러오? 무슨 사고라도 생겼나요?"

"정확하게 말하면 사고라고 할 수 없지요. 죽었습니다. 그녀의 시체에서 박사님이 보내신 편지가 발견되었습니다. 그래서 연락드리는 겁니다. 될 수 있는 대로 빨리 롱퍼드 경찰서에 와주시겠습니까?"

"곧 가겠소."


4

라스트 경감이 말했다.

"그럼, 사정을 명확하게 합시다."

그는 케네디 박사에게서 자일스와 그웬더에게로 눈길을 옮겼다. 두 사람은 박사를 따라 함께 온 것이었다. 그웬더는 새파랗게 질려서 두 손을 꽉 움켜쥐고 있었다.

"당신은 이 부인이 딜머스 역에서 4시 5분에 떠나는 기차로 올 줄 알고 기다리셨군요? 우들리볼튼 역에 4시 35분에 와 닿는 기차지요?"

케네디 박사는 고개를 끄덕였다.

라스트 경감은 죽은 부인이 몸에 지니고 있던 편지를 들여다보았다. 그것은 매우 분명한 것이었다.

친애하는 킴블 부인.

나는 기꺼이 당신에게 되도록 도움되는 말을 해드리겠소. 이 편지의 주소를 보면 아실 테지만, 나는 이제 딜머스에 살고 있지 않소. 쿰버리에서 3시 30분에 떠나는 기차를 타고 딜머스에서 론즈버리 베이로 가는 기차를 갈아탄 다음 우들리볼튼에서 내리면 내 집은 역에서 걸어 겨우 몇 분밖에 걸리지 않소.

역에서 나와 왼편으로 조금 가서 처음 나온 길을 오른쪽으로 구부러지시오. 우리 집은 그 길 맨 안쪽 오른편에 있소. 대문에 문패가 붙어 있소.

이만 줄이겠소.

제임스 케네디

"그녀가 좀더 이른 기차로 오리라고는 생각지 못하셨습니까?"

케네디 박사는 매우 놀라는 것 같았다.

"이른 기차로요?"

"결국 그녀가 그렇게 했기 때문입니다. 그녀는 쿰버리에서 3시 30분이 아닌 1시 30분에 떠나는 기차를 타고 딜머스 역에서 2시 5분 기차로 갈아탄 다음 우들리볼튼 하나 앞 역인 매칭즈홀트에서 내렸습니다."

"그건 좀 이상하군요!"
"그녀는 무슨 병으로 의논할 일이 있어 오기로 되어 있었습니까, 박사님?"
"아니요. 나는 이미 여러 해 전에 진료를 그만두었소."
"나도 그렇게 생각했습니다. 그녀를 잘 아십니까?"
케네디 박사는 고개를 저었다.
"벌써 20년 가까이 그녀를 만나지 못했소."
"그러나 박사님께서는 지금 그녀를 확인해 주셨지요?"
그웬더는 몸을 떨었다. 그러나 의사에게는 시체를 보는 게 아무렇지도 않은 모양이었다. 케네디 박사는 뭔가 골똘히 생각하는 듯 대답했다.

"이런 상황에서는 확인했다고 하기가 어렵소. 그녀는 목졸려 죽은 모양이지요?"
"네, 그렇습니다. 매칭즈홀트에서 우들리 캠프로 가는 길을 조금 들어간 떨기나무 숲에서 시체가 발견되었습니다. 캠프에서 내려오던 등산객이 4시 10분쯤 발견했지요. 검시한 의사는 사망 추정 시각을 2시 15분에서 3시 사이로 잡고 있습니다. 아마도 그녀는 역을 나온 얼마 뒤 살해된 것으로 여겨집니다. 매칭즈홀트에서 내린 다른 손님은 없습니다. 거기서 내린 사람은 그녀뿐이었습니다.

그런데 그녀는 왜 매칭즈홀트에서 내렸을까요? 역을 잘못 알았던 걸까요? 나는 그렇게 생각지 않습니다만.

어찌 되었든 그녀는 박사님과 약속한 것보다 두 시간이나 일찍 왔습니다. 박사님께서 지시하신 기차로는 오지 않았지요. 박사님의 편지를 갖고 있었는데도요. 그녀의 볼일은 무엇이었습니까, 박사님?"
케네디 박사는 주머니를 뒤져 릴리의 편지를 꺼냈다.

"이것을 가져왔소. 함께 들어 있는 신문지 조각은 여기 계시는 리드 씨 부부가 지방 신문에 낸 광고요."

라스트 경감은 릴리 킴블의 편지와 함께 들어 있던 신문지 조각을 읽었다. 그런 다음 그는 케네디 박사에게서 자일스와 그웬더에게로 눈길을 돌렸다.

"이 사연에 얽힌 이야기를 해주시겠습니까? 아마 퍽 오랜 옛날 일로 거슬러 올라가나 보지요?"

그웬더가 말했다.

"18년 전 일이에요."

조금씩 덧붙이고 사이에 끼워 넣기도 하며 그 이야기가 밝혀졌다. 라스트 경감은 이야기를 잘 들을 줄 알았다. 그는 앞에 있는 세 사람이 하는 이야기에 잘 맞춰주었다.

케네디 박사는 담담하게 사실을 말했다. 그웬더는 일관성이 좀 없었으나, 그 이야기는 상상력을 불러일으키는 힘을 갖고 있었다. 자일스는 가장 조리있게 말했다. 그는 명쾌하게 요점을 찌르고, 케네디 박사보다는 삼가는 데가 없으며, 그웬더보다는 일관성이 있었다.

이야기하는 데 오랜 시간이 걸렸다.

이윽고 라스트 경감은 한숨을 쉬며 이야기를 요약했다.

"핼리데이 부인은 케네디 박사의 배다른 동생이고 당신의 새어머니였단 말이군요, 리드 부인. 그녀는 18년 전 지금 당신이 살고 있는 집에서 없어졌습니다. 릴리 킴블, 결혼 전 성은 애벗, 그녀는 그 무렵 그 집에서 잔심부름을 하는 하녀로 있었고요.

릴리 킴블은 여러 해가 지난 뒤인데도 어떤 이유로 그때 어떤 범죄가 일어났다는 데로 마음이 기울고 있었습니다. 그 무렵 핼리데이 부인은 정체를 알 수 없는 어떤 남자와 함께 달아난 것으로 추측되었지요. 핼리데이 소령은 13년 전 정신병원에서 세상을 떠났습니다. 줄곧 자기가 아내를 죽였다는 망상——만일 망상이라고 한다면——을 품은 채."
그는 잠시 사이를 두고 다시 말했다.
"이상의 사실은 모두 흥미는 있지만 그리 관계가 없는 일인 것 같습니다. 가장 중요한 점은 핼리데이 부인이 살아 있는가 죽어 버렸는가 하는 일인 듯하군요. 만일 죽었다고 한다면 그녀는 언제 죽었는가, 그리고 릴리 킴블은 무엇을 알고 있었는가가 문제가 되겠지요.

표면적으로 그녀는 뭔지 아주 중요한 일을 알고 있던 게 틀림없는 것 같습니다. 그녀가 말하면 난처해지기 때문에 입을 막기 위해 죽여야 했을 만큼 중요한 일을."
그웬더가 외쳤다.
"하지만 그녀가 그것을 말하려는 걸 어떻게 알았을까요? 우리 아닌 다른 사람이 말예요."
라스트 경감은 생각에 깊이 잠긴 눈길을 그녀에게로 돌렸다.
"리드 부인, 중요한 점은 그녀가 딜머스 역에서 4시 5분에 떠나는 기차 대신 2시 5분에 떠나는 기차를 탔다는 겁니다. 거기에는 뭔가 틀림없이 이유가 있었을 테지요. 그녀는 또 우들리볼튼 바로 앞 역에서 내렸습니다. 왜일까요?

나로서는 다음과 같은 일도 있을 수 있다고 봅니다. 박사에게 편지를 쓴 다음, 그녀는 누군가 다른 사람에게 편지를 써서 아마도 우들리 캠프에서 만날 약속을 했겠지요. 그리고 그와 만난 뒤 만족하지 못하면 케네디 박사에게 가서 도움을 구해야겠다고 계획한 게 아니었을까요?

그녀가 어떤 특정한 인물에게 의심을 갖고 그 인물에게 자기가 알고 있음을 넌지시 알리며 만나고 싶다고 편지를 썼을지도 모른다는 건 충분히 있을 수 있는 일입니다."
자일스가 퉁명스럽게 말했다.
"협박이로군."
라스트 경감이 말했다.
"그녀 자신은 그렇게 생각지 않았겠지요. 그녀는 다만 욕심이 있어 기대를 품고, 그렇게 함으로써 돈을 얼마나 받아낼 수 있겠는가 하는 생각으로 좀 머리가 혼란했을 테지요. 이제 곧 알게 될 겁니다. 아마도 그의 남편이 좀더 많은 것을 이야기해 줄 테니까요."

### 5

킴블 씨는 침통하게 말했다.
"조심하라고 했지요. 그런 일에 끼어들면 안 된다고 했습니다. 그녀는 나 몰래 간 겁니다. 자기가 가장 많이 알고 있다고 생각한 거지요. 그야말로 릴리다운 짓입니다. 좀 지나치게 약삭빠른 거지요."
킴블 씨를 신문한 결과 그는 그 일과 거의 관계가 없음이 밝혀졌다.
릴리는 킴블 씨를 만나 결혼하기 전 세인트캐서린에서 일하고 있었다. 그녀는 영화를 매우 좋아했으며, 자기가 전에 있던 집에서 살인 사건이 있었을 거라는 이야기를 그에게 늘 하고 있었다.
"그리 마음에 두지 않았지요. 모두 상상한 일이라고 생각했습니다. 평범한 사실로는 만족하지 않는 여자였으니까요. 그칠 줄 모르는 긴 이야기로 주인 나리가 마님을 죽여 시체를 지하실에 묻었다느니, 프랑스 아가씨가 창문으로 밖을 내다보다가 뭔가를 봤다느니, 누군지를 봤다느니 하는 이야기를 늘어놓곤 했었지요. 나는 그녀에게 말했습니다.

'외국인을 조심해야 해. 말하는 것마다 다 거짓이오. 우리와는 다르단 말이오.'

릴리가 아무리 신나게 떠들어대도 나는 귀담아듣지 않았습니다. 어차피 아무것도 아닌데 자기 멋대로 만들어 낸 이야기일 테니까요.

릴리는 범죄사건을 좋아했지요. 〈일요 뉴스〉를 받아 보고 있었습니다. '유명한 살인범'이라는 연재물이 실려 있었거든요. 그것으로 머리 속이 가득 차 있었답니다.

그녀가 살인이 일어난 집에 있었다고 여기며 즐거워했다 해도 생각하는 것만으로는 아무도 상처입거나 곤란해지지 않지요. 그러나 이 광고에 답장을 내겠다고 나에게 의논했을 때는 그렇지 않았습니다.

나는 '그런 일은 내버려 두오. 말썽을 일으켜 봐야 무슨 소용 있겠소?' 하고 말렸지요. 내 말대로 했다면 죽지는 않았을 것을."

그는 한참 동안 생각에 잠겨 있었다.

"아, 그렇다면 그녀는 지금도 버젓이 살아 있을 텐데. 너무 약삭빨랐던 겁니다, 릴리는."

# Which of Them?
# 그들 중 누가?

라스트 경감과 케네디 박사가 킴블 씨를 방문할 때 자일스와 그웬더는 따라가지 않았다. 헤어지기 전 케네디 박사는 자일스에게 말했다.

"그녀에게 브랜디를 좀 마시게 하고 뭘 먹이는 게 좋겠소. 그리고 침대에서 쉬게 해야 하오. 몹시 심한 충격을 받은 것 같구려."

두 사람은 7시쯤 집에 도착했다. 그웬더는 얼굴빛이 파리하고 기분이 언짢아 보였다.

그웬더가 말했다.

"정말 끔찍한 일이에요, 자일스. 정말 끔찍해요. 그 어리석은 여자가 살인범과 만날 약속을 하고 조금도 의심하지 않고 찾아가다니…… 살해되기 위해. 마치 도살장으로 끌려가는 양처럼 말예요."

"자, 그런 일은 생각지 마오, 그웬더. 결국 우리는 누군가가 있다는 것을 알게 되었소. 살인자 말이오."

"아니에요, 몰라요. 나는 이번 살인자가 아니라 그 무렵 18년 전의 살인자를 말하는 거예요. 그건 뭔가 비현실적인 것이었어요. 모두 잘못된 일이었을지도 몰라요."

"아니요, 이번 일로 그것이 잘못이 아니었다는 게 분명해졌소. 당신 생각은 처음부터 옳았소, 그웬더."

자일스는 미스 마플이 힐사이드에 있어서 기뻤다. 그녀와 코커 부인은 둘이서 크게 떠들어대며 그웬더의 시중을 들어주었다.

그웬더는 브랜디를 마시면 해협의 기선이 생각난다면서 거절하고, 그 대신 레몬이 들어 있는 따뜻한 위스키를 마셨다. 그리고 코커 부인의 끈질긴 설득으로 자리에 앉아 오믈렛을 먹었다.

자일스는 어떻게든 다른 이야기를 화제로 삼고 싶었으나, 미스 마플은 자일스가 고등 전술로 인정하고 있는 차분하고도 초연한 태도로 이번 범죄에 대해 이야기했다.

"정말 무서운 일이었어요, 그웬더. 그리고 확실히 큰 충격이에요. 하지만 매우 흥미롭다는 것도 인정하지 않을 수 없군요.

나는 나이들었기 때문에 당연히 죽음이라는 것에 대해 당신들만큼 큰 충격은 받지 않아요. 나를 괴롭히는 일은 암처럼 길게 질질 끄는 것뿐이에요.

이번 사건은 의심할 여지 없이 가엾은 젊은 헬렌이 살해되었다는 것을 결정적으로 증명하고 있다고 봐요. 우리는 줄곧 그렇게 생각해 왔지만, 이제야 겨우 확실히 알게 된 거지요."

자일스가 말했다.

"제인 아주머니의 주장에 의하면 우리는 시체가 어디에 있는지를 알아내야만 합니다. 지하실일까요?"

"아니에요, 그렇지 않아요, 자일스. 이디스 패짓이 한 말을 기억하겠지요? 그녀는 이튿날 아침 릴리에게 들은 말이 자꾸만 마음에 걸려 지하실로 가보았다고 했어요. 하지만 아무 흔적도 볼 수 없었다고 했지요. 그러나 흔적은 틀림없이 있을 거예요. 만일 누군가가 정말로 찾으려 든다면……."
"그렇다면 시체가 어떻게 되었다는 겁니까? 자동차로 실어 내어 벼랑에서 바닷속으로 던지기라도 했을까요?"
"아니에요. 자, 알겠어요. 그웬더, 당신이 이 집에 왔을 때 맨 처음 놀란 것은 무엇 때문이었지요? 어때요? 분명히 놀란 일이 있었지요, 그웬더?

응접실 창문으로 바다가 내다보이지 않았다는 사실. 당연히 잔디밭으로 내려가는 층계가 있을 거라고 당신이 생각한 곳에 그 대신 떨기나무가 심어져 있었어요.

나중에 당신이 알게 된 일은, 거기에 원래 층계가 있다가 언젠가 테라스 끝으로 옮겨졌다는 것이었어요. 대체 무엇 때문에 층계가 옮겨졌을까요?"
그웬더는 차츰 이해되기 시작한 것처럼 그녀를 지그시 바라보았다.
"결국 거기라면……."
"모양을 다르게 바꾸려면 이유가 있었을 터인데, 분명한 이유처럼 보이는 건 아무것도 없어요. 솔직히 말해서 그곳은 잔디밭으로 내려가는 층계로선 이상한 곳이에요.

그렇지만 그 테라스 끝은 매우 조용하며 집안 어디에서도 잘 내려다보이지 않는 곳이에요. 오직 한 창문, 2층의 아기 방 창문 말고는 모두, 알겠지요?

만일 시체를 묻으려면 흙을 파헤쳐야겠지요? 흙을 파헤치기 위해서는 이유가 있어야 해요. 그 이유란 바로 응접실에서 똑바로 보이는 곳에서 테라스 끝으로 층계를 옮기기로 결정했다는 것이었지요.

나는 전에 케네디 박사에게서 헬렌 핼리데이와 남편이 정원가꾸기에 매우 열심이어서 곧잘 정원에서 일했다는 말을 들은 적이 있어요. 1주일에 몇 번 드나드는 정원사는 언제나 그 부부의 명령을 실행했을 뿐이겠지요.

그러므로 시체를 파묻고 난 뒤 정원사가 와서 돌 몇 개가 옮겨져 있는 것을 보았다 해도, 그는 다만 핼리데이 부부가 자기가 없는 동안 그런 일을 시작했나 보다고 여겼겠지요.

물론 시체는 두 곳 어디에나 묻을 수 있었겠지만, 실제로 묻혀 있는 곳은 응접실 정면이 아니라 테라스 끝이리라고 생각해요."
그웬더가 물었다.
"어째서 그렇게 생각하세요?"
"가엾은 릴리 킴블이 편지 속에서 말했잖아요? 릴리는 레오니가 창문으로 밖을 내다봤을 때 뭔가 보았다는 말을 듣고 시체가 지하실에 있다는 생각을 바꾼 거예요.

그것으로 똑똑히 알 수 있잖겠어요? 그 스위스 소녀는 아기 방 창문으로 그날 밤 어떤 시간에 시체를 묻기 위해 무덤을 파는 것을 본 거예요. 아마도 그녀는 파고 있는 사람도 보았겠지요."
"그런데 왜 경찰에 아무 말도 하지 않았을까요?"
"하지만 그때는 범죄가 있었다는 게 문제되지 않았지요. '핼리데이 부인은 다른 남자와 함께 달아나 버렸다.' 레오니가 이해할 수 있었던 것은 그것뿐이었어요. 어쨌든 그녀는 영어를 잘 할 줄 몰랐으니까요.

그러나 릴리에게만은 이야기했겠지요. 그때가 아닌 좀더 뒤에. 그날 밤 아기 방 창문으로 내다본 이상한 광경을. 그것은 범죄가 있었다는 릴리의 확신을 더욱더 강하게 해주었을 거예요.

하지만 이디스 패짓이 바보 같은 말을 한다고 릴리를 나무랐겠지요. 스위스 소녀도 그 의견을 받아들여 경찰에까지 불려다니는 소동에 말려들고 싶지 않다고 생각했을 거예요. 외국인은 익숙하지 않은 나라에 있을 때 언제나 정신적으로 예민해져 있으니까요. 그 뒤 그녀도 스위스로 돌아가고, 그 일에 대해서는 다시 생각지 않게 되었을 테지요."
자일스가 말했다.
"만일 레어니가 아직 살아 있다면, 그리고 우리가 찾아낼 수만 있다면."
미스 마플이 고개를 끄덕였다.
"아마도 확실한 걸 알 수 있을 테지요."
자일스가 물었다.
"그 일을 어떻게 시작하면 될까요?"
"경찰이 당신보다 훨씬 잘해 줄 거예요."
"라스트 경감이 내일 아침 이리로 오게 되어 있습니다."
"그가 오면 층계에 대한 이야기를 해야겠군요."
그웬더가 신경질적으로 말했다.
"내가 본 것, 어쩌면 보았다고 생각하고 있는 일도 말해야 할까요? 홀에서의 그 일 말예요."
미스 마플이 말했다.
"그렇지. 당신이 이제까지 그 일을 아무에게도 이야기하지 않은 것은 매우 현명했어요. 그렇지만 이제는 그 이야기를 할 때가 왔다고 생각해요."
자일스가 천천히 말했다.
"헬렌은 홀에서 목졸려 죽었으며, 살인범은 그녀 시체를 2층으로 옮겨 침대에 뉘어 두었습니다. 켈빈 헬리데이가 돌아와 마약이 든 위스키를 마시고 의식을 잃었지요. 그리고 그도 2층 침실로 옮겨졌습니다. 그는 의식을 되찾자 자기가 헬렌을 죽여 버렸다고 생각했습니다. 살인범은 어딘가 바로 가까운 곳에 숨어서 이것을 지켜 봤을 테지요.

　켈빈이 케네디 박사 집으로 달려간 사이 살인범은 시체를 들어내 아마도 테라스 끝 나무 뒤에 감춘 다음, 집안 사람들이 침대에 들어 잠들었을 거라고 여겨질 때까지 기다렸다가 무덤을 파고 시체를 묻었습니다. 그럼, 결국 살인자는 줄곧 거기에 있었을 거라는 말이 되는군요. 거의 하룻밤 내내 집 둘레를 서성거리며 말입니다."
미스 마플이 고개를 끄덕였다.
"그는 반드시 그 현장에 있었을 겁니다. 나는 제인 아주머니께서 그것이 중요한 일이라고 말하신 걸 기억하고 있습니다. 우리가 생각한 세 용의자 가운데 누가 가장 필요한 조건을 갖추고 있는지 살펴봐야겠군요.

　맨 처음 어스킨 소령을 생각해 보기로 합시다. 그는 분명 그 자리에 있었습니다. 그 자신이 인정하는 바에 의하면, 9시쯤 그는 헬렌과 함께 바닷가에서 여기까지 걸어왔습니다. 그는 그녀에게 작별 인사를 했습니다. 그러나 과연 작별했던 걸까요? 예를 들면 그 대신 그녀의 목을 졸라 죽였다고 해봅시다."
그웬더가 외쳤다.
"하지만 그 두 사람 사이는 이미 모두 끝났었어요, 훨씬 전에. 그는 헬렌과 단둘이 있게 된 일은 거의 없었다고 했어요."
"그러나 누가 알겠소, 그웬더? 지금 우리가 조사해 나가는 데 필요한 것은, 누군가가 한 말에 의존할 수는 없다는 거요."
미스 마플이 말했다.
"어머나, 당신이 그렇게 말하는 걸 들으니 기뻐요. 나는 당신들이 남에게서 들은 이야기를 모두 실제로 일어난 일로 곧 받아들이는 것처럼 보였기 때문에 좀 걱정되었거든요.

　나는 나 자신이 무척 의심 많은 성질이 아닐까 염려하고 있어요.

하지만 특히 살인 사건의 경우에는 다른 사람에게서 들은 말을 그대로 사실처럼 받아들이지 않기로 하고 있어요. 내가 확인한 뒤가 아니면 말예요.

이를테면 여행 가방에 넣어 가져간 옷가지는 헬렌 핼리데이 자신이 가져간 게 아니라고 릴리가 말했었어요. 그것은 정말로 확실하다고 생각돼요. 이디스 패짓이 릴리에게서 들었다고 우리에게 이야기했을 뿐만 아니라, 릴리 자신도 케네디 박사에게 보낸 편지에 그렇게 썼으니까요. 그러니 그것은 하나의 사실이에요.

아내가 몰래 자기에게 마약을 먹이고 있다고 켈빈 핼리데이가 믿고 있었다는 것은 케네디 박사가 우리에게 이야기했고 켈빈 핼리데이 자신도 일기 속에 쓰고 있어요. 그러니 이것 또한 하나의 사실이지요.

그래도 매우 기묘한 사실들이라고 생각지 않나요? 하지만 지금 그런 일은 깊이 파고들지 않기로 해요. 다만 나는 당신들이 생각한 대부분의 가설이 다른 사람에게서 들은, 아마도 매우 그럴듯한 이야기로서 들은 일에 바탕을 두고 있다는 것을 지적하고 싶었어요."

자일스는 열심히 그녀를 지켜보았다.

그웬더는 다시 전과 같은 얼굴빛을 되찾아 커피를 마시며 테이블 앞으로 몸을 내밀고 있었다.

자일스가 말했다.

"그럼, 세 남자가 우리에게 한 말을 하나하나 확인하며 대조해 보기로 하지요. 우선 어스킨부터 합시다. 그가 말하는 것은……"

그웬더가 말했다.

"당신은 그를 싫어하지요? 그러니 그에 대해선 더 이상 계속한들 시간 낭비예요. 그리고 이제 그는 분명 범위 밖인걸요. 그가 릴리 킴블을 죽였을 리 없잖아요?"

자일스는 냉정하게 계속했다.

"그의 말은 이러했습니다. 인도로 가는 배 위에서 헬렌을 만나 두 사람은 서로 사랑했으나 아내와 아이들을 버릴 마음이 없어서 헤어지기로 했다고.

 만일 그 이야기가 전혀 반대였다면 어떻겠습니까? 만일 그가 목숨을 걸고 헬렌을 사랑했다면, 그리고 그와 함께 달아나기를 싫다고 한 게 그녀 쪽이었다면, 만일 다른 어떤 사람과 결혼하면 그녀를 죽이겠다고 협박했었다면 어떻겠습니까?"

"도저히 있을 수 없는 일이에요."

"그런 일은 드문 일이 아니오. 그 부인이 그에게 뭐라고 말했었는지 몰래 엿들었던 일을 생각해 보오, 그웬더. 당신은 그것을 모두 질투 때문이라고 했지만, 어쩌면 사실이었을지도 모르오. 그녀는 여자 때문에 내내 그에게 괴로운 꼴을 당해 왔을지도 모르잖소. 그는 조금씩 색정에 미쳐 있었는지도 모르오."

"나는 그런 건 믿지 않아요."

"그는 여성에게 매력적이었으니까. 어스킨이라는 남자는 좀 색다른 점이 있다고 나는 생각하오. 뭐 좋소. 그에 대한 이야기를 계속하겠소.

 헬렌은 페인과의 약혼을 취소하고 고향으로 돌아오다가 그웬더의 아버지와 결혼해 이곳에 자리잡았습니다. 거기에 별안간 어스킨이 나타났지요. 그는 표면상으로는 아내와 여름 휴가를 보내기 위해 왔다고 했습니다.

 이건 좀 이상합니다, 정말이지. 그는 다시 한 번 헬렌을 만나러 왔었다는 것을 인정하고 있으니 말입니다. 그럼, 릴리가 마님이 무서워하고 있다는 말을 하는 것을 엿들었다는 그날 헬렌과 함께 거실에 있던 남자가 어스킨이라고 가정해 봅시다.

헬렌은 '당신이 무서워요……. 오랫동안 당신이 무서웠어요. 당신은 미쳤어요……'라고 말했지요.

그녀는 무서웠습니다. 그래서 노퍽으로 옮겨 갈 계획을 세웠지요. 그러나 이것을 비밀로 해두었습니다. 그런 일을 아는 사람은 아무도 없었지요. 핼리데이 부부가 딜머스를 떠날 때까지는 아무도 몰랐을 겁니다. 거기까지는 꼭 들어맞습니다. 그리고 그 운명의 날 밤 일입니다. 핼리데이 부부가 그날 밤 이른 시간에 무엇을 하고 있었는지 모르겠지만……."

미스 마플이 가볍게 헛기침을 했다. 그리고 말했다.

"실은 이디스 패짓을 다시 한 번 만났지요. 그녀는 기억하고 있더군요. 그날 저녁에는 일찌감치 식사를 끝냈대요, 7시쯤…… 핼리데이 소령께서 어떤 모임에 나가기로 되어 있었기 때문이라더군요. 골프 클럽인지 교구의 모임이었다나 봐요. 핼리데이 부인은 저녁 식사를 끝낸 뒤 바로 밖으로 나갔대요."

"그러면 이야기가 맞습니다. 헬렌은 약속대로 어스킨을 만났습니다. 아마도 바닷가에서일 겁니다. 어스킨은 이튿날 떠나기로 되어 있었지만, 아마도 가기 싫다고 했겠지요. 그리고 헬렌에게 함께 달아나자고 강요했습니다.

그녀는 이곳으로 돌아왔고, 어스킨도 따라왔습니다. 마침내 격정이 치받쳐 그는 헬렌의 목을 졸라 죽였습니다. 다음 일은 이미 우리의 의견이 일치되어 있는 대로지요. 그는 좀 흥분해 있었습니다. 그래서 켈빈 핼리데이에게 아내를 죽인 것은 핼리데이 자신이라고 생각하도록 만들려고 했지요. 밤늦게 어스킨은 시체를 파묻었습니다. 기억하시겠지요? 그웬더에게 말한 바에 따르면 그는 딜머스를 돌아다니며 밤이 이슥하도록 호텔로 돌아가지 않았습니다."

미스 마플이 말했다.

그들 중 누가? 259

"그의 아내가 그동안 무엇을 했을지 모르겠네요. 이상하군요."
그웬더가 말했다.
"틀림없이 질투로 미쳐 있었겠지요. 그리고 그가 돌아오자 마구 분풀이를 했을 거예요."
자일스가 말했다.
"이상이 내가 다시 세워 본 줄거리입니다. 있을 수 있는 일이라고 생각합니다."
그웬더가 말했다.
"하지만 그가 릴리 킴블을 죽일 수는 없었을 거예요. 노섬벌랜드에 살고 있는걸요. 그러니 그에 대해 생각하는 것은 시간낭비일 뿐이에요. 월터 페인을 생각해 보기로 해요."
"좋소. 월터 페인은 억압된 타입입니다. 그는 얌전하고 상냥해서 남의 말을 잘 듣는 것처럼 보이지요. 그러나 제인 아주머니께서 귀중한 증언을 하나 해주셨습니다. 월터 페인은 일찍이 맹렬하게 화를 내며 하마터면 형을 죽일 뻔한 일이 있었지요.

물론 그때 그는 어린아이였습니다. 그러나 언제나 얌전하고 너그러운 성질을 지닌 그였으니만큼 그것은 매우 놀라운 일이었습니다.

월터 페인은 헬렌 케네디를 사랑했습니다. 열렬히 사랑한 겁니다. 그녀 쪽은 받아들이려 하지 않았지요. 그래서 그는 인도로 간 겁니다.

그뒤 그녀는 그와 결혼하겠다는 편지를 보내고 인도를 떠났습니다. 그리고 두 번째 타격을 그에게 주었지요. 그녀는 그곳에 이르자 곧 그를 뿌리쳐 버린 겁니다. '어떤 사람을 배에서 만났기' 때문이었지요.

그녀는 영국으로 다시 돌아와 켈빈 핼리데이와 결혼했습니다. 아마도 월터 페인은 켈빈 핼리데이야말로 자기가 그녀에게 버림받게 된 원인이라고 생각했겠지요.

 그는 그 일을 잊지 못하고 심한 질투와 증오를 품고 귀국했습니다. 그러나 그는 매우 너그러운 친구의 자격으로 행동하며 자주 헬렌의 집을 찾아갔고, 겉으로 보기에는 잘 길들여진 고양이처럼 충실한 하인이 되었습니다.

 그러나 헬렌은 아마도 그것이 진실이 아니라는 걸 깨달았겠지요. 그녀는 그의 마음속의 움직임을 엿보고 만 겁니다. 아마도 훨씬 옛날에 그녀는 얌전한 월터 페인 속에 불온한 게 있음을 알아보았던 것이겠지요.

 그녀는 그에게 말했습니다. '……언제나 당신이 무서웠어요'라고. 그녀는 아무도 모르게 계획을 세워 곧 딜머스를 떠나 노퍽으로 가서 살 생각을 했습니다. 왜 그랬을까요? 월터 페인을 두려워했기 때문입니다.

 또다시 그 운명의 날 밤입니다. 이번에는 그리 확실한 근거가 없군요. 그날 밤 월터 페인이 무엇을 했는지 알 수 없고, 알 만한 가망성도 지금은 없으니까요.

 그러나 그가 걸어서 겨우 2, 3분이면 갈 수 있는 곳에 살고 있었다면 제인 아주머니께서 말씀하신 '그 현장에 있었다'는 필요 조건을 얼마쯤 가지고 있다고 봅니다.

 그는 머리가 아파서 일찌감치 잠자리에 들었다든가 또는 조사할 일이 있어 서재에 틀어박혀 있었다고 변명할지도 모릅니다. 그러나 그는 살인자가 해치웠다고 판단되는 모든 일을 할 수 있었을 겁니다.

 나는 세 사람 가운데에서 가장 여행 가방에 옷을 담을 때 잘못을 저지를 사람이 그라고 생각합니다. 그는 여자가 그런 때 어떤 옷을 입는지 전혀 알지 못할 테니까요."

그웬더가 말했다.

"이상한 일이 있었어요. 사무소에서 그를 만난 날 나는 그가 블라인드를 완전히 내려 버린 집 같다는 이상한 느낌을 받았어요. 그리고 엉뚱한 생각이 떠올랐지요. 집안에 누군가 죽은 사람이 있다는 생각이었어요."

그녀는 미스 마플을 보았다.

"어이없는 생각이라고 여기시겠지요?"

"아니에요, 아마도 당신 말이 옳을 거라고 생각해요."

그웬더가 말했다.

"그렇다면 이번에는 애플릭 차례예요. '애플릭 관광'. 언제나 아주 빈틈없는 재키 애플릭. 우선 그에게 불리한 것은, 케네디 박사가 그즈음의 그를 피해망상증에 걸린 것 같다고 믿고 있었던 일이에요. 다시 말해서 그는 결코 정상이 아니었다는 것이지요.

 그는 자기와 헬렌에 대해 이야기해 주었어요. 하지만 지금은 그것이 모두 거짓말투성이라고 보여요. 그는 헬렌을 단순히 귀여운 소녀로 여긴 게 아니었어요. 미친 듯 정열적으로 사랑했지요.

 하지만 그녀는 사랑하지 않았어요. 다만 즐겼을 뿐이었지요. 그녀는 제인 아주머니 말씀대로 남자라면 무조건 좋아하는 남자광이었어요."

"아니, 그렇지 않아요. 나는 그렇게 말하지 않았어요. 그런 말은 전혀……."

"그렇다면 색정광이라고 해두죠. 아무튼 그녀는 재키 애플릭과 연애 소동을 일으켰고, 얼마 지나자 그를 버리고 싶었어요. 하지만 그는 버림받고 싶지 않았지요.

 그녀의 오빠가 여동생을 궁지에서 구해냈어요. 그러나 재키 애플릭은 결코 용서하지 않았고 잊지도 않았어요. 그는 일자리를 잃었어요. 그의 말에 의하면 월터 페인에게 억울한 누명을 썼다고 했어요. 이것은 분명한 피해망상증 징후를 보여 주고 있어요."
자일스가 찬성했다.
"그렇지. 만일 그것이 사실이라면 페인에게 하나의 불리한 점이 되오. 매우 중요한 점이오."
그웬더가 말을 이었다.
"헬렌은 외국으로 가고, 그는 딜머스를 떠났어요. 그러나 결코 그녀를 잊지 않았어요. 그리고 그녀가 딜머스로 돌아와 결혼하자 찾아갔지요. 그는 처음에는 한 번 찾아갔었다고 말했지만 나중에 두 번 이상 간 것을 인정했어요.

게다가…… 그렇군요, 자일스. 기억해요? 이디스 패짓이 '번쩍거리는 자동차를 타고 오는 수수께끼의 남자'라는 말을 쓰고 있었어요. 그러니 그는 하녀들의 소문거리가 될 만큼 자주 왔던 거예요.

하지만 헬렌은 어떻게 해서든 그를 식사에 초대하지 않으려고 했어요. 그를 켈빈과 만나지 않도록 하고 있었던 거예요. 아마도 그녀는 애플릭이 무서웠던 것이었겠지요. 아마도……."
자일스가 이야기를 가로막았다.
"거기에는 또 하나의 가설이 성립될지도 모르겠구려. 다시 말해서 헬렌도 그를 사랑했다고 생각해 본다면 그녀에게 첫사랑의 남자라고 할 수 있으니, 줄곧 그 사랑이 계속되어 왔다고 한다면 어떻겠소?

아마 그들은 정사를 가졌을 테고 그녀는 아무도 알아차리지 못하게 조심했을 거요. 그러나 그가 그녀에게 몰래 달아나자고 할 그 무렵 그녀는 그가 싫증나기 시작해서 따라가려 하지 않았소. 그래서 그는 그녀를 죽여 버린 것이오.

그 다음은 다른 사람의 예와 같소. 릴리는 케네디 박사에게 보낸 편지에서 그날 밤 대문 밖에 멋진 자동차가 서 있었다고 말했소. 재키 애플릭의 자동차였소. 재키 애플릭 또한 '그 현장'에 있었던 거요.

 하나의 가설이지만 나로선 합리적인 것으로 생각되오. 그러나 헬렌이 쓴 편지를 우리가 다시 세워 본 줄거리 속에 집어 넣는 일이 남아 있소.

 나는 제인 아주머니께서 말씀하신, 헬렌으로 하여금 그 편지를 쓰도록 부추긴 '상황'에 대해 내내 골치를 앓았소. 그것을 설명하기 위해서는, 그녀에게 확실히 달리 사랑하는 사람이 있어 그 남자와 몰래 달아나려 했다는 것을 인정하지 않을 수 없기 때문이오. 다시 한 번 세 후보자를 살펴봅시다.

 우선 어스킨. 가령 그가 아직 아내를 버리고 가정을 깨뜨리기로 확실히 결심하지 못했다고 합시다. 그래서 헬렌이 켈빈 핼리데이와 헤어져 먼 곳으로 가서 가끔씩 어스킨과 함께 지내기로 했다고 합시다.

 맨 처음 해야 할 일은 어스킨 부인의 의심을 없애는 것일 거요. 그래서 헬렌은 어떤 사람과 외국으로 가버린 것처럼 보이도록 나중에 오빠에게로 배달된 두 통의 편지를 썼소. 이것은 그녀가 문제의 남자 정체를 아리송하게 만들고 있는 것과 아주 잘 일치되는 일이오."
그웬더가 물었다.
"하지만 그녀가 그를 위해 남편과 헤어질 생각이었다면, 어째서 어스킨이 헬렌을 죽였지요?"
"아마도 그녀의 마음이 갑자기 달라졌기 때문이 아닐까? 결국 자기가 정말로 사랑하고 있는 건 역시 남편이라는 사실을 알게 된 걸 거요.

어스킨은 몹시 흥분해서 돌발적으로 그녀를 목졸라 죽였소. 그런 다음 옷과 여행 가방을 들고 나와 그 편지를 이용한 거요. 이것은 모든 일에 들어맞는 완전한 설명이오.

이 같은 설명은 월터 페인에게도 들어맞을지도 몰라요. 시골 변호사에게는 스캔들이 정말 비참한 거라는 것쯤 상상할 수 있으니까요.

헬렌은 페인이 찾아올 수 있을 만한 가까운 곳으로 가서 다른 어떤 사람과 외국으로 가버린 것처럼 보이도록 꾸미는 데 동의했어요. 그런 다음 조금 전에 당신이 말했듯 마음이 달라진 거죠. 월터는 미친 사람처럼 되어 그녀를 죽여 버린 거예요."
"그럼, 재키 애플릭은?"
"그의 경우 편지를 설명하기가 더 어려워요. 스캔들이 그에게 영향을 주리라고는 생각할 수도 없고요.

어쩌면 헬렌은 그를 무서워한 게 아니라 우리 아버지를 무서워한 게 아닐까요? 그래서 외국으로 가버린 것처럼 보이는 편이 좋겠다고 생각한 걸지도 몰라요.

아니면 그 무렵 애플릭의 아내가 돈을 갖고 있었는데, 그는 자기 사업에 투자하기 위해 그 돈이 필요했는지도 몰라요. 그래요, 편지에 대해서는 얼마든지 가능성이 있어요."
그웬더는 미스 마플에게 물었다.
"아주머니께서는 누구라고 생각하세요? 나는 아무래도 월터 페인이라고는 생각되지 않아요. 하지만 그렇게 되면……."
그 때 마침 코커 부인이 커피잔을 치우려고 들어왔다.
그녀가 말했다.
"아참, 마님, 까맣게 잊고 있었어요. 아무튼 불쌍한 여자가 살해되어 마님과 나리께서 말려들어 가시고 말았군요. 마님께는 정말 안 된 일이라고 생각해요. 실은 페인 씨가 오늘 오후에 찾아오셨어요. 30분이나 기다리다 가셨답니다. 듣자니 두 분께서 기다리고 계신 것으로 알고 있는 것 같았어요."
"이상하군요. 몇 시쯤이었지요?"
"4시 조금 지났을 무렵이라고 생각돼요. 그리고 그뒤 또 한 남자분이 오셨더군요. 크고 노란 자동차를 타고 오셨어요. 그분 또한 두 분께서 자기를 기다리고 있는 것으로 믿고 계셨어요. 그렇지 않다고 아무리 말씀드려도 들으려 하지 않고 20분쯤 기다리셨지요. 저는 두 분께서 티파티라도 하실 생각이었는데 잊으신 걸까 하고 생각했답니다."
"설마 그럴 리가! 이상하군요."
"페인에게 전화해 봅시다. 아직 자지 않겠지."
자일스는 그 말을 실행에 옮겼다.
"여보시오, 페인 씨입니까? 자일스 리드입니다. 오늘 오후에 우리 집에 오셨었다기에, 뭐라고요? 아닙니다. 그렇지 않습니다. 결코. 제가 아닙니다. 정말 이상하군요. 네, 저도 이상하게 생각합니다."
그는 수화기를 내려놓았다.
"이상해, 이건. 오늘 아침 그의 사무소로 전화가 왔었다는군. 오늘 오후 우리를 만나러 오라는 말을 전해 달라고 적혀 있었다 하오, 중요한 볼일이라며."
자일스와 그웬더는 가만히 서로의 얼굴을 마주보았다. 그웬더가 말했다.
"애플릭에게도 전화해 보세요."
자일스는 다시 전화기 쪽으로 가서 번호를 확인하여 전화를 걸었다. 시간이 좀 걸렸지만 곧 통화할 수 있었다.

"애플릭 씨입니까? 자일스 리드입니다."

거기서 그는 분명 상대방의 봇물같이 쏟아져 나오는 이야기에 아무 말도 할 수 없게 되고 만 것 같았다. 그는 전화를 끊으며 겨우 이렇게 말했을 뿐이다.

"그러나 우리는 결코, 아니 정말입니다. 그런 일은 전혀…… 네, 당신이 바쁘신 것은 잘 압니다. 저는 그런 일은 꿈에도…… 네, 그런데 전화를 걸어 온 건 어떤 사람이었습니까? 남자 목소리? 아닙니다, 제가 아닙니다. 네, 네, 그렇군요. 정말 이상하다고 생각합니다."

그는 수화기를 내려놓고 테이블로 돌아왔다.

"어떤 사람이 내 이름을 대고 애플릭에게 전화를 걸어 여기로 찾아와 달라고 부탁했다는군. 급한 볼일로 많은 돈이 걸린 문제라면서 말이오."

그들은 서로 얼굴을 마주보았다. 그웬더가 말했다.

"두 사람 다 있을 수 있는 일이에요. 릴리를 죽이고 나서 알리바이를 만들기 위해 여기로 찾아온 거예요."

미스 마플이 끼어들었다.

"그웬더, 그 일은 알리바이가 되지 못해요."

"완전한 알리바이라는 뜻이 아니에요. 하지만 그들이 사무소를 비우는 구실이 되기는 하겠지요. 다시 말해서 그들 가운데 한 사람은 진실을 말하고 있고, 한 사람은 거짓말을 하고 있다고 생각해요.

그 한 사람이 다른 한 사람에게 전화를 걸어 이리로 오라고 부탁한 거지요. 의심을 상대에게 뒤집어 씌우려고 말예요. 어느 쪽인지는 모르겠지만요. 이것으로 이 두 사람 가운데 어느쪽이라는 게 분명해졌어요. 페인이나 애플릭이에요. 내 생각으로는 재키 애플릭일 것 같아요."

그들 중 누가? 267

"나는 월터 페인이라고 생각하오."

두 사람은 미스 마플을 지켜보았다. 미스 마플은 고개를 저으며 말했다.

"또 하나의 가능성이 있지요."

"그렇습니다, 어스킨이군요."

자일스는 뛰다시피 전화기 쪽으로 갔다. 그웬더가 물었다.

"뭐 해요?"

"노섬벌랜드로 장거리 전화를 신청하는 거요."

"어머나, 자일스. 당신 설마 정말로?"

"어떻게든 알아야 해. 만일 그가 거기에 있다면 오늘 오후에 릴리를 죽일 수 없었을 테니까. 자가용 비행기라든가 그런 당치도 않은 것을 갖고 있지 않는 한."

그들이 잠자코 기다리자 마침내 전화벨이 울렸다.

자일스가 수화기를 집어 들었다.

"어스킨 소령께 개인 전화를 신청하셨지요? 말씀하십시오. 어스킨 소령께서 기다리십니다."

자일스는 신경질적으로 헛기침을 한 다음 말했다.

"아, 어스킨 씨입니까? 자일스 리드입니다, 자일스 리드. 네, 그렇습니다."

그는 별안간 '대체 뭐라고 하면 되지' 하는 뜻을 나타내는 몹시 난처한 눈길로 그웬더를 보았다.

그웬더가 일어나 수화기를 받아 들었다.

"어스킨 소령이세요? 저는 리드 부인이에요. 우리들이 여쭤보았던 집에 대한 일인데요. 린스콧브레이크라는 집 말예요. 저, 그 집에 대해 뭔가 알고 계세요? 댁에서 가까운 곳이라고 생각됩니다만."

어스킨의 목소리가 대답했다.

"린스콧브레이크라구요? 글쎄요. 들어 본 일이 없는 것 같소만. 편지에 씌어 있는 도시 이름은 뭐였지요?"
"인쇄가 흐려 알아볼 수가 없군요. 부동산 소개업자가 보내 주는 형편 없는 타이프 인쇄니까요. 그렇지만 거기에는 데이스에서 15마일이라고 씌어 있어요. 그래서 혹시 아시지 않을까 해서……."
"유감스럽지만 들어 본 적이 없소. 누가 살고 있나요?"
"네, 지금은 빈집이라더군요. 하지만 염려 마세요. 실은 우리는 어떤 집을 마음에 두고 있답니다. 바쁘실 텐데 너무 소란피워 죄송했어요."
"아니, 조금도 바쁠 것 없소. 다만 집안일에 쫓기고 있을 뿐이지요. 아내는 집에 없고, 요리사는 어머니에게 다니러 가서 나는 잡다한 집안일에 쫓기고 있답니다. 아무래도 이건 질색이오. 정원 가꾸는 일은 그래도 낫지요."
"저도 언제나 집안일보다 정원일이 더 좋아요. 부인께서 어디 편찮으신 게 아니면 좋겠군요."
"아니요, 여동생 집에 초대되어 갔답니다. 내일은 돌아오겠지요."
"그러시군요. 그럼, 편히 주무세요. 소란 피워 죄송해요."
그녀는 수화기를 내려놓았다. 그리고 의기양양해서 말했다.
"어스킨 소령은 아니에요. 부인이 집을 비워 그는 집안의 자질구레한 일에 쫓기고 있대요. 그러니까 나머지 두 사람이 되겠군요. 그렇지요, 제인 아주머니?"
미스 마플은 심각한 표정을 짓고 있었다.
"당신들은 아직도 충분히 생각하지 않은 것 같아요. 아, 정말로 걱정이에요. 내가 뭘 해야 할지 똑똑히 알 수 있으면 좋으련만."

The Monkey's Paws
# 원숭이 앞발

．

1

 점심 식사를 급히 끝낸 뒤 그웬더는 테이블에 두 팔꿈지를 괴고 턱을 올려놓은 채 멍하니 앞을 바라보고 있었다. 그녀는 앞에 놓인 그릇들을 곧 부엌으로 날라가 설거지하고 저녁 식사로 무엇을 준비할지 생각해야만 했다.

 그러나 서두르지 않아도 되었다. 그녀는 사정을 이해하기에는 좀 시간이 필요하다고 생각했다. 모든 일이 너무도 갑작스럽게 일어나고만 것이다.

 지금 돌이켜 생각해 보면, 그날 아침 일은 너무 혼란스러워 있을 수 없는 일처럼 여겨졌다. 모든 일이 너무도 빨리, 너무나도 거짓말처럼 일어나 버렸다.

 그날 아침 일찍, 9시 30분쯤 라스트 경감이 찾아왔다.

 그와 함께 본서에서 플라이머 경감과 주경찰서장도 왔다. 서장은 오래 있지 않았다. 릴리 킴블 살인 사건과 그에 관련된 모든 문제를 맡은 건 플라이머 경감이었다.

그웬더에게 부하가 정원을 좀 파헤쳐도 괜찮겠느냐고 물어온 건, 겉보기와는 달리 상냥한 태도와 차분하고 미안해 하는 목소리를 지닌 플라이머 경감이었다.

그의 말투는 18년 동안 묻혀 있던 시체를 찾는다기보다 마치 건강에 좋은 운동을 부하들에게 시키고 싶다고 부탁하는 것처럼 들렸다.

그때 자일스가 결단성 있게 말했다.

"아마도 도움 될 만한 이야기를 할 수 있을 것으로 여겨집니다만……."

그리고 그는 잔디밭으로 내려가는 층계가 옮겨진 것을 이야기하고 테라스로 경감을 데려갔다. 경감은 2층 모퉁이 난간이 있는 창문을 올려다보며 물었다.

"틀림없이 저곳이 아기 방이었지요?"

자일스는 그렇다고 대답했다.

그런 다음 경감과 자일스는 집안으로 돌아왔고, 두 부하가 삽을 들고 정원으로 나갔다. 자일스는 경감이 질문을 시작하기 전에 말을 꺼냈다.

"경감님, 실은 제 아내가 이제까지 저와 그리고 또 한 사람 말고는 아무에게도 이야기하지 않았던 어떤 일을 당신께 말씀드리고 싶어 합니다만……."

차분하면서도 상대방을 꼼짝 못하게 하는 듯한 경감의 눈이 그웬더에게로 쏠렸다. 그 눈은 무슨 생각에 잠겨 있는 것 같았다.

그웬더는 생각했다.

'이 사람은 마음속으로 묻고 있는 거야. 이 여자는 믿을 만한가, 아니면 공상가인가 하고.'

그런 인상이 너무 강해서 그웬더의 말투가 바뀌었다.

"제 상상이었는지도 모르겠어요. 아마 그랬을 거예요. 하지만 무서울 만큼 실제 있었던 일처럼 생각돼요."

플라이머 경감은 상냥하게 타이르듯 말했다.

"좋습니다, 리드 부인, 말씀하십시오. 듣겠습니다."

그웬더는 설명했다. 그녀가 처음으로 이 집을 보았을 때 어쩐지 잘 아는 집처럼 여겨졌던 일, 나중에 그녀가 어렸을 때 실제로 여기에 살았던 것을 안 일, 아기 방의 벽지며 칸막이 벽의 문이 있었던 것을 기억하고 있었던 일, 그리고 잔디밭으로 내려가는 층계가 아무래도 거기에 있을 거라고 느껴졌던 일 등을.

플라이머 경감은 고개를 끄덕였다. 그는 그웬더의 아이다운 추억 따위에는 흥미가 없다는 말은 하지 않았지만, 그웬더는 그가 그렇게 생각하는 것 같았다.

그녀는 용기를 내어 마지막 이야기를 했다. 그녀가 극장에 앉아 있을 때 별안간 힐사이드의 층계 난간 사이로 홀에 죽어 있는 여자의 모습을 본 일이 생각났다는 이야기를.

"얼굴이 새파랗게 질려 목졸려 죽어 있었는데, 금빛 머리로 보아 그것은 헬렌이었어요. 하지만 사실은 정말 어처구니없는 일이었지요. 저는 헬렌이 누구였는지 전혀 알지도 못했답니다."

자일스가 말을 꺼냈다.

"우리는 이렇게 생각합니다."

그러나 플라이머 경감이 뜻하지 않게 권위 있는 태도로 가로막듯 손을 들었다.

"부디 부인께서 직접 말씀해 주십시오."

그웬더가 말을 더듬으며 얼굴을 붉히자, 플라이머 경감은 그녀로서는 고도의 전문 기술임을 알지 못할 만큼 능숙한 솜씨로 상냥하게 도와주었다. 그는 신중하게 말했다.

"웹스터의 작품이군요? 흠, 〈말피 공작부인〉이지요. 원숭이 앞발이라고요?"

자일스가 말했다.

"하지만 그것은 악몽이었을지도 모릅니다."

"리드 씨, 부디 잠자코 계십시오."

그웬더가 말했다.

"모두 다 악몽이었을지도 몰라요."

플라이머 경감이 말했다.

"아닙니다, 저는 그렇지 않다고 생각합니다. 릴리 킴블의 죽음을 밝혀내는 것은, 이 집에서 살해된 여자가 있었다고 가정하지 않으면 아주 어렵습니다."

그 말은 매우 이치에 맞았고 격려하는 힘까지도 실려 있어서 거기에 안도한 그웬더는 급히 다음 말을 계속했다.

"헬렌을 죽인 것은 우리 아버지가 아니었어요. 정말 그렇지 않았어요. 펜러즈 박사님도 아버지는 그런 짓을 할 타입이 아니어서 사람을 죽일 수는 없었을 거라고 말씀하시더군요. 케네디 박사도 아버지는 죽이지 않았으며 다만 죽였다고 스스로 생각할 뿐이었음을 확신한다고 했어요.

그러니 진짜 범인은 아버지가 한 짓으로 보이게 하려고 생각했던 사람이 아닐까요? 그리고 우리는 그게 누구인지 알 수 있을 것 같아요. 적어도 두 사람 가운데 한 사람이……"

자일스가 말했다.

"그웬더, 우린 아직……"

"미안합니다만 리드 씨, 정원에 나가셔서 부하들이 일을 얼마나 했는지 좀 봐주시겠습니까? 제가 부탁한 일이라고 해주십시오."

그는 자일스가 나간 뒤 프랑스식 창문을 닫고 잠가 버린 다음 그웬더에게로 돌아왔다.

원숭이 앞발 273

"자, 이젠 부인의 생각을 모두 들려주십시오, 리드 부인. 앞뒤가 맞지 않거나 이치에 닿지 않더라도 괜찮으니까요."

그웬더는 자신의 생각은 물론 자일스의 억측과 추리까지 모두 털어놓았다. 헬렌 헬리데이의 생애에 등장한 것으로 여겨지는 세 남자에 대해 할 수 있는 한 모두 알아보기 위해 그들이 조사한 방법과 도달한 결론, 그리고 월터 페인과 J.J. 애플릭이 자일스가 건 것처럼 꾸민 전화를 받고 어제 오후 힐사이드로 찾아왔던 일도 모두 털어놓았다.

"하지만 경감님, 경감님이라면 아실 거예요. 그들 가운데 어느쪽인가가 거짓말을 하고 있을지도 모른다는 걸 말예요."

경감은 좀 지친 듯했지만 차분한 목소리로 말했다.

"그것은 나 같은 일을 하는 사람이 곧잘 당하는 어려운 일 중의 하나입니다. 매우 많은 사람이 거짓말을 하고 있을지도 모르지요. 부인께서 생각하는 것 같은 이유 때문이라고는 할 수 없습니다만 매우 많은 사람이 예사로운 거짓말을 하고 있으니까요. 더욱이 자신이 거짓말을 하는 것조차 알지 못하는 사람도 있습니다."

그웬더가 걱정스럽게 물었다.

"저도 그렇다고 여기세요?"

경감이 빙그레 웃으며 말했다.

"당신은 매우 정직한 증인이라고 생각합니다, 리드 부인."

"그럼, 살인범에 대한 제 생각이 옳다고 여기시나요?"

경감이 한숨을 쉬며 말했다.

"우리에게 있어 그것은 어떻게 생각하는가의 문제가 아닙니다. 그것은 서로 대조해 가며 확인할 문제지요. 한 사람 한 사람이 어디에 있었는지, 그리고 자신의 행동에 어떻게 이유를 붙일 것인지.

우리는 우선 앞뒤로 10분쯤의 시간 차이밖에 나지 않을 만큼 정확하게 릴리 킴블이 살해된 시각을 알고 있습니다. 2시 20분에서

2시 45분 사이입니다. 누구든 어제 오후 그녀를 목졸라 죽이고 나서 이리로 올 수 있었을 겁니다.

그 두 사람에게 왜 그런 전화가 걸려왔는지 나로서는 알 수 없습니다. 그것은 부인께서 말씀하신 두 사람 중 어느쪽에도 살인 범행 시간에 대한 알리바이가 될 수 없으니까요."

"하지만 어떻든 당신은 찾아내시겠지요. 그 시간에 그들이 무엇을 했는지, 2시 20분에서 2시 45분까지 사이에. 그들을 신문하시겠지요?"

"우리는 필요한 신문은 모두 하게 될 겁니다, 리드 부인. 그것은 확실히 믿으셔도 좋습니다. 알맞은 시기를 보아 하게 될 겁니다. 앞을 내다봐야지 허둥대기만 해서는 안 되니까요."

그웬더에게 별안간 그 사건은 참을성이 필요한 조용하고 표나지 않는 것으로 보였다. 서두르지 말고 용서 없이……

"알겠어요…… 정말 그래요. 경감님은 전문가시군요. 자일스와 나는 아무것도 모르는 비전문가일 뿐이에요. 이따금 우연히 맞춰지는 일은 있을지 모르지만 그것을 어떻게 파고들어가야 할지 잘 몰라요."

"그런 겁니다, 리드 부인."

경감은 또 빙그레 웃었다. 그는 일어나서 잠겨 있는 프랑스식 창문을 열었다. 그리고 나가려고 발을 내딛는 순간 우뚝 멈춰 섰다. 짐승을 발견한 사냥개를 닮았다고 그웬더는 생각했다.

"실례입니다만 리드 부인, 저분은 미스 마플이 아닙니까?"

그웬더는 그의 옆으로 가서 섰다.

정원 안쪽에서 미스 마플이 덩굴풀과의 덧없는 싸움을 아직도 계속하고 있었다.

"네, 그래요, 제인 아주머니예요. 아주머니는 친절하게도 정원일을

원숭이 앞발 275

도와주고 계시답니다."
"미스 마플이시군요. 음, 과연."
그웬더가 알 수 없다는 눈으로 그를 지켜보며 말했다.
"아주머니는 매우 소중한 분이에요."
그러자 그가 대답했다.
"매우 유명한 부인이십니다. 미스 마플은 적어도 세 주의 경찰서장을 손 안에 쥐고 있지요. 우리 서장은 아직 그렇지 않지만, 언젠가는 그렇게 될 겁니다. 미스 마플께서 이 사건에 손대고 있단 말씀이군요?"
"아주머니는 여러 가지로 도움될 말을 많이 해주셨어요."
"그러시겠지요. 어디를 찾으면 핼리데이 부인의 시체가 발견될 거라는 것도 미스 마플의 도움말입니까?"
"자일스와 내가 어디를 찾으면 되는지 알 수 있을 거라고 아주머니가 말씀하셨어요. 좀더 일찍 그것을 생각해내지 못했다니, 우리는 마치 바보처럼 여겨졌지요."
경감이 상냥하게 작은 소리로 웃었다. 그리고 아래로 내려가 미스 마플의 곁에 서서 말했다.
"미스 마플, 아직 소개는 받지 못했습니다만, 전에 멜러즈 대령께서 저분이 미스 마플이라고 가르쳐 주신 일이 있습니다."
미스 마플이 일어섰다. 손에 푸른 덩굴풀을 한 움큼 움켜쥔 채 얼굴을 붉혔다.
"어머나, 그랬어요? 멜러즈 대령님 성함을 들으니 반갑군요. 그때 이후로 매우 친절히 대해주셨지요. 그때가 언제였더라?"
"목사관 서재에서 교구위원이 사살된 사건 뒤였습니다. 퍽 오래 전 일이었지요. 그러나 당신은 그 뒤로도 여러 가지 사건에서 성공을 거두셨습니다. 림스톡 가까이에서 일어났던 독 묻은 펜 사건이며 여러 가지로."

"경감님, 나에 대해 잘 아시는 것 같군요."

"플라이머라고 합니다. 여기서도 매우 바쁘게 지내시는 것 같군요."

"네, 이 정원을 손질해보려 하고 있어요. 어찌나 오래 내버려 두었는지 모르겠어요. 이를테면 이 덩굴풀만 해도 아주 성가시거든요."

미스 마플은 경감을 보며 말했다.

"이 뿌리는 땅속으로 어디까지나 자라 가고 있어요. 매우 깊은 곳까지 말이에요. 흙 속으로 뻗어 가는 거지요."

"옳은 말씀입니다. 훨씬 깊게 훨씬 옛날……, 다시 말해서 이 살인에 대한 일입니다만, 18년 동안이나."

미스 마플이 말했다.

"아마 더 옛날부터일 거예요. 땅속으로 뻗어 나가 무서운 해악을 끼친답니다. 자라나려는 꽃의 목숨을 빼앗으니까요……."

한 경관이 오솔길을 걸어왔다. 땀을 뻘뻘 흘리며 이마에는 흙이 묻어 있었다.

"찾았습니다. 뭔가가 있는데, 확실히 그녀인 것 같습니다."

2

그웬더는 되새겨 생각하고 있었다. 그날이 악몽 같은 양상을 띠기 시작한 것은 그때부터였다.

자일스가 들어왔다. 얼굴이 좀 파리해져 있었다.

"저건 그녀요. 틀림없소, 그웬더."

그런 다음 경관 한 사람이 전화를 걸고, 키가 작달막하고 바빠 보이는 경찰의가 도착했다.

코커 부인이, 그 냉정하고 침착한 코커 부인이 정원으로 나간 것은 그때였다. 잔인한 호기심 때문이었다고 여겨질지도 모르지만, 실은 다만 점심 식사를 위해 준비한 요리에 곁들일 파란 잎사귀가 필요해서 따라 간 것이었다.

코커 부인은 바로 어제 있었던 살인 소식을 듣고 놀라움에 찬 비난과 그웬더의 건강에 미칠 영향에 대해 걱정하고 있었다. 코커 부인은 정해진 몇 달만 지나면 2층 아기 방을 정말로 쓰게 될 거라고 분명히 손꼽아 기다리고 있었기 때문이다. 그녀는 그 기분 나쁜 발견물이 있는 곳으로 곧장 걸어갔다. 그리고 별안간 걱정스러울 만큼 '기분이 이상해지고' 말았다.

"마님, 저는 굉장히 무서워요. 사람 뼈라니, 저는 도무지 견딜 수가 없어요. 해골이라니요. 더욱이 이 정원에, 박하나무 잎사귀며 그런 것들 옆에 해골이 있었다니. 가슴이 두근거려 숨이 막힐 것 같아요. 죄송한 부탁입니다만, 브랜디 한 모금만……."

그웬더는 코커 부인의 가쁜 숨소리와 흙빛이 된 얼굴을 보고 깜짝 놀라 식기장으로 달려가 브랜디를 조금 따라 와 코커 부인에게 먹였다.

"이제 살았어요, 마님."

그때 별안간 그녀의 목소리가 약해지고 너무 괴로워해서, 그웬더는 비명을 지르며 자일스를 불렀고, 자일스는 큰소리로 경찰의를 불렀다.

나중에 경찰의가 말했다.

"제가 마침 그 자리에 있었던 것은 정말 행운이었습니다. 아무튼 위험할 뻔했습니다. 의사가 없었다면 그 부인은 그대로 꼼짝없이 죽어 버렸을 겁니다."

플라이머 경감은 브랜디 병을 집어 들고 의사와 쑤군쑤군 의논하기 시작했다. 그리고 플라이머 경감은 그웬더에게 그녀와 자일스가 마지막으로 그 병에 담긴 브랜디를 마신 게 언제냐고 물었다.

그웬더는 여러 날 전부터 마시지 않은 것 같다고 말했다. 그들은 집을 비우고 북부에 가 있었으며 최근 두세 번 술을 마셨을 때에는 진을 마셨던 것이다.

"하지만 어제 저는 하마터면 브랜디를 마실 뻔했어요. 다만 그걸 마시면 늘 해협의 기선이 생각난다는 이유로 마시지 않았지요. 그래서 자일스가 새 위스키 병을 따주었어요."

"그건 정말 행운이었습니다, 리드 부인. 만일 어제 브랜디를 마셨더라면 부인께서 오늘 살아 있을지 어떨지 모릅니다."

그웬더는 몸을 떨며 말했다.

"자일스도 하마터면 마실 뻔했답니다. 하지만 저와 함께 위스키를 마셨지요."

코커 부인이 병원으로 옮겨졌기 때문에 자일스는 통조림만으로 급히 점심 식사를 끝낸 다음 경찰에서 온 사람들을 따라 나갔다.

집안에 혼자 남아 있게 된 지금 그웬더는 오늘 아침에 일어난 소동이 도저히 믿기지 않는 심정이었다.

한 가지 사실이 뚜렷하게 떠올랐다. 어제 이 집에 재키 애플릭과 월터 페인이 있었다는 일이. 두 사람 다 브랜디에 손을 댈 수 있었을 것이다.

그들을 전화로 불러낸 목적은 그들 중 한 사람에게 브랜디 병에 독을 넣을 기회를 준 게 아니고 대체 무엇이었겠는가? 그웬더와 자일스는 너무도 사건의 진상에 가까이 다가와 있었던 것이다.

어쩌면 그녀와 자일스가 케네디 박사 집에서 릴리 킴블이 약속대로 와주기를 기다리는 동안 제3의 인물이 밖에서, 아마도 응접실의 열려 있는 창문으로 들어온 것일까? 의혹을 다른 두 사람에게로 돌리기 위해 전화로 불러낼 것을 계획한 제3의 인물이?

그러나 제3의 인물이란 이치에 맞지 않는다고 그웬더는 생각했다. 만일 제3의 인물이 있다면 틀림없이 둘 가운데 한 사람에게만 전화를 걸었을 터이므로. 제3의 인물에게 필요한 것은 한 사람의 용의자지 두 사람은 아닐 것이다.

그러면 대체 누가 제3의 인물이 될 것인가? 어스킨은 틀림없이 노섬벌랜드에 있었다. 그렇다면 월터 페인이 애플릭에게 전화하여 자기도 전화를 받은 것처럼 보이게 한 것일까? 아니면 애플릭이 페인에게 전화를 걸어 마찬가지로 전화로 불러내어진 것처럼 보이게 한 것인가?

그 두 사람 가운데 하나다. 그리고 그녀와 자일스보다도 더 교묘하고 더 많은 수단을 갖고 있는 경찰이 어느쪽인가를 찾아내게 되리라. 그동안 두 사람은 감시받게 될 것이다. 그 두 사람은 이제 다시는 시험해 볼 수 없으리라.

그웬더는 다시 몸을 떨었다. 누군가가 자기들을 죽이려 했다는 사실을 깨닫기까지는 오랜 시간이 걸렸다.

미스 마플은 훨씬 전부터 말하고 있었다.

"위험한 일이에요."

그러나 그웬더와 자일스는 위험하다는 생각을 정말로 중대하게 여기지 않았었다. 릴리 킴블이 살해된 뒤에도 누군가가 자기와 자일스를 죽이려 할 거라는 생각은 하지 못했다. 자기와 자일스가 18년 전 일어난 사건의 진상에 너무 가까이 다가서 있다는 사실만으로, 그때 무슨 일이 있었으며, 누가 그렇게 했는가 하는 수수께끼를 밝히려 했다는 것만으로.

월터 페인과 재키 애플릭……

"어느 쪽일까?"

그웬더는 눈을 감고 그녀가 새로 얻은 지식에 비추어 다시금 그들을 처음부터 살펴보려 했다.

얌전한 월터 페인. 사무실에 앉아 있는, 거미줄 한가운데에 있는 시퍼런 거미. 너무나도 얌전하고 악의 없는 생김새. 블라인드를 내린 집. 그 집안에 누군가 죽은 사람이 있다, 18년 전에 죽은 누군가가. 그러나 아직도 거기에 있다. 얌전한 월터 페인이 지금은 얼마나 불길하게 보이는지 모른다.

월터 페인. 예전에 자기 형을 죽일 듯 덤벼들었던 사람. 월터 페인. 헬렌이 경멸적으로 한 번은 여기에서, 또 한 번은 인도에서 결혼을 거절했던 사람. 이중의 거절. 이중의 치욕.

월터 페인. 너무나도 얌전하고 너무나도 무감동하다. 아마도 갑작스러운 잔인한 폭력에 의해서만 진정한 자기를 나타낼 수 있는 사람. 틀림없이 얌전한 리지 보든이 예전에 그러했듯이······.

그웬더는 눈을 떴다. 내가 월터 페인만을 그런 사람이라고 단정짓고 있는 게 아닐까?

그러나 애플릭에 대해서는 눈을 감지 않고도 생각할 수 있다.

그가 입은 강렬한 빛깔의 체크 무늬 옷. 월터 페인과는 정반대로 으스대는 것 같은 태도, 애플릭에게는 억압된 면도 얌전한 면도 전혀 없다. 그러나 그는 틀림없이 열등감 때문에 그런 태도를 몸에 익힌 것이리라. 전문가의 말을 들으면, 열등감이란 그렇게 나타나는 거라고 한다. 자기에게 자신이 없는 사람은 반드시 자랑하고 자기 주장을 내세우며 으스대는 법이다.

헬렌에게 어울리는 사람이 아니라서 그는 거절당한 것이다. 상처는 점점 곪아 갔고 잊혀지지 않았다. 출세해야겠다는 결의, 모든 사람이 그에게 등을 돌렸다는 피해망상, '적'에 의해 날조된 억울한 죄 때문에 일자리에서 쫓겨났다는 생각. 확실히 그것은 애플릭이 정상이 아니라는 걸 보여 주고 있다. 그런 남자는 다른 사람을 죽임으로써 자신이 힘을 지닌 듯한 느낌을 얻는 게 아닐까?

그의 그 무던해 보이는 명랑한 얼굴은 실은 잔인한 얼굴이었다. 그는 잔인한 남자였다. 여위고 핼쑥한 그의 아내는 그것을 알기 때문에 그를 두려워했다.

릴리 킴블은 그를 협박했고, 그리고 죽었다. 그웬더와 자일스는 주제넘은 짓을 했다. 그렇다면 그웬더와 자일스 또한 죽어야만 한다. 그리고 옛날에 그를 해고했던 월터 페인을 함께 끌어넣는다. 이야기는 매우 잘 들어맞았다.

그녀는 몸을 부르르 떨고 상상에서 빠져 나와 현실의 일로 돌아왔다. 자일스가 집으로 돌아오면 차를 마시고 싶어할 것이다. 점심 식사 설거지를 해야 한다.

그녀는 쟁반을 가져와 그릇을 부엌으로 옮겼다. 부엌은 깨끗이 정돈되어 있었다. 코커 부인은 정말 소중한 사람이다.

개수대 옆에 외과용 고무 장갑 한 켤레가 있었다. 코커 부인은 빨래나 설거지를 할 때 언제나 그것을 두 손에 낀다. 그녀의 조카가 병원에 근무해서 싼 값으로 사온 것이다.

그웬더는 두 손에 그것을 끼고 그릇을 씻기 시작했다. 손을 물에 적시고 싶지 않았던 것이다. 그녀는 접시를 씻어 접시꽂이에 꽂고, 다른 그릇도 씻어서 닦아 모두 깔끔하게 치웠다.

그런 다음 여전히 깊은 생각에 잠긴 채 그녀는 2층으로 올라갔다. 양말이며 잠바 한두 벌을 빨아 놓는 게 좋겠다고 생각했다. 장갑을 낀 채였다.

이런 자질구레한 일들이 그녀의 의식의 표면에 있었다. 그러나 어딘지 더 깊은 곳에 있는 무언가가 끊임없이 그녀를 괴롭혔다.

월터 페인, 재키 애플릭……. 그들 가운데 어느 누구일 것이다.

그녀는 그들 가운데 어느 하나가 범인일 것이라는 꽤 그럴듯한 이유를 생각해낼 수 있었던 것이다. 그러나 아마도 바로 그것이 그녀를 괴롭히는 일인지도 모른다. 엄밀히 말해서 그들 가운데 어느 한 사람만을 의심할 수 있다면 훨씬 만족스러울 테니까. 지금은 당연히 어느 쪽인지 알고 있어야 할 터이지만, 그웬더는 아직 알지 못했다.

만일 그 밖에 누가 있다면……. 그러나 아무도 있을 리 없다. 리처드 어스킨은 아니다. 릴리 킴블이 살해된 때에도, 브랜디 병에 무엇이 넣어졌을 때에도 리처드 어스킨은 노섬벌랜드에 있었으니까. 확실히 리처드 어스킨은 아니다.

그녀는 그것이 기뻤다. 그녀는 리처드 어스킨에게 호의를 지니고 있었다. 리처드 어스킨은 아주 매력적이었다. 그 의심많은 눈과 굵고 낮은 목소리를 지닌 커다란 바위 같은 여자와 결혼한 그는 정말 가엾어 보였다. 그의 아내는 마치 남자 같은 목소리의 여자였다.

남자 같은 목소리…….

그 생각은 기묘한 불안감과 더불어 그녀의 마음을 가로질러갔다.

남자 목소리……. 그것은 남편이 아니라 어스킨 부인이었을까? 어젯밤 전화를 받고 자일스에게 응답한 것은? 아니다, 설마 그럴 리가! 결코 그렇지 않다. 그런 일은 있을 수 없다. 그웬더와 자일스는 알 수 있었을 것이다. 게다가 만일 어스킨 부인이 전화를 받았다 할지라도 누구에게서 온 전화였는지 미리 알았을 리 없을 것이다. 그렇다, 물론 어스킨이 받은 것이다. 그리고 그의 아내는 그의 말대로 집에 없었던 것이다.

그의 아내는 집에 없었다…….

설마, 그런 일은 불가능하다……. 어스킨 부인이 범인이라니, 그게 있을 수 있는 일이겠는가? 어스킨 부인이 질투로 몹시 흥분해서? 어스킨 부인에게 릴리 킴블이 편지를 보내서? 레오니가 18년 전 그 날 밤 창문으로 밖을 내다보았을 때 본 사람은 여자였을까?

별안간 아래층 홀에서 문이 쾅 닫히는 소리가 들렸다. 누군가 현관 문으로 들어온 것이다.

그웬더는 욕실에서 층계참으로 나가 난간 위에서 내려다보았다. 그것이 케네디 박사임을 알자 마음이 놓였다. 그녀는 아래를 향해 불렀다.

"여기 있어요!"

그녀는 두 손을 눈앞으로 내밀고 있었다. 젖어서 번쩍거리는 이상하게 핑크빛이 도는 잿빛이다. 그것은 뭔가를 생각나게 했다…….

케네디 박사는 손을 이마에 대고 위를 올려다보았다.

"그웨니오? 얼굴이 보이지 않는구려……. 눈이 부셔서……."

그때 그웬더는 비명을 질렀다.

그녀가 본 것은 그 매끄러운 원숭이 앞발, 들은 것은 홀에서 들은 그 목소리였다.

그녀가 가쁜 숨을 몰아쉬며 가까스로 말했다.

"당신이었군요……. 당신이 그녀를 죽였어요……. 헬렌을 죽인 거예요. 지금에야 알았어요. 당신이었군요……. 모두…… 당신이……."

그는 그녀를 향해 층계를 올라왔다, 천천히……. 그녀를 뚫어지게 쏘아보며.

그가 말했다.

"어째서 나를 내버려두지 못했소? 어째서 주제넘게 참견해야만 했느냔 말이오? 어째서 당신은 그 아이를 생각나게 만들었소?

나는 이제야 겨우 잊으려, 잊어버리려 했는데? 당신은 그 아이를 다시 생각나게 했소. 헬렌을, 헬렌을. 또다시 그 일을 모조리 끄집어내어. 그래서 나는 릴리를 죽여야만 했소……. 이번에는 당신을 죽여야만 하오, 헬렌을 죽인 것처럼. 그래, 헬렌을 죽인 것처럼……."

그는 바야흐로 그녀 바로 곁에 있었다. 두 손을 그녀에게 뻗치고……. 그 손이 목을 향해 뻗은 것임을 그녀는 알 수 있었다.

그 친절해 보이는 묘하게 생긴 얼굴, 그 무던하고 평범한 중년 남자의 얼굴, 그것은 이제까지 본 얼굴과 똑같았다. 그러나 눈만은 정상이 아니었다.

그웬더는 천천히 뒷걸음질쳤다. 비명은 목구멍 깊숙이에서 얼어붙어 버렸다. 조금 전에는 비명을 질렀다. 그러나 이번에는 비명도 나오지 않았다. 비록 비명을 질렀다 해도 아무도 듣지 못했으리라.

집안에는 아무도 없었다. 자일스도, 코커 부인도, 미스 마플마저 정원에 나가 있다. 아무도 없었다.

옆집은 너무 멀리 떨어져 있어 고함친다 해도 목소리가 이르지 않는다. 어떻든 그녀는 외칠 수가 없었다. 너무 너무 무서워 목소리가 나오지 않았다. 가공할 두 손이 다가오는 것에 겁먹어서…….

그녀가 뒤로 물러서자 그가 쫓아왔다. 마침내 아기 방 문에 등을 대고 그녀는 걸음을 멈췄다. 그의 두 손이 그녀의 목을 감아 죄려고 했다.

가련하고 가냘픈 숨막힐 것 같은 흐느낌이 그녀의 입술 사이로 새어 나왔다.

그때 갑자기 케네디 박사는 손을 놓고 뒤로 비틀거렸다. 두 눈에 비눗물 세례를 받은 것이다. 그는 헐떡이고 눈을 껌벅거리며 두 손으로 얼굴을 가렸다.

미스 마플의 목소리가 들려 왔다.

"정말 운이 좋았어."

그녀는 뒤쪽 층계를 굉장한 기세로 뛰어올라 와서 숨이 좀 가빴다.

"마침 분무기로 정원 장미꽃에 낀 진딧물을 잡던 참이었지……."

원숭이 앞발 285

Postscript at Torquay
# 뒷이야기

미스 마플이 말했다.
"그웬더, 그 집에 당신 혼자만 있게 하고 모두들 나가리라곤 꿈에도 생각지 못했어요. 나는 매우 위험한 사람이 그 집에 자유로이 드나들고 있다는 걸 알고 있었지요. 그래서 정원에서 눈에 띄지 않게 계속 살펴보았어요."
그웬더가 물었다.
"아주머니는 그것이 바로 그라는 것을 전부터 알고 있었나요?"
그들 세 사람, 미스 마플과 그웬더와 자일스는 토키의 임페리얼 호텔 테라스에 앉아 있었다.
"장소를 옮기는 게 좋겠어요."
미스 마플이 제안하자 자일스도 그웬더를 위해 그게 좋겠다고 찬성했으며, 플라이머 경감도 동의해 주었으므로 그들은 곧 토키까지 드라이브해 온 것이었다.
미스 마플은 그웬더의 질문에 대답하여 말했다.
"글쎄요. 그렇게 암시하고 있는 것 같기는 했지요. 불행하게도 그것을 보증할 증거가 될 만한 게 아무것도 없었지만요. 다만 암시일 뿐, 그 이상은 아무것도 없었어요."
신기한 듯 그녀를 바라보며 자일스가 말했다.
"그러나 내게는 아무런 암시도 보이지 않았는데요."
"어머나, 자일스, 생각 좀 해봐요. 우선 첫째로 그는 그 현장에 있었는걸요."
"그 현장에요?"
"아주 확실하게 있었지요. 켈빈 핼리데이가 그날 밤 케네디 박사 집으로 갔을 때 그는 마침 병원에서 돌아온 참이었어요. 그 무렵 그 병원은 몇몇 사람이 말했듯 힐사이드, 그 무렵의 이름으로 말한다면 세인트캐서린 옆집이었어요. 그러니 알 수 있잖아요. 그는 그 때 바로 그 자리에 있었던 거예요.

 그리고 또 많은 자질구레하고 중요한 사실이 있었어요. 헬렌 핼리데이는 리처드 어스킨에게 자신이 행복한 생활을 하고 있지 못해서 월터 페인과 결혼하기 위해 집을 떠나왔다고 했어요. 다시 말해 오빠와 함께 살면서 행복하지 못했던 거지요.

 하지만 오빠는 아무리 생각해 봐도 그녀를 무척 사랑했어요. 그런데 왜 행복하지 못했을까요?

 애플릭 씨는 당신들에게 '그녀가 가엾었다'고 말했다지요? 그가 헬렌을 가리켜 그렇게 말한 것은 정말 진심이었다고 생각해요. 애플릭은 그녀를 가엾게 여겼었지요.

 헬렌은 어째서 그렇게 떳떳지 못한 방법으로 애플릭을 만나러 가야만 했을까요? 그녀가 애플릭을 열렬히 사랑하지 않았다는 것은 분명한데 말예요.

 그것은 그녀가 여느 방법으로는 젊은 남자들과 사귈 수 없었기 때문이 아닐까요? 그녀의 오빠는 '엄격하고 구식이었다'고 했어요. 그것은 어쩐지 '윔폴 거리의 배럿 씨'를 생각나게 하잖아요?"
그웬더가 몸을 부르르 떨었다.
"그는 미쳤어요. 미친 사람이에요."
"그래요. 그는 정상이 아니었어요. 그는 자기의 배다른 동생을 열렬히 사랑했어요. 그리고 그 애정은 독점적이고 건전하지 못했지요.

그런 일은 당신들이 생각하는 것보다 훨씬 더 세상에 많아요. 딸이 결혼하는 것을 싫어하는 아버지. 배럿 씨처럼 말예요. 그 테니스 네트 이야기를 들었을 때 그런 생각이 들었어요."
"테니스 네트요?"
"그 사건은 매우 흥미롭게 보였어요. 그 소녀 헬렌을 생각해봐요. 학교를 갓 나온 여자아이로 인생에서 찾으려는 모든 것을 열망하고 젊은 남자를 만나 사랑도 하고 싶어하는 소녀를."
"조금 바람기가 있었고……"
미스 마플이 힘주어 말했다.
"그렇지 않아요. 그렇게 생각하도록 한 게 이 범죄의 가장 지독한 점 가운데 하나예요. 케네디 박사는 헬렌을 육체적으로뿐만 아니라 정신적으로도 죽인 셈이지요.

주의깊게 되새겨 생각해 보면 헬렌 케네디가 남자라면 무조건 좋아했다느니, 그웬더, 당신이 썼던 말은 뭐였지요? 아, 그래요, 색정광이었다는 말을 한 유일한 근거는 케네디 박사에게서 들은 말이었을 뿐임을 알 수 있겠지요?

내가 생각하기에 그녀는 보통의 평범한 젊은 여자로, 유쾌하고 즐겁게 지내며 남자와도 좀 사귀고 자기가 선택한 남성과 결혼하여 자리잡기를 바랐을 뿐이었다고 생각해요. 그런데 오빠가 취한 수단을 좀 봐요.

처음에는 그녀의 자유를 인정하지 않는 엄격한 보수성, 그 다음에는 그녀가 테니스 파티를 열려고 했을 때, 이 아주 정상적이고 조금도 해롭지 않은 욕구에 대해 그는 그러라고 해놓고는 어느 날 밤 아무도 모르게 그 테니스 네트를 갈기갈기 찢어 버렸어요. 너무나도 의미깊고 병적일 만큼 잔혹한 행위예요.

그래도 그녀가 또 다시 테니스며 댄스를 하러 나갈지도 모른다는 생각에 그는 일부러 현관 앞뜰에 구두닦는 매트를 내다놓아 그녀가 걸려 넘어지게 하여 다리에 긁힌 상처를 낸 다음 그걸 이용했지요. 다시 말해 진료하는 체하며 실은 상처가 낫지 않도록 병균을 감염시켰던 거예요.

그래요, 틀림없이 그렇게 했으리라고 생각해요. 정말이에요. 나는 그렇게 확신해요.

다만 헬렌은 그런 일을 아무것도 알아차리지 못했을 거예요. 오빠가 자기에게 깊은 애정을 갖고 있다는 것은 알았겠지요. 하지만 어째서 집에 있기가 불안하고 불행하게 여겨지는지 뚜렷하게 알았을 거라고는 생각되지 않아요.

그녀는 그와 같은 일을 느끼기는 했어요. 그래서 마침내 오직 달아나기 위해서 월터 페인과 결혼하러 인도까지 가기로 결심했지요. 무엇으로부터 달아나기 위해서인가? 그녀는 그걸 알지 못했어요. 아직 어리고 너무 정직했기 때문에 알지 못했지요.

그리하여 인도로 떠났고, 도중에 리처드 어스킨을 만나 사랑했어요. 거기서도 또한 그녀는 바람난 여자 같지 않았고, 조심성 있는 훌륭한 젊은 여성처럼 행동했어요. 그녀는 어스킨에게 부인과 헤어지라고 조르거나 하지 않았지요. 그렇게 하지 말라고 했어요.

그러나 월터 페인을 만나 보니 페인과는 결혼할 수 없음을 알았지요. 그리고는 어떻게 해야 좋을지 알 수 없어서, 오빠에게 전보를 쳐서 돌아갈 여비를 부탁했어요.

돌아오는 길에 그녀는 그웬더의 아버지를 만났지요. 또 하나 탈출할 길이 보인 거예요. 이번에는 충분히 행복할 가망이 있는 길이었어요.

그녀가 당신 아버지와 결혼한 것은 자기 마음을 속이고 한 일이 아니었어요, 그웬더. 아버지는 사랑하는 아내의 죽음에서 차츰 회복되어 가는 때였지요. 그리고 그녀는 불행한 사랑을 극복해 가는 참이었고요. 두 사람은 서로 도울 수 있었어요.

그녀와 켈빈 핼리데이가 런던에서 결혼하고, 그런 다음 딜머스로 가서 케네디 박사에게 그 소식을 털어놓은 것은 중요한 일로 여겨져요. 그렇게 하는 게 딜머스로 일단 갔다가 결혼하는 것보다 현명할 거라고 그녀는 본능적으로 알았던 게 아닐까요. 딜머스에서 결혼하는 것이 당연했을 텐데 말예요.

하지만 나는 그녀가 아직 어떤 어려움에 처해 있는지 알지 못했다고 생각해요. 다만 그녀는 불안했지요. 그래서 오빠에게 결혼을 기정 사실로 내놓는 편이 안전하다고 느끼고 있었던 거예요.

켈빈 핼리데이는 케네디 박사와 친하게 지내며 호감도 품고 있었어요. 케네디 박사 쪽은 애써 이 결혼을 기뻐하는 것처럼 행동했지요.

부부는 그 가까이에 가구 딸린 집을 빌렸어요. 그리고 마침내 매우 중요한 사실에 부닥치게 되었어요. 아내가 마약을 먹여 왔다고 켈빈이 생각하게 된 거예요.

이 일에 대해서는 두 가지 설명밖에 없다고 생각해요. 그런 일을 할 기회가 있었던 사람은 둘밖에 없었으니까요.

하나는 헬렌 핼리데이가 남편에게 마약을 먹여 왔다는 것. 만일 그렇다면 어째서인가? 또 하나는 그 마약을 케네디 박사가 주었다는 것.
 케네디는 핼리데이가 진찰받은 일로 보아 분명 핼리데이의 주치의였어요. 핼리데이는 케네디의 의학적 지식을 믿고 있었지요. 케네디는 그에게 아내가 마약을 먹이고 있다는 생각을 매우 교묘하게 암시한 거예요."
자일스가 물었다.
"그러나 마약이 자기 아내를 죽이는 환각을 일으키게 할 수 있을까요? 다시 말해서 그런 특수한 효과를 지닌 마약이란 없는 줄로 압니다만."
"자일스, 당신은 또다시 함정에 빠져 있어요. 다른 사람이 자기에게 한 말을 믿어 버리는 함정에. 핼리데이가 그와 같은 환각에 사로잡혀 있었다는 말을 한 사람은 케네디 박사 뿐이에요. 핼리데이 자신은 일기 속에서도 결코 그렇게 말하지 않았어요.
 확실히 그는 환각에 빠졌어요. 그러나 어떤 성질의 환각인지는 말하지 않았지요. 케네디는 켈빈 핼리데이가 경험하고 있는 것 같은 단계를 거친 뒤 자기 아내를 죽인 남자들이 있다고 핼리데이에게 말한 게 아닐까요?"
그웬더가 말했다.
"케네디 박사는 정말로 지독한 사람이군요."
미스 마플이 말했다.
"나는 그즈음의 그가 분명히 제정신과 정신이상의 경계선을 넘었다고 생각해요. 그리고 가엾은 헬렌은 그것을 깨닫기 시작한 거예요. 릴리가 엿들었다는 날 그녀가 이야기했다는 상대란 틀림없이 오빠였을 거예요.
 '……언제나 당신이 무서웠어요.'
 이것은 그녀가 한 말 가운데 하나였지요. 그리고 그것은 매우 중요한 일이었어요. 그래서 그녀는 딜머스를 떠날 결심을 한 거예요.
 그녀는 노력에 집을 사도록 남편을 설득하고는, 그 일에 대해 아무에게도 말하지 않도록 납득시켰어요. 그 자체가 매우 기묘한 점 아니겠어요?
 비밀로 해두고 싶다는 것은 문제를 밝히는 데 매우 도움이 돼요. 그녀는 분명 어떤 사람이 그것을 알게 되는 걸 두려워했던 거예요.
 그러나 그 일은 월터 페인의 경우에도, 그리고 재키 애플릭의 경우에도 들어맞지 않아요. 물론 리처드 어스킨의 경우에도 맞지 않는 건 마찬가지예요. 그보다도 그 말은 좀더 가정에서 가까운 곳을 가리켰던 거예요.
 그런데 켈빈 핼리데이는 당연히 그 비밀이 무거운 짐이 되었고 무의미한 일로 여겨져서 끝내 처남에게 이야기해 버렸지요. 그렇게 함으로써 그는 자신의 운명과 아내의 운명을 결정짓고 말았던 거예요.
 케네디는 헬렌이 남편과 함께 멀리서 행복하게 살도록 허락할 마음이 없었어요. 아마도 그는 처음에는 다만 마약으로 핼리데이의 건강을 해치려는 게 목적이었겠지요. 그런데 그 희생자와 헬렌이 자기에게서 달아나려 하는 것을 알자 그는 완전히 이성을 잃고 말았어요.
 그는 병원에서 외과용 장갑 한 켤레를 들고 세인트캐서린의 정원을 가로질러 왔어요. 홀에서 헬렌을 붙잡아 목졸라 죽였지요. 그를 본 사람은 아무도 없었어요. 거기에 목격자는 없었던 거예요. 적어도 그는 그렇게 생각했지요. 그러므로 애정과 정신이상에 시달리고 있던 그는 그 너무나도 꼭 들어맞는 비극적인 대사를 인용했던 거예요."
미스 마플은 한숨을 쉬고 혀를 찼다.

"우리는 바보였어요. 우리는 모두 정말로 바보였어요. 곧 알아차렸어야만 했던 거예요. 〈말피 공작부인〉의 그 대사야말로 사건 전체의 단서였으니까요. 그 대사는 여동생이 사랑하는 남자와 결혼한데 대한 복수로 그녀를 살해한 오빠가 한 말일 거예요. 그래요, 우리는 참으로 바보였어요."

자일스가 물었다.

"그래, 그 다음은요?"

"그런 다음 그는 저 악마와도 같은 모든 계획을 해치웠지요. 시체를 2층으로 옮겨 놓고 여행 가방에 옷가지를 담은 다음 나중에 헬리데이가 믿도록 하기 위해 편지를 써서 휴지통에 버린 거예요."

그웬더가 말했다.

"하지만 내게는 이렇게도 생각되는데요. 그의 입장에서는, 실제로 아버지에게 살인죄를 씌워 버리는 편이 좋지 않았을까요?"

미스 마플은 고개를 저었다.

"아니에요. 그는 빈틈없는 스코틀랜드인적인 상식을 많이 갖고 있는 사람이어서 그런 위험한 짓은 할 수 없었어요. 경찰에 대해 그는 건전한 경의를 나타내고 있었어요. 경찰은 한 인간이 살인죄를 저질렀다고 믿기까지 많은 것을 확인하지요.

경찰에서 사건을 다루게 되면 여러 가지로 복잡한 질문을 받을 테고, 시간이며 장소에 대해서도 기분 나쁜 조사를 받을 거예요.

그런 일이 없도록 그의 계획은 좀더 단순했어요. 그리고 좀더 악마적이었다고 나는 생각해요.

그는 헬리데이로 하여금 처음에는 자기가 아내를 죽인 거라고 믿게 하고 다음에는 자신이 미친 것으로 여기게 한 거예요.

그는 헬리데이에게 정신병원으로 들어갈 것을 권했어요. 하지만 그는 정말로 모든 게 망상이라고 헬리데이가 믿도록 만들고 싶었던 건 아니라고 생각해요.

그웬더의 아버님은 그 이야기를 주로 그웨니, 다시 말해서 그웬더를 위해 받아들였다고 나는 생각지 않을 수 없어요. 아버님은 자기가 헬렌을 죽인 거라고 계속 믿고 있었지요. 그분은 그렇게 믿으면서 세상을 떠나신 거예요."

그웬더가 말했다.

"너무 잔혹한 사람이에요. 너무해요. 정말 너무해요. 지독한 사람이에요."

"그래요. 정말 그렇게밖에는 말할 수가 없어요. 그웬더, 그렇기 때문에 당신이 본 것에 대한 어린아이다운 인상이 그토록 강하게 남아 있었다고 나는 생각해요. 그날 밤 공중에 떠돌고 있었던 것은 진짜 악이었어요."

"하지만 편지는? 헬렌의 편지는 어떻게 되지요? 그것은 그녀의 필적으로 씌어 있었어요. 그러니 그것이 가짜였다고 할 수는 없을 거예요."

"그건 가짜예요! 하지만 그가 재주를 너무 지나치게 부려 실패한 것도 바로 그 점이었어요.

그는 그웬더와 자일스가 조사를 진행해 나가는 것을 매우 걱정하고 있었어요. 그는 아마도 헬렌의 필적을 꽤 잘 흉내낼 수 있었겠지요. 하지만 전문가의 눈을 속일 수는 없지요. 따라서 그가 편지와 함께 그웬더에게 전해 준 헬렌의 필적 견본도 실은 그녀의 필적이 아니었어요. 그는 그것을 자신이 썼어요. 그러므로 당연히 딱 들어맞았던 거지요."

"그랬었군요. 그런 줄은 생각도 못했어요."

미스 마플이 말했다.

"그럴 거예요. 당신은 그가 한 말을 믿었지요. 사람을 믿는다는 건 매우 위험한 일이에요. 나는 결코 그러지 않아요."
"그럼, 브랜디는?"
"힐사이드로 헬렌의 편지를 가져왔을 때 그는 정원에서 나와 이야기를 했어요. 그날 집어 넣은 것이겠지요. 코커 부인이 정원으로 나와 그가 찾아왔다는 말을 나에게 전해 주는 동안 그는 집안에서 기다리고 있었어요. 그 일은 아주 조금의 틈만 있으면 할 수 있었을 테니까요."
자일스가 말했다.
"아, 그렇군요. 그래서 릴리 킴블이 살해되어 경찰서로 불려갔을 때, 그웬더가 속이 이상하다고 하자 그는 나에게 그웬더를 집으로 데려가 브랜디를 마시게 하라고 권했군요. 그런데 그는 어떻게 편지에 쓴 시간보다 더 일찍 릴리와 만날 약속을 했을까요?"
"그것은 아주 간단한 일이에요. 그가 릴리에게 보낸 편지에는 우들리 캠프에서 만날 테니 딜머스에서 2시 5분에 떠나는 기차로 매칭즈홀트에 오라고 씌어 있었겠지요. 그는 틀림없이 떨기나무 숲 속에서 나타났을 거예요. 그리고 릴리가 오솔길을 막 올라왔을 때 불러 세워 목을 조른 거지요.

그 다음에는 다만 릴리가 갖고 있던 편지——지도가 그려져 있으니 가져오라고 그가 말한——를 당신들이 본 편지와 슬쩍 바꿔쳤을 뿐이에요. 그리고 집에 돌아와 당신들을 맞을 준비를 하고, 릴리를 기다리는 엉터리 연극을 해낸 거지요."
"그런데 릴리가 정말로 그를 협박했을까요? 그럴 것 같지는 않습니다만. 그 편지로는 그녀가 애플릭을 의심했던 것으로 여겨졌습니다."
"그랬을지도 모르지요. 하지만 스위스 소녀 레오니는 릴리에게 이야기했었지요. 레오니는 케네디에게 위험한 존재였어요. 그녀는 아기 방 창문으로 밖을 내다보다가 케네디가 정원을 파는 걸 보았으니까요.

 아침에 그는 레어니에게 모든 것을 털어놓고 말했겠지요. 핼리데이 소령이 부인을 죽였는데, 소령은 정신이 이상해진 상태라서 케네디 자신이 아이를 위해 사건을 아무도 모르게 덮어두려 하는 거라고.

 그래도 만일 레어니가 경찰에 가야 한다고 생각했다면 그녀는 그렇게 했겠지요. 하지만 그것은 그녀에게 있어 매우 언짢은 일이었을 테고, 또 그 밖에도 여러 가지 이유가 있었을 거예요.

 레어니는 경찰이라는 말만 들어도 곧 겁먹었어요. 그녀는 그웨니를 무척 귀여워했고, 의학 박사인 그웨니의 외삼촌 생각이 가장 좋다고 절대적으로 믿고 있었지요.

 케네디는 그녀에게 꽤 많은 금액의 돈을 주어 억지로 스위스로 돌려보냈어요. 하지만 그녀는 떠나기 전에 릴리에게 그웬더의 아버지가 아내를 죽였다는 데 대해 뭔가 넌지시 비쳤고, 자기는 그 시체를 묻는 것을 보았다고 했지요.

 그것은 그때 릴리가 생각했던 일과 일치했어요. 릴리는 레어니가 본 무덤을 판 사람이 켈빈 핼리데이라고 생각한 거지요."
자일스가 말했다.
"그러나 케네디는 물론 그런 일을 알지 못했겠지요."
"물론 몰랐을 거예요. 릴리의 편지를 받았을 때 그를 두렵게 한 것은 레어니가 창문으로 본 일을 릴리에게 이야기했다는 것과, 밖에 세워 두었던 자동차에 대한 것이었지요."
"자동차? 재키 애플릭의 자동차 말입니까?"
"그것이 또 하나의 오해예요. 릴리는 재키 애플릭의 자동차와 같은 차가 바깥 큰길에 세워져 있었던 것을 기억하고 있었어요. 또는 기억하고 있다고 생각했지요.

 이미 그녀는 헬리데이 부인을 만나러 오는 수수께끼의 남자에 대해 이것저것 상상하고 있었어요. 바로 옆에 병원이 있어서 그 길에는 당연히 많은 자동차가 세워져 있었겠지요.

 그러나 그날 밤 병원 밖에 박사의 자동차가 실제로 세워져 있었다는 것을 생각해야 해요. 그러므로 박사는 틀림없이 릴리가 그의 자동차에 대해 말한 것이라고 그 자리에서 결론지어 버린 거지요. 멋들어진 자동차라는 형용사는 그에게 있어 아무 의미도 없었어요."
"그렇군요. 확실히 양심의 가책으로 그 릴리의 편지는 협박장처럼 보였을지도 모르겠군요. 하지만 어떻게 당신은 레어니에 대한 일까지도 모두 알고 계시지요?"
미스 마플은 입술을 오므리고 말했다.
"마침내 그도 체념한 것이겠지요. 플라이머 경감이 남겨 두고 간 부하들이 달려가서 그를 체포하자 곧 모든 범행을 술술 자백한 모양이에요. 자기가 저지른 모든 일을. 레어니는 스위스로 돌아간 후 곧 죽었다는군요. 수면제를 너무 많이 먹은 모양이에요……. 그래요, 그는 모든 일을 완벽하게 한 거예요."
"브랜디로 우리를 독살하려 했던 것처럼."
"그웬더와 자일스는 그에게 있어 매우 위험한 존재였지요. 다행히도 그웬더는 홀에 헬렌이 죽어 있는 것을 본 기억에 대해서는 그에게 이야기하지 않았어요. 그는 어린 목격자가 있었다는 것을 전혀 알지 못했지요."
"페인과 애플릭에게 걸려 온 그 전화도 그가 건 것입니까?"
"그래요. 만일 누가 브랜디에 손댈 수 있었겠는가 하는 문제가 생긴다면 그들 둘 가운데 어느 쪽이든 훌륭한 용의자가 될 테니까요.

그리고 만일 재키 애플릭이 혼자서 자동차를 타고 온다면, 릴리 킴블 살해와도 결부될지 모르는 일 아니겠어요? 페인에게는 우선 알리바이가 있을 것 같았으니까요."
그웬더가 말했다.
"그는 나를 귀여워했던 것처럼 보였는데요. 어린 그웨니를……."
"그는 자신이 맡은 역할을 해야만 했지요. 그로서는 어떤 일이었겠는지 상상해 봐요. 18년 뒤 그웬더와 자일스가 찾아와 여러 가지로 물으며 지난 일을 조사하여 이미 완전히 죽어 버렸다고 생각했는데 실은 잠들어 있을 뿐인 살인 사건, 회상 속의 살인을 흔들어 깨우려 하고 있다면 말할 수 없이 위험한 일이었지요. 그래서 나는 몹시 걱정했던 거예요."
"가엾은 코커 부인. 그녀는 그야말로 구사일생으로 살아났어요. 그녀가 아무 탈 없이 건강을 회복할 수 있을 것 같아 기뻐요. 다시 우리에게로 돌아와 줄지 모르겠군요. 그렇지요, 여보? 이런 사건이 있었던 뒤니까요."
자일스가 정색을 하고 말했다.
"아기를 돌봐야 할 필요가 생기면 돌아와 주겠지."
그웬더는 얼굴이 빨개졌고, 미스 마플은 빙그레 미소지으며 토 만(灣) 저편으로 눈길을 보냈다.
그웬더는 감개 깊은 목소리로 말했다.
"내가 그 고무 장갑을 끼고 그것을 보고 있을 때, 그가 홀로 들어와 그 대사와 똑같이 들리는 말을 하다니, 얼마나 기묘한 일인지 모르겠어요. '얼굴'이라느니 '눈이 부시다'느니……."
그녀는 몸을 부르르 떨었다.
"'여자의 얼굴을 가려라. 눈이 부셔서 앞이 보이지 않는다. 그녀는 젊은 나이로 죽었다.' 그것이 저를 두고 한 말이 되었을지도 모르겠군요. 만일 그때 제인 아주머니가 계시지 않았다면."
그녀는 잠시 말을 끊었다가 조용히 다시 이었다.
"가엾은 헬렌, 가엾은 아름다운 헬렌. 그녀는 젊은 나이에 죽었어요. 아, 자일스, 그녀는 이제 거기에 있지 않는 거예요. 그 집에, 그 홀에……

 나는 어제 집을 나올 때 그걸 느꼈어요, 다만 집만이 있는 거라고. 그리고 그 집은 우리를 마음에 들어하고 있는 듯했어요. 우리는 집으로 돌아갈 수 있어요, 돌아가고 싶은 마음만 있다면……"

# 페이소스 넘치는 지혜의 여신, 제인 마플

　내가 미스터리소설을 닥치는 대로 탐독한 것은 오래전부터 일상적인 일이다. 내 취향을 이야기하자면 애거서 크리스티의 '에르큘 포아로'보다는 코난 도일의 '홈즈'나 크로프츠의 '프렌치'경감 쪽이 좋다. 천재적인 홈즈, 성실하게 직접 사건의 단서를 구석구석 찾아다니는 노력파인 프렌치 경감은 모두 흥미진진하다.
　도일의 걸작은 너무 많아서 한두 작품을 꼽기가 무척 어렵지만, 크로프츠의 작품 《통》이나 《크로이든발 12시 30분》 등은 인상에 남는다. 마쓰모토 세이초의 《모래그릇》을 읽었을 때, 크로프츠 분위기를 느낄 수 있어 썩 마음에 들었다.
　셜록 홈즈에게서는 음악가 같은——도일의 묘사대로라면, 청백색의 가녀린 손으로 바이올린을 능숙하게 연주하는 홈즈의 모습이 눈에 선하다——풍모의 남자가 느껴지고, 굳은 정의감도 느낄 수 있다. 여성 혐오증이 있긴 하지만 같은 남성에게 끌리는 것은 아니며 와트슨과는 허물없는 사이이다. 프렌치 경감은 진지한 피아노 교사 같은 좋은 느낌이다.

하지만 애거서 크리스티가 묘사하는 회색 뇌세포를 가진 포아로는 포아로 자신이 생각하는 만큼 별로 대단하지도 않을 뿐더러, 사실 무엇보다 그의 외모가 도무지 마음에 들지 않는다. 사실 작고 뚱뚱한 할아버지 생각이 나서 그 회색 뇌세포를 동원한 미스터리는 어쩐지 감탄을 그리 자아내지 못한다.

추한 남자라고 묘사되고 찌그러지고 울퉁불퉁한 얼굴이라도 어딘가 모르게 좋아질 만한 풍모가 있으면 좋아지는 법이다. 피터 포크의 형사 콜롬보는 미남이라고 할 수 없지만 뭐라 형용할 수 없는 분위기를 풍기는 얼굴이 아닌가. 종종걸음에, 한쪽 어깨가 내려가게 레인코트를 걸친 모습도 견딜 수 없을 만큼 좋아진다.

나는 배우건 소설 속 주인공이건 간에 얼굴이 기막히게 잘 생기든가 아니면 외모는 좀 부족하더라도 어쩐지 멋있고 근사한 사람이어야 한다는 편견을 갖고 있다. 그런 면에서 포아로 탐정은 전혀 매력을 느낄 수 없어서 작품을 읽고 있는 동안에도 그 밉살스런 얼굴이나 모습이 등장하면 푹 빠질 수가 없어 안타깝다.

이런 포아로에 비해 미스 제인 마플은 매우 재미있는 노부인이다. 팔걸이의자에 앉아 털실 뭉치를 굴리면서 뜨개질을 하지만, 그 털실과는 반대로 추리의 실은 보기 좋게 주르륵 풀어내는 것이 기분 좋고 가슴 후련하다. 어딘가 지성적으로 보이고, 머리가 좋은 할머니라는 점 또한 매력적이다.

나는 애거서 크리스티의 팬이라기보다는 미스마플의 팬인 셈이다. 크리스티의 사진을 보면 분명 미인은 미인이지만 내가 좋아하는 얼굴은 아니다. 그러나 두뇌는 미스 마플일 것이고, 애거서 크리스티의 미스 마플은 바로 그녀 자신일 것이다.

애거서 크리스티의 소설은 잊어버려도 미스 제인 마플은 잊어버릴 수 없다. 크리스티가 도일이나 크로프츠와 어깨를 견줄만한 작가인 것은, 그녀가 미스 마플로 묘사해내고 있는 예리한 두뇌를 갖고 있기 때문일 것이다. 애거서 크리스티가 일류작가——나는 그녀를 여류작가라고 부르지 않겠다. 여성작가를 여류작가라고 기어이 그렇게 부르고 싶다면 남성작가는 남류작가라고 불러야 마땅하다. 남성작가도 여성작가도 중요치 않다. 다만 작가가 있을 뿐이다.——인 이유는 그녀가 미스 마플의 두뇌를 가지고 있기 때문이다.

 미스 마플은 미인은 아니지만 섬세한 얼굴을 하고 있다. 작고 야윈 몸집에 부드러운 선이 살아 있으며 털실 숄을 걸치고 주름 많은 스커트를 하늘거리며 종종걸음으로 걷는다. 언제나 미소를 짓고 있지만, 자세히 보면 그 눈은 웃지 않는다. 그 미소 속에는 날카로운 바늘 끝과도 같은 영리함이 빛난다. 핑크나 엷은 녹색, 흰색, 감색 등의 가느다란 털실로 소매나 팔을 짜면서 짓는 미소 안에 냉철하면서도 차가운 추리의 눈을 번뜩이는 미스 마플은 좋아할 수밖에 없는 인물이다.

 포아로의 외모가 마음에 들지 않지만, 크리스티가 위대한 것은 미스 마플의 두뇌를 갖고 있기 때문이라고 생각하고 싶은 마음이 앞선다. 그러나 포아로도 미스 마플만큼이나 뛰어난 명탐정이므로 크리스티가 위대한 작가라는 이유 속에는 미스 마플뿐만 아니라 포아로의 예리한 두뇌 또한 함께 들어 있다는 것만은 부인할 여지가 없다.

 《잠자는 살인》은 미스 제인 마플의 가장 전형적인 텍스트이며 그녀 최후의 사건이기도 하다. 이 작품이 집필된 것은 제2차 세계대전 중이었으며 애거서 크리스티(Agatha Christie, 1870~1976)가 세상을 떠날 때까지 원고가 금고에 보관되어 있었다.

이 작품을 펼치면 독자는 우선 미스 마플에 대한 캐릭터를 그녀 조키의 익살맞은 인상 비평을 통해 만나게 된다.

"그분을 한 마디로 표현한다면 시대극에서 막 튀어 나온 것 같은 인물이라고 할 수 있을 걸요. 뼛속까지 빅토리아 시대 분이시거든요. 화장대 다리까지 전부 사라사천으로 감싸 두시지요. 시골에 사시는데, 그곳은 꼭 오래된 연못 같은 마을이랍니다."

이 몇 구절 뒤에는(크리스티는 노련한 스토리텔러이다) 본인이 등장하는데, 독자는 '그녀의 푸른 눈이 이따금 희미하게 빛난다'는 사실을 알게 될 것이다. 또 이렇게 해서 애거서 크리스티 여사는 매우 간단하게 미스 마플이 겉보기에는 그냥 늙은 할머니에 지나지 않는다는 사실을 독자에게 암시한다.

하지만 머지않아 독자들은 이 여탐정이 매우 교양 있는 인생관과 단순하고 직접적인 관찰력에 근거한 깊은 통찰력, 어떤 날카로운 추리력까지도 갖추고 있다는 사실을 알게 될 것이다.

《잠자는 살인》의 젊은 여주인공 그웬다는 극장에서 웹스터의 유명한 대사 '그녀의 얼굴을 가렸지만 현기증이 났다. 너무 젊은 나이에 죽었다'를 듣고 심하게 동요하는데, 미스 마플은 그웬다가 18년 전에 시체를 봤을 때도 그와 같은 말을 했던 것을 떠올린다.

"어린 아이란 이상하고 연약한 생물이랍니다. 매우 두려운 것을 접하게 되면, 특히 뭔지도 모르는 그런 충격적인 일을 당하게 된다면 어린 아이는 절대 말하려고 하지 않죠."

아동 심리에 대한 이 말은 미스 마플의 대사지만, 동시에 딸 하나를 둔 엄마인 작가 크리스티의 말로도 해석될 수 있다. 애거서 크리스티는 자서전에서 다음과 같이 서술하였다.

"딸 로잘린에게는 생굴과 같은 면이 있다."

미스 마플의 커다란 지혜의 창고에는 풍부하며 경험적인 지식들이 넘쳐 흐른다. 때문에 그녀는 그웬다에게 18년 전 일에는 관여하지 않도록 충고하는데 이것은 추리소설로서는 꽤 복잡하게 얽힌 복선 구조를 암시하고 있다고 할 수 있다. 만약 미스 마플의 조언이 받아들여지면 《잠자는 살인》의 이야기는 정말로 잠들어 버린 채 제5장에서 허무하게 끝나게 될 것을 작가는 매우 잘 알고 있기 때문이다. 이 구조를 통해 미루어보건대 《잠자는 살인》은 작가가 아무렇지도 않게 쓴 실없는 이야기가 아니라 매우 진지하고 치밀한 계산 아래 쓴 작품임을 독자도 깨닫게 되는 것이다.

이 작품에서는 그런 부분들이 교묘하게 조작되면서 현실의 인간에 대해 이야기함과 동시에, 그 이상으로 이 세상 '악'의 존재에 대해 이야기하고 있다. 미워할 수 없는 악의 지혜에 익숙한 미스 마플은 주치의를 잘 구슬려서 자기에게는 휴가가 필요하며 그 목적에 걸맞는 장소는 그웬다가 사는 해변마을이라고 설득시킨다. 그리하여 그 마을로 간 미스 마플은 호기심 많고 수다스러운 노부인 역을 완벽히 연기하며 뜨개무늬의 품평 따위를 하면서 정보를 수집한다. 이렇게 해서 이야기 중반까지 독자는 또 다른 탐정, 웬만해서는 결코 모습을 드러내지 않는 에르큘 포아로와는 전혀 다른 방식의 여탐정 미스 마플을 만나게 되는 것이다.

"남자들이란——언제나 일을 확실하게 정리할 수 있다고 생각하는 모양이지요."

미스 마플이 이 사건의 수수께끼를 풀어가는 중임을 아는 독자들은 이 수수께끼가 포아로류의 논리적인 방법으로는 도저히 풀 수 없다는, 접근할 수조차 없다는 사실을 숙지하게 될 것이다. 그것은 이미 순수하며 직관적인 여성성의 영역이기 때문이다.
살인이 일어났던 먼 옛날 일을 듣고 예견하고 있던 악의 존재와 직면하게 되면 미스 마플의 직관력은 민감해지고 실제로 건강이 안 좋아질 정도로 육체적인 영향까지 받게 된다.

"이 세상엔 정말로 무어라 표현하기 어려운, 참으로 이상한 일들이 많답니다. 사람들이 상상하는 것보다 훨씬 많아요."

미스 마플은 마지막에 다시 한번 활약한다. 그녀는 그웬다에게서 들은 말을 전부 그대로 믿었던 자신에 대해 떨치기 힘든 의구심을 품게 된다.

"나는 내 자신이 너무 의심 많은 성격이 아닌가 항상 걱정한답니다."

하지만 그녀의 그런 태도는 빛나는 대단원을 맞이하면서 진가를 인정받는다.
마무리 단계에서, 살인이 일어난 뒤에 피해자에 의해 쓰여진 것으로 생각되는 편지가 반드시 사건이 끝난 뒤에 피해자가 살아있었다는 사실을 의미하지 않는다는 것이 밝혀진 것이다. 그 편지는 전문가에 의해 이미 집필표본과 동일한 필적인 것이 증명된 편지라 아무도 의심하지 않았다.

그웬다는(그리고 모두는) 단순히 필적표본이 피해자에 의해 쓰여진 것이라는 살인범의 말을 그대로 믿어버렸지만, 실제로는 그 필적표본이나 편지는 모두 살인범에 의해 조작된 것이었다.

"사람을 믿는다는 것은 매우 위험한 일이지요."
미스 마플은 말한다.
"나는 절대로 그렇지 않아요."

미스 제인 마플 그녀야말로 인생 페이소스 넘치는 경탄할 만하며 명쾌한 이 시대의 사건해결사가 아닐까.